国王之败

Kongens
Fald

Johannes V. Jensen

[丹麦] 约翰纳斯·威尔海姆·延森　著

京不特　译

中国国际广播出版社

"北欧文学译丛"
编委会

主 编

石琴娥（中国社会科学院外国文学研究所）

副主编

徐 昕（北京外国语大学欧洲语言文化学院）

编 委

（以姓氏汉语拼音为序）

李 颖（北京外国语大学欧洲语言文化学院芬兰语专业）
王梦达（上海外国语大学德语系瑞典语专业）
王书慧（北京外国语大学欧洲语言文化学院冰岛语专业）
王宇辰（北京外国语大学欧洲语言文化学院丹麦语专业）
余韬洁（北京外国语大学欧洲语言文化学院挪威语专业）
赵 清（北京外国语大学欧洲语言文化学院瑞典语专业）

绚丽多姿的"北极光"

——为"北欧文学译丛"作的序言

石琴娥

2017年的春天来得特别地早，刚进入3月没有几天，楼下院子里的白玉兰已经怒放，樱花树也已经含苞待放了。就在这样春光明媚、怡人的日子里，我收到中国国际广播出版社文史编辑部主任张娟平女士打来的电话，想让我来主编一套当代北欧五国的文学丛书，拟以长篇小说为主，兼选一些少量有代表性的短篇小说、诗歌等，篇目为50—80部左右。不久之后，中国国际广播出版社的王钦仁总编辑和张娟平主任又郑重其事地来到寒舍，对我说，他们想做一套有规模、有品位的北欧文学丛书，希望能得到我的支持，帮助他们挑选书目、遴选译者，并担任该丛书的主编。

大家知道，随着电子阅读器和智能手机的普及，越来越多的人通过电子设备来阅读书籍。在目前的网络和数码时代，出现了网络文学、有声书和电子书，甚至还出现了人工智能创作的作品，纸质书籍受到极大冲击，出版纸质书籍遇到了很大困难。有的出版社也让我推荐过北欧作品，但大都是一本或两本而已，还有的出版社希望我推荐已经过版权期的作品，以此来节省一些成本。而中国国际广播出版社却希望出版以当代为主的作品，规模又如此之大，而且总编辑又亲临寒舍来说明他们的出版计划和缘由，我被他们的执着精神和认真态度所感动，更被他们追求精神品位的人文热情所感动。我佩服出版社的魄力和勇气。面对他们的热情和宝贵的执着精神，我怎能拒绝，当然应该义不容辞地和他们一起合作，高质量、高品位地出好这套丛书。

大家也许都注意到，在近二三十年世界各国现代化状况的各类排行榜上，无论是幸福指数，还是GDP或者是人均总收入，还是环境保护或者宜居程度，从受教育程度和质量、医疗保障到养老、失业等社会保障，还有从男女平等到无种族歧视，等等，北欧五国莫不居于世界最前列，或者轮流坐庄拿冠夺魁，或是统统包圆儿前三名，可以无须夸张地说，北欧五国在许多方面实际上超过了当今世界霸主美国，而居于当今世界发达国家最前列，成为世界现代化发展中的又一类模式。

大家一般喜欢把世界文学比作一座大花园，各个时期涌现出来的不同流派中的众多作家和作品犹如奇花异葩、争妍斗艳。北欧文学是这座大花园里的一部分，国际文学中，特别是西欧文学中的流派稍迟一些都会在北欧出现。北欧的大自然，由于地理位置、自然环境和气候条件，没有小桥流水般的婀娜多姿，而另有一种胜景情致，那就是挺拔参天、枝叶茂盛的大树，树木草地之间还有斑斓似锦的各色野花和大片鲜灵欲滴的浆果莓类。放眼望去，自有一股气魄粗犷、豪放、狂野、雄壮的美。北欧的文学大花园正如自然界的大花园一样，具有一股阳刚的气概、粗豪的风度。它的美在于刚直挺立、气势崴嵬。它并不以琴瑟和鸣般珠圆玉润和撩拨心弦的柔美乐声取胜，却是以黄钟大吕般雄浑洪亮而高亢激昂的震颤强音见长。前者婉转优雅、流畅明快，后者豪迈恢宏、气壮山河。如果说欧洲其余部分的文学是前者的话，那么北欧文学就是后者。正如鲁迅所说，北欧文学"刚健质朴"，它为欧洲文学大花园平添了苍劲挺拔的气魄。以笔者愚见，这就是北欧五国文学的出众特色，也是它们的长处所在。

文学反映社会现实。它对社会的发展其功虽不是急火猛药，其利却深广莫测。它对社会起着虽非立竿见影却又无处不在的潜移默化作用。那么，北欧各国的当代文学作品是如何反映北欧当代社会的呢？它对北欧各国的现代化发展是不是起了推动促进作用了呢？也许我们能从这套丛书中看到一些端倪。

北欧五国除了丹麦以外，都有国土位于北极圈或接近北极圈。北极光是那里特有的景象。尤其到了冬天夜晚，常常能见到北极光在空中闪烁。最常见的是白色。当然有时也能见到五彩缤纷、绚丽多姿的北极光。北欧五国的文学流派众多，题材多样，写作手法奇异多姿，犹如缤纷绚丽的北极光在世界文坛上发光闪烁。

北欧包括5个国家：丹麦、芬兰、冰岛、挪威和瑞典。讲起当代的北欧文学，北欧文学史上一般是从丹麦文学评论家和文学史家勃朗兑斯（Georg Brandes，1842—1927）于1871年末在丹麦哥本哈根大学所作的《十九世纪文学主流》算起，被称为"现代突破"。从19世纪的1871年末到目前21世纪的2018年近150年的时间里，一大批有才华的作家活跃在北欧文坛上。在群英荟萃之中，出现了几位旷世文豪，如挪威的"现代戏剧之父"亨利克·易卜生，瑞典文学巨匠——小说家、戏剧家斯特林堡和荣获诺贝尔文学奖的第一位女作家、新浪漫主义文学代表塞尔玛·拉格洛夫，丹麦1944年诺贝尔文学奖获得者约翰纳斯·维尔海姆·延森和芬兰的批判现实主义作家约翰·阿霍等。"北欧文学译丛"拟以长篇小说为主,间选少量短篇作品,所以除了易卜生,因其作品主要是戏剧外,其他几位大家的作品我们都选编进了本系列。这些巨匠有的是当代北欧文学的开创者,有的是北欧当代文学中各种流派的代表和领军人物,都是北欧当代文学中的重要作家,他们的作品经历了时间考验。

在北欧文坛中,拥有众多有成就有影响的工人作家是其一大特色。有的还获得了诺贝尔文学奖,成为世界级的大文豪。这些工人作家大多自身是农村雇工或工人,有过失业、饥饿或其他痛苦的经历,经过自学成为作家。他们用笔描写自己切身的悲惨遭遇,对地主、资产阶级剥削和压榨写得既具体细腻,又深刻生动。正是他们构成了北欧20世纪以来现实主义文学的主流。在这些工人作家中最突出的有丹麦的马丁·安德逊·尼克索和瑞典的伊瓦尔·洛-约翰松等。对这些在北欧文坛上占有重要地位的工人作家的作品,我们当然是不能忽略的,把他们的代表作选进了这套丛书之中。

除了以上这些久享盛誉的作家外,我们也选了新近崛起的、出生于1970和1980年代的作家,如出生于1980年的瑞典作家乔安娜·瑟戴尔和出生于1981年的挪威作家拉斯·彼得·斯维恩等。他们的作品在北欧受到很大欢迎,有的被拍成电影,有的被搬上舞台。这些作品,虽然没有经历过时间的考验,但却真实地反映了目前北欧的现状,值得收进本丛书之中。

从流派来看,我们既选了现实主义作品,也不忽略浪漫主义、超现实主义和意识流的作品,力求使读者对北欧当代文学有个较为全面的印象。从作家本人的情况看，我们既选了大家公认的声誉卓越的作家的作品，也选了个别有争议作家的作品，如挪威作家克努特·汉姆生，他是现代挪威、北欧和世界文坛上最受争议的文学家。他从流浪打工开始，1920年成为诺贝尔文学奖得主，晚年沦为纳粹主义的应声虫和德国法西斯占领当局的支持者，从受人欢呼的云端跌入遭国人唾骂的泥潭，而他毕竟是现代主义文学和心理派小说的开创者和宗师，在20世纪现代文学中扮演了承上启下的转型角色。我们把他的"心理文学"代表作《神秘》收进本丛书。这部作品突破传统小说的诸多常规要素，着力于通过无目的、无意识的内心独白，以及运用思想流、意识流的手法来揭示个性心理活动，并探索一些更深层次的人生哲理。1978年诺贝尔文学奖得主、美国作家艾萨克·辛格说："在我们这个世纪里，整个现代文学都能够追溯到汉姆生，因为从任何意义上他都是现代文学之父……20世纪所有现代小说均源出汉姆生。"我们把这个有争议作家的作品选入我们的丛书，一方面是对北欧和世界文学在我国的译介起到补苴罅漏的作用，另一方面也可进一步了解现代文学的来龙去脉，以资参考借鉴。

　　总之，我们选材的宗旨是：把北欧各国文学史中在各个时期占有重要地位作家的代表作收进本丛书。虽然本丛书将有50—80部之多，但是同150年的时间长河和各时期各流派的代表作家和作品之多比起来，这些作品还是不能把所有重要作家的作品全部收入进来。譬如瑞典作家扬·米尔达尔（Jan Myrdal, 1927—　）是20世纪60年代中期出现的一种新兴文学——报道文学的代表人物之一，他的《来自中国农村的报告》（1963）成为当时许多国家研究中国问题的必读参考材料，被译成十几种文字多次出版。尽管他的这本书因材料详尽、内容真实、记载细腻而风靡一时，但在这套丛书中，不得不割爱，而是选了其他在国际上更为著名的瑞典作家作品。

本丛书中的所有作品，除了极个别以外，基本都是直接从原文翻译，我们的目的是想让读者能够阅读到原汁原味的当代北欧文学。同英语、俄语、法语等大语种翻译比起来，我们直接从北欧语言翻译到中文的历史不长，译者亦不多，水平不高，经验也不足，译文中一定存在不少毛病和欠缺之处，望读者多多包涵，也请读者给我们提出宝贵的建议和意见，便于我们改进。

本丛书能够付梓问世，首先要感谢中国国际广播出版社社长张宇清先生和总编辑王钦仁先生，没有他们坚挺经典文化的执着精神和开拓进取的勇气，这部丛书是不可能跟读者见面的。我还要感谢本书所有的编委，是他们在成书过程中做了大量工作，从选材、物色译者到联系有关国家文化官员和机构，都付出了辛勤的劳动。不仅如此，他们还亲自翻译作品。没有他们的默默奉献和通力合作，这部丛书是难以完成的。在编选过程中，承蒙北欧五国对外文化委员会给予大力帮助和提供宝贵的意见，北欧五国驻华使馆的文化官员们也给予了热情关怀，谨向他们致以衷心的感谢。对编选工作中存在的疏漏和不足，还望读者们不吝指正。

2018年6月
于北京潘家园寓所

石琴娥，1936年生于上海。中国社会科学院外国文学研究所北欧文学专家。曾任中国-北欧文学会副会长。长期在我国驻瑞典和冰岛使馆工作。曾是瑞典斯德哥尔摩大学、丹麦哥本哈根大学和挪威奥斯陆大学访问学者和教授。主编《北欧当代短篇小说》、冰岛《萨迦选集》等，为《中国大百科全书》及多种词典撰写北欧文学、历史、戏剧等词条。著有《北欧文学史》、《欧洲文学史》（北欧五国部分）、"九五"重大项目《20世纪外国文学史》（北欧五国部分）等。主要译著有《埃达》《萨迦》《尼尔斯骑鹅旅行记》《安徒生童话与故事全集》等。曾获瑞典作家基金奖、2001年和2003年国家图书奖提名奖、第五届（2001）和第六届（2003）全国优秀外国文学图书奖一等奖、安徒生国际大奖（2006）。荣获中国翻译家协会资深荣誉证书（2007）、丹麦国旗骑士勋章（2010）、瑞典皇家北极星勋章（2017）等。

译 序

20世纪90年代，我在南丹麦大学读哲学的时候，和一个读北欧语言文学的朋友克里斯蒂安（Christian Korsgaard）聊起李连杰的功夫片，然后就谈到了猴王，他说他在小时候读过丹麦语的中国小说《猴王》。我知道那是《西游记》的丹麦语选段翻译——只有大闹天宫这一部分。我们觉得挺可惜的，《西游记》中别的部分没有被翻译成丹麦语。我说其实中国有不少武侠小说，也是很有意思的，可惜都没有被翻译成丹麦语。特别是金庸的作品，虽然是娱乐性强的通俗小说，其文学性比我读到的不少中文的所谓纯文学小说都要高得多，特别对于少年时代的我有着陶冶意义。金庸常常将历史故事作为自己的写作线索。克里斯蒂安向我推荐了一个丹麦作家，他说，这位作家写的小说也是以丹麦的历史事件为背景，而且文学性很强。在接下来的圣诞节，他便送了我他所说的这本小说作为圣诞礼物。

得到这本书后，我曾尝试着阅读，但读了三四页后就觉得书中语言不像普通丹麦文，很艰涩，因此就放弃了阅读，让它长期留在我的书架上，但不时想着，我该找个时间把它翻译出来。

2018年，丹麦国家艺术基金会邀请了一些译者参加它所举办的一个讨论会，我也去了。当时北京外国语大学丹麦语教研室主任王宇辰女士介绍了中国国际广播出版社的丹麦经典小说的翻译项目，列出了一些小说的书单，希望翻译家们积极参与。我的翻译主业本来是丹麦哲学家索伦·克尔凯郭尔的著作，但是看见了这本小说，90年代的情怀重新泛上心头，于是，我"领取"了它。我暂停了克尔凯郭尔著作的翻译工作，决定把它翻译出来。

这本小说的丹麦文名字叫 Kongens Fald，在克里斯蒂安将之赠予我差不多二十年后，我把它翻译成了中文。成稿之后，就是这本《国王之败》。

约翰纳斯·威尔海姆·延森（Johannes Vilhelm Jensen, 1873—1950）是这本书的作者。他被誉为20世纪丹麦最伟大的作家。他在1944年获得诺贝尔文学奖，"因为他诗意想象的罕见力量和多产，之中结合了极大程度上的智力之好奇和一种大胆崭新的创作风格"。丹麦的一些文学史书认为延森是丹麦现代主义文学之父，特别是在现代诗歌领域，他引入了散文体的诗歌，并使用了直接而平白的语言。读者能够在20世纪60年代的丹麦文学中感受到他的直接影响力。1999年，《国王之败》（1901年版）被丹麦报纸《政治报》和《伯苓时报》（彼此独立）誉为"20世纪最佳丹麦小说"。另外，他还根据中国济公和弥勒佛传说写有一本小说《大肚子》。

延森在《国王之败》中所讲的是米克尔·策尔森的故事。米克尔出生在日德兰一个小村庄的铁匠家庭，在小说开篇他是哥本哈根的一个身无分文的学生，在小说结尾作为失势国王克里斯蒂安二世老年时的陪囚侍从，他病死在囚禁国王的城堡里。作为学生，米克尔实际上并没有好好读书，而是带着"世界之痛"和"爱情之颤抖"在哥本哈根的街上闲荡，暗恋着犹太女孩苏珊娜。但是因为他家乡的贵族少年欧德·易瓦尔森阴差阳错地与苏珊娜有了一夜情，这导致米克尔有了报复的欲望，并在回到家乡的时候，劫持并强奸了欧德·易瓦尔森的未婚妻安娜米德。这两段畸形的情爱关系都有了结果。苏珊娜生下了欧德·易瓦尔森的私生子，而安娜米德离开家乡后生下了一个私生女。在小说快结尾的时候，聋哑孤女在提琴手雅各布的帮助下来到了囚禁老国王的城堡，见到了她重病的外祖父米克尔，米克尔病死，之后提琴手雅各布上吊自杀，小说至此终结。

直到 2019 年 5 月刚刚完稿的时候，我仍不能确定中文该取什么书名。丹麦语 Kongens 的意思是"国王的"，但 Fald 这个词里面有很多意思，有跌倒、落下、倒塌、倒台、沦陷、死亡、阵亡、堕落、沉沦、衰败等意思，所以在丹麦语里面可以用这个词把所有这些意思都包含进去；英语、德语也正好有相应的词，所以英译本翻译成 *The King's Fall*，而德译本翻译成 *Des Königs Fall*，都很棒，但是用汉语，我一时无法找到一个囊括性的词，能把这些意思全都包括进去。

尽管这部小说以米克尔为主人公，讲述的是这个平民的一生，但它也是对丹麦国王克里斯蒂安二世历史痕迹的见证。尽管米克尔的经历看似支离破碎且无关紧要，但他的生活却完美地将各种历史事件融合在一起：从克里斯蒂安作为王子出场和雇佣兵们一起在哥本哈根，到他成为瑞典国王、血洗斯德哥尔摩，再到他失败后希望东山再起在日德兰与菲英岛之间的小贝尔特海峡上来回航行，最终他被囚在森讷堡城堡里老去……如果这是一部历史书而不是小说，那么用汉语"兴衰"倒挺到位，但这不适合作为一部小说的名字。

2019 年 6 月中旬，我决定将此书的中文书名确定为《国王之败》，因为考虑到在中文之中，花落是败，不成功也是败。然后，6月28日我把文稿交给了出版社。

这本书的文字是艰涩的，因为它使用了许多过时的方言，在某种意义上比克尔凯郭尔的文字更难，有许多方言用词是无法在《丹麦语言大词典》ODS中找到的。书中出现的拉丁语、德语和日德兰语的文字，都没有翻译成丹麦语，而且也无法在别的地方找到丹麦语的对应翻译。（我找来了英文版对照看了一下。英译者碰上作者写的德语歌词干脆就不翻译了，而用其他英语诗歌来取代作者的歌词，并且英译者所提供的这些诗歌在内容意义上与作者的原歌词没有任何关系。）德语和拉丁语的文字倒是构不成太大的麻烦，因为我尚有能力将之翻译出来。但是，面对日德兰语，我感觉真是累而无奈，尽管自己破译了一点，却最终放弃。最后我去向这本书的尚未出版的丹麦文注释版的编辑耶斯贝尔（Jesper Gehlert Nielsen）求助，耶斯贝尔把两首日德兰语歌词的丹麦文译文发给了我，我这才将这两首歌词译成了中文。

日德兰是丹麦的一部分。我在这次翻译工作中第一次了解到，日德兰语其实不是丹麦语。日德兰语落成文字与王国丹麦语字词拼法相差还是很大的。我查了一下语言上的归属。"维基百科"上说：日德兰语属于印欧语系—日耳曼语族—北日耳曼语支—东（大陆）斯堪的纳维亚语—丹麦瑞典语，是通行于丹麦王国西部日德兰半岛的方言，也零星通行于德国境内的部分地区。丹麦瑞典语下面有四个分类：书面挪威语、丹麦语、日德兰语、瑞典语。

没有耶斯贝尔的帮助，我是绕不过这两首日德兰语歌词的。

另外，这部小说有很多历史典故，一般中国读者如果不了解背景，可能会在阅读过程中一头雾水。在 2018 年我开始着手翻译本书的时候，丹麦语言与文学协会（Det Danske Sprog- og Litteraturselskab）的代表耶斯贝尔（也就是前面提到的丹麦文注释版的编辑。当时我觉得他有点面熟，后来我得以确认：他是我 90 年代末在南丹麦大学哲学系的同学）曾对我说，这本书的现代丹麦文注释版将在 2018 年年底出来。然而，这个版本并没有按时出版。我在 2018 年盼它出来，等到了圣诞，它仍未出版，等到我 2019 年 6 月底交稿时，它仍未出版。在交稿之后，我请求出版社和我一起等待丹麦文注释版，当时我在给出版社编辑的邮件中写道："我希望出版社能够这样处理：我在 6 月 30 日之前把译稿发给出版社，这样出版社可以阅读并开始一些编辑准备工作，但先不要付印，让我们先等待一下，如果丹麦文注释版在近两三个月里出版，那么我就可以为中译本做出比较完美的注释，并且再次核对一下翻译文字，尤其是对书中拉丁语、德语和丹麦方言的翻译。"编辑的答复是，离出版还有一段时间，可以等待。这样，我就又等了三个月。在等待的过程中，通过询问各种专家并在网络上进行搜索，我自己为书中的一些人名、地名和历史事件等做出了一些注释，其中从"维基百科"中得到了极大的帮助，在此对"维基"表示感谢。尽管这样，我仍有一些疑问尚未找到答案，这只能说是勉为其难地做了一些注释工作。到了 2019 年 9 月下旬，我仍然看不到丹麦文注释版的任何出版迹象，因而做了放弃继续等下去的打算，尽管我仍希望，如果《国王之败》能够在丹麦文注释版出来之后有机会再版的话，我可以借鉴丹麦文注释版重新为书中的许多人物、事件、典故、神话背景给出一些更好的注释。

当年，我的朋友克里斯蒂安因为我们谈及金庸而向我推荐了《国王之败》，但《国王之败》与金庸的小说其实完全不一样。在某种意义上，我们可以拿它与《权力的游戏》作比较：《权力的游戏》虚构出一个世界来再现许多欧洲的历史，而《国王之败》则是以欧洲的重大历史事件为背景来讲述普通人命运的丹麦故事——这是一部关于丹麦心灵写照的最真实的书籍。不过在《权力的游戏》中更多的是娱乐性，但《国王之败》是纯文学小说，在一种现代主义的框架之中，它有着现实性的生命叙述、神话性的死亡抒情和不断面临死亡的存在性反思。

现在，中文版《国王之败》即将付梓，我想，在我拿到样书后我将送给老友克里斯蒂安一本，这是一种因缘。一个上世纪90年代的愿望在本世纪20年代来临的时候实现了。

在这里我也要感谢我的老同学，丹麦文注释版的编辑、丹麦语言与文学协会的耶斯贝尔，他帮我解决了我翻译中的日德兰语问题，否则我是无法及时完成本书的翻译的。

京不特
2019年9月20日于柏林

京不特，本名冯骏，1965年生于上海。2002年获得南丹麦大学哲学 magist artium 学位（在当时介于硕士和博士之间的一个丹麦学位）。先后出版了丹麦语长篇小说《日子流转在音乐中》（2003年获瑞典图霍尔斯基文学奖）和丹麦语诗集《生活在一个故事中》《陌生》等。后从事戏剧创作，在丹麦各剧院演出。他翻译并在中国国内出版了十余部克尔凯郭尔的哲学著作，也翻译了一些丹麦语的诗歌、小说和剧本。

目　录

春天之死 / 001

米克尔 / 003

夜幕下的哥本哈根 / 010

梦想者 / 017

春天的痛苦 / 024

米克尔沉陷 / 032

欧德·易瓦尔森的沉沦 / 037

石头被抬出城 / 046

回　家 / 054

思　念 / 061

雷雨天 / 067

报　复 / 072

回　报 / 075

死　亡 / 081

再次见面 / 084

盛　夏 / 091

阿克塞尔骑着马出现 / 093

再次回家 / 101

事已成 / 110

桨帆船 / 117

历史的陷阱 / 122

露　西 / 129

血　洗 / 135

愿主垂怜 / 143

小小的命运安排 / 149

在原始森林 / 156

角　囊 / 165

复　归 / 172

丹麦式的死亡 / 178

国王倒台 / 183

宝　藏 / 193

英格尔 / 195

冬　天 / 201

再次还乡 / 203

红色的雄鸡 / 212

失　败 / 217

时　间 / 222

雅各布和依德 / 227

无家可归 / 234

在森讷堡城堡 / 237

卡洛卢斯 / 244

火 / 256

冬天的声音 / 261

哥洛特之磨 / 269

提琴手的道别 / 272

一些需要说明的名词或语句 / 278

春天之死

米克尔

道路向左拐,越过一座桥,穿进塞利茨列夫城区。路两侧的壕沟里长着深色的草和黄色的小花。在暮色下的原野中,这里那里不时会有一簇白色斑块,一团花雾。太阳已经落山,空气有一种透凉的清澈感,天上没有云,但也看不见星星。

道路坎坷起伏;一辆装满干草的马车,摇晃着,从城外慢慢驶进塞利茨列夫城区。马车就像一只巨大的、乱毛蓬松的矮脚兽,在黄昏中悄悄出发,走上这狭窄的乡村道路,一边在深思中挣扎,一边嗅着土地的气味。

马车停在塞利茨列夫酒馆外。几匹浑身透汗的马,头向后转,咬着马嚼子,它们似乎很喜欢这样站着。车夫倚靠着马车的横木,放松身子,把脚伸到地上,拴紧了缰绳。随后他转过身,一边擤着鼻涕,一边对着门廊朝里面喊:

店里有人吗——应该有人的吧?

什么——窗户里面的灯亮了。他们在里面点了灯?随即一个女孩就从门里出来。车夫要了一小杯烈酒。就在他等着上酒的时候,马车上似乎有什么东西动了起来,然后有两条腿从车身里伸出来,摸索着,试图找到马车的横木。腿的主人则肚子向下趴在那里,艰难地哼哼着。他终于下了车,站定后甩动一下身子——这是一个高个子、瘦骨嶙峋的人，头上戴着帽子。

干杯，他说。车夫把红色的烈酒倒进了嘴里，然后咳了一声。这车夫也许还想多待一会儿吧？不管怎么说，他们总还是能够一起进酒馆再喝上一小杯的。

他们走到门前的灯光下，车夫马上就站定了，变得毕恭毕敬；后下车的这位也惊惶起来。屋子中央的桌旁坐着四个衣冠整洁的军人，他们是最近刚到这城里的萨克森卫队成员。漂亮的制服让他们看上去神采奕奕，他们那以织饰点缀的红袖子、羽毛和胡须就像喜庆的篝火般吸引着人们的目光。剑和矛斜靠着桌子和长凳，这些都是武器中的顶级精品。任何人都能看出来，那些皮制的带子是因为在反复练习中被过多使用而掉落下来的。在座的这四位全都转过头看了一眼，但又马上把脸转回来相互对望着，继续他们的谈话。

女孩拿了两杯啤酒走到门口，把一盏灯放在桌上。她还没走开，坐在屋子中央的那些士兵中就有一个在位子上伸展开身子，放声大笑。

看，那人，戴帽子的那个——喝点儿啤酒，浑身舒服！他用德语说。

其他人则都善意地朝这边看，他们也忍不住大笑起来。高个子只是边喝边弯着膝盖站起。又大又尖的鼻子在帽子和啤酒杯之间冒出来，因此整个形象有着一种无法否认的滑稽感。喝干之后，他平静地坐下。光线落在他的眼上，他朝着士兵们坐的那张桌子拧挤着眼睛，一方面有受侮辱的愤慨，一方面则像是一个有着哲学素养的人那样带着轻蔑。

士兵中有一个站起来，在屋子里走了几步，然后很礼貌地用德语说：我们的笑并没有恶意——能有荣幸请您喝一杯红酒吗？

谢谢，高个子用德语回答，并反复地躬身问候，走向他们的桌子。在跨过长凳坐下之前，他向在座的每个人躬身，并说出自己的名字：米克尔·策尔森，大学生。然后，他开始专注于把手指插进头发，用手掌向上摩挲自己粗糙的两颊。他听见了四个名字，其中一个似乎是丹麦人的名字。他看见一杯血红的葡萄酒在自己面前燃烧，然后是丹麦语：干杯！干杯！

诸位先生请！米克尔·策尔森用德语说道。他以一种得体的审慎喝着，酒下肚时挺直他那木杆般的身子。他用目光在桌上迅速地扫了一下，聚焦在其中一个人身上。最年轻的，以手托头坐着的那个。那是一只洁白饱满的手，看不出丝毫血管的纹理或关节的痕迹，手指埋在浅棕色的头发里。脸上有点阴郁——这脸上的表情让米克尔突然想起他曾经在一个集市上见过的走索表演：一个年轻的杂技表演者孤单地坐在一个角落，什么事情都不做。他很可能是病了。此时，米克尔记起那张年轻而痛苦的脸——坐在对面的那个，他也恰有着那样的眼神。但米克尔仍然觉得，自己应当是认得他的。他是谁，在哪里见过他？他看起来像是个贵族。

米克尔面前的杯子又被斟满了。尽管要花工夫记住桌子对面人的脸而稍稍有点分神，并且觉得眼睛有点花，他还是带着最周到的礼貌喝干。一种神秘感笼罩着这颗棕色的脑袋，看，现在他把身子转了过来。他两臂间的距离很宽，有着非凡的魁梧体魄。为什么他看上去这么悲哀？按理说，欢愉与他的外貌更相符。

大家继续聊着,四个德国兵对米克尔很有礼貌。面对这些德国人,米克尔觉得充满自信。他们当然不知道城里人管他叫"鹳鹤"。米克尔说着一口很不流利却很急切的德语,而且他一再走神。他忍不住会想到自己的外号……另外,这些德国人并不知道,在一个小圈子里他算得上是有名的,各种拉丁语的词赋和联句都是他写的……为什么对面那个年轻人一句话都不说?

欧德·易瓦尔森!这是他的名字。对,就是他!米克尔一下子想起来,一个破败的灰色大院子,一道墙和一个塔尖——在日德兰故乡——在那里的野外,他觉得自己是那么渺小可怜。他曾去过那地方几次。是很久以前的事了。其中只有一次,他看见了他……这么说,他就是少年领主,欧德,当年米克尔曾在采邑里见过他,当年欧德还是一个瘦弱的男孩。在那之后米克尔不时会想起他。他当时站在一大群狗之间,拇指上停着一只羽毛竖起的猎鹰。现在,他坐在这里,完全长大了,不过苗条得像个女孩。

这些少年士兵唊唊地笑着。米克尔·策尔森打起精神继续喝。

车夫出现在门前。现在我得走了,他说着把一个袋子和一只装满鸡蛋的小草篮子放在门里的地板上,然后关上门。这都是米克尔此次乡村之行的猎物——他的丑事完全赤裸裸地被展示在门里的地板上。他尴尬地转身背对着装作没看见。

但德国士兵们笑着,想出了一个主意。鸡蛋无所谓。米克尔把这些鸡蛋递出去,既高兴又难为情。这些鸡蛋全都被吮吸得只剩壳儿了。欧德·易瓦尔森不想吃,并且仍一声不吭。

米克尔·策尔森此刻坐在长凳上，兴奋、尴尬而友好，美酒把他从沉重的思虑中解放出来，不过，他仍觉得自己有着不可救药的沮丧。他的灵魂飞向这些无忧无虑的先生们，但同时又有着一种惧怕，唯恐被他们丢弃——他的心情有节奏地起伏摇摆。他偷偷瞥了一眼少领主欧德，怀着对他的恋慕，犹疑而又想逢迎……难道欧德不认识他？——不认识，倒是但愿他不认识他。

德国士兵中有一个人上唇有个裂口，胡须几乎无法掩盖这裂口，因此他口齿不清。米克尔·策尔森听着他漏风漏气的话，悲哀地觉得好玩。这一切都使他感到温暖。尽管葡萄酒和舒适感令他意念松弛，他的下身却仍紧绷着，他感觉到一种刺痛的寒意在自身之中升起，但他努力控制住自己，让它停留在身子底部。

三个德国人拥向账台。剩下米克尔·策尔森和欧德·易瓦尔森两个人单独坐在桌前。两个人都不说话，米克尔试图悄悄离开。他向桌子和长凳之间的黑暗处看着，感到一阵苦涩的孤独。不过他还是决定让自己接受目前的处境。他叹息着，将自己木柴般的腿收回到座位底下。他擦干额头上的汗水，回到正常状态。欧德·易瓦尔森坐着，转动着自己的杯子。他看上去仍像是在生病。

在士兵们带着新发现的各类酒饮回来的时候，米克尔·策尔森完全恢复了正常。他有节制地喝着，也不弄出什么响动。现在他们全都凑在一起狂饮，不想别的什么事情。欧德·易瓦尔森频繁地喝干一杯又一杯，只要满上，他就喝掉。他没有丝毫变化。那个嘴上有裂口的克拉斯，开始兴奋地唱起一支歌。这歌听起来相当古怪。

米克尔·策尔森在那些搁着的双手剑中拿起一把，在手里掂量着——他们给他看了不同的手柄。每当锋利的剑尖对准他时,他就感到阵阵抽动着的疼痛,就仿佛一股冰凉的冷气在向下通透他的脊梁——这令他感到奇怪,因为他通常并不怕刀。

克拉斯唱着:

> 唉,然后我就被击中,
> 在辽阔的原野里被击中,
> 我被叉在长矛上,
> 一座坟墓已向我开放;
> 然后人们为我行击鼓礼,
> 为我敲了九次鼓
> 所有牧师都在哼哼着①。

一半的歌词都是从胡须中漏出他的嘴巴的。大家讲着战争故事,用这些故事来相互提供消遣:关于各方的对决——嚯,嚯——关于胜利和生命危险以及……

海因里希,你还记得那金发的丽诺尔吗?克拉斯极其兴奋地叫喊着。当然,海因里希当然记得丽诺尔。他一张开嘴就滔滔不绝地讲起他的故事,克拉斯和萨米尔笑得翻滚着扭动身子。

但米克尔·策尔森沉默着,退缩着,不去听这些粗俗的谈话内容。他朝欧德·易瓦尔森偷瞥了一眼。他是唯一一个在这张年轻而高傲的脸上留意到微笑的人,少领主欧德那唇边上不易被察觉的一次抽动,就仿佛他嗅到了一种讨

---

① 原文歌词为德语。

厌的气味。

米克尔几乎觉得呼吸艰难。他一次又一次用手拂过自己的脸。

但是海因里希不停地讲述着。欧德·易瓦尔森将身子从桌子这一面转向旁边,把一条腿搁在另一条腿上。故事终于讲完了,之后是一片死寂,就仿佛大家体会到了阴沉的气氛。也许欧德·易瓦尔森认为是自己导致了冷场,他朝桌子的方向转过身子,仿佛在表示:他仍坚持自己的意见。他的目光直直地朝叙述者的眼睛望去。

海因里希完全是一副不知所措的样子。但这时萨米尔插进来,讲起另一个故事。他不算年轻了,这故事不是什么爱情故事。他说起有一次他曾参与一场疯狂的屠杀,他们用靴子后跟儿把人们的肚肠踩了出来,并将这些人扼死在自己的粪便中。这叙述似乎使屋子里的空气变得更加粗野而清新。克拉斯马上就急着提出行家级的问题,米克尔·策尔森突然被克拉斯说话时滑稽的生理缺陷逗乐了,他仰头爆笑起来——咯咯,咯咯!这时,欧德·易瓦尔森勉强向上看,不怎么情愿地撇了撇嘴,最后他也对着房顶伸长脖子大笑起来。他的笑声听起来像是玩具发出的嘎嘎声。然后,故事结束,他停下,仍像刚才那样自闭地坐着。

稍后他们就出发了,为的是赶在城门关闭前及时进城。在他们走出酒馆后,米克尔·策尔森重新感觉到自己与这些士兵间的距离。一行人刚走到北门里面,他就停下与他们告别。年轻的雇佣兵们继续往城里走,米克尔站了一会儿,看着他们离去,然后向左转,往回家的路上走。

夜幕下的哥本哈根

米克尔·策尔森住的那幢房子坐落在朝着普斯特维巷方向的木栅栏对面;他与另一个大学生,欧瓦·加布里尔,一同合住在房顶的阁楼里。欧瓦像往常一样,坐在一盏油脂灯前做功课。米克尔进门的时候,欧瓦抬起眼,目光离开纸张片刻,然后又马上继续阅读。

米克尔呼一下就坐在了桌子的另一头,找出自己的一些讲义笔记放到面前。早上他离开的时候,这堆东西就在那里,现在还在那里。米克尔喘着粗气。欧瓦·加布里尔抬眼看着他,慢慢地让自己凹陷的手从脸上扫过。

你喝酒了,他说。他只是指明这事实:米克尔喝多了。他能够持续地将自己带着道德审判的眼睛瞪得圆圆的,一眨不眨,眼睛也不会湿润。三年来,米克尔·策尔森一直要面对这张坚定不移而值得称赞的脸。欧瓦·加布里尔富有雄辩力的沉默时时刻刻都在审判着他。欧瓦·加布里尔的正义目光追着他移动,以不认同的态度和相当的恶意来刺他扎他,直到他萎靡在椅子上。不一会儿,欧瓦·加布里尔就会提醒说:记住,我们现在学习用的是我的灯。

米克尔·策尔森站起来,打开老虎窗。他是那么高,以至于整个上半身都伸到房顶之外。他通常都以这样的方式来让自己逃出欧瓦·加布里尔的视线。

哦！好凉爽的空气，星辰高高地在头顶上闪烁。两侧一排排茅草房顶像埋头沉睡的动物把脊背拱起。下面的街上，巡夜人拎着手提灯漫步，用灯光一家一家地查看关闭的门户。但在木栅栏的另一边，城壕里的塘水泛着微光，透过城壕中的那些灯芯草可以看见水面上反照出的一颗星星。乡村宁静地躺在苔藓绿的黑暗之中，远远地，从各个湖塘传来由密集的蛙噪声构成的音乐。城市沉寂下来。塘水轻舔着城壕里的那些柱子。很远的一个房顶上，一只发春的猫在呻吟着。

米克尔·策尔森在窗洞里转过身子，然后让后背猛向后靠，望向烟囱和群星。他有点晕眩，就仿佛他滑了出去，两只脚踩在一大捆刀子上。但这正是他所需要的——他无法忍受自己的痛苦。如果他能够在一根从天上垂下的绳子上吊死，那会更好，那姿势可能差不多与他的内在晕眩相对应。米克尔转过身，让手臂靠向冷冷的房顶。

苏珊娜！他想着。苏珊娜。他的内心如此温柔，以至于周围所有无声的和没有生命的东西看起来都获得了精神和心灵。听不见声音的房子保持着冷静，但是表现出纯粹的善意，星辰感动地眨着眼睛。温柔的宁静之中有着一种脉动，水湾里泛起一阵涟漪，黑暗的空气本身似乎也在打战，就仿佛它是一个生物，突然回想起自己的秘密和自己的命运。

但是只因为米克尔想到了她的名字，他的灵魂就仿佛突然乏力——还有一种恶意，他在鼻子里哼了一下，直起身子。

噢！在楼下，夜晚的城里发出各种各样的声音。各种叫喊声给人带来一种对华灯辉煌的大厅和此刻正发生着的各种事情的想象。

米克尔·策尔森又重新下来,退回房间。欧瓦·加布里尔赤身站在地板上,准备去睡觉了,他的双眼像是在讲述着成就感,他就像一支宁静的蜡烛那样闪烁着。

你实在是太瘦了……真是奇怪,居然还会有魂魄愿意留在你的身子里,米克尔笑着调侃道。他把加布里尔的身子从上到下看了一遍,这躯体很吃力地支撑着自身,就像一头刚生完小牛的可怜的母牛那生命枯竭的躯壳。欧瓦·加布里尔钻进皮毯,在床上躺好之后,他合起手向自己的室友抛出一句诗文,然后以一种悠然自得的语气加了一句:现在,熄灯![1]

熄灯,熄灯!米克尔想着,这不过就是举手之劳吧。他弯下身子,吹灭了蜡烛灯,然后拿起他的尖头棍,摸索着下了楼梯。他上方响起欧瓦·加布里尔心满意足的声音,他在读着自己的祈祷文。

现在已经过了宵禁的时间了,不过米克尔·策尔森在这时决定自己给自己签发一个通行许可证。他向右急转,沿着箭巷往下走。但在走了一段之后,他变得犹疑起来,最后停了下来。街上没什么人,所有房子都在黑暗之中卧着。花园中,密集的树丛间树冠相互倚靠着。到处都散发着树枝吐芽的芬芳,微温而稍稍有点辛辣感,就仿佛刚刚下过一场雨。

米克尔继续慢慢地向前走。走过街角的时候,他听见人们在圣克拉拉修道院诵唱着守夜的圣诗,那些声音听上去似乎挺清楚,但毕竟因为被墙阻挡而有点模糊,祈祷的

---

[1] 原文为拉丁语。

调子听起来像是来自地底下的囚犯们的声音。米克尔在想象中看到耶稣受难的十字架竖着从地下冒出来，在暗光中发红并且发蓝。

米克尔在两幢高大的房子间的花园外面停下，花园向街的这一边有木栅栏。他在木栅栏外站了几分钟。树叶不时地轻轻发出沙沙声，就仿佛它们是一个堆起的小丘，在向下沉。带着露珠的山墙边缘在星光之中闪烁着。——米克尔有点犹疑地继续悄悄向前走。

集市那一块仍有着人气和灯火，因为那些外国雇佣兵无法安静地待在住处，也有不少城里的市民混在其中。米克尔·策尔森转身打算沿着哥布玛格尔街回家，但这时他遇上了一群兴高采烈地涌过来的雇佣兵。

那不是我们博学的朋友嘛，又见面了！其中一个喊道，他咬舌搭齿的发音是不会让人搞错的——那是米克尔在塞利茨列夫碰见的四个雇佣兵，不过现在又多了几个人。克拉斯挽住米克尔的手臂，想让他加入他们。米克尔无法拒绝。于是他们就一起逛着，从一个铺子出来，又进入另一个铺子，在每个铺子里都要喝上一点。米克尔很愿意像别人一样地放松自己，但他做不到，因为他看见欧德·易瓦尔森仍是阴郁而沮丧的。其实米克尔也知道，这些先生之所以愿意与他为伍，是因为他能为他们带来消遣。

他们走过高桥广场，在这里，一个瘦削的穿黄裤袜的小伙子找上了他们，并说出了一些令他们对其刮目相看的东西。他们一起在街上走得更快了。这一群人走到了通往修斯肯巷的街角。大家忘记了米克尔·策尔森。他继续站了一会儿，向四周看了看。城堡在黑暗之中静默着，除了护城壕桥柱旁的一艘小船在那里摇晃着，一切都静止不动。

远处的塔平静地挣扎着刺向天空,并且以窥视者带有皱纹的小眼睛看着塔外的一切。米克尔自言自语地念出几句维吉尔的诗句,那是关于永恒的黑夜和这黑夜的守门者的。

现在,回家吗?回家躺下听欧瓦·加布里尔的鼾声吗?不。米克尔低下头,跟上其他人。他们不理会他,任他站在那里,不用说,这意味着他们不再希望他跟着了。

修斯肯巷有好几个地方亮着灯。米克尔悄悄溜过那些关着的大门。他感觉到那种香气。他能辨别出是这里特有的那种树皮垫子和麝香葡萄的香气,这隐约地为他唤起一种似曾相识的想法,头脑中一些与印度人的大篷车、骆驼粪和干旱季节有关的画面。

康拉德·文森斯的商店里发出各种声响,门是开着的。米克尔·策尔森小心地走过去,往里面瞧了瞧。刚才碰上的那几位先生全都站在门厅里,很容易就能看出,那里面正发生着一些特别的事情。米克尔没进去,只是悄悄地躲到一边,这样他能看见里面发生的一切,却又能让自己不被别人注意到。这时,他在一座大秤旁发现了一个人。他认识这位十六岁的年轻贵族,他是国王的儿子克里斯蒂安。米克尔战栗了一下,觉得脸上热热的,往后退了一步,有点激动不安。他在那里看见了克里斯蒂安王子,他一辈子也不会忘记的这个形象。王子稍稍叉开双腿站着,他穿着绿白色的裤袜和红色的尖头长靴,侧对着米克尔这个方向;胸前挂着一条金链子,从两肩斜垂下来。王子左手拿着一串很贵的葡萄,不时地用右手从上面摘下一颗吃。米克尔很清晰地看见这张光滑细腻的脸:他下巴周围有一道淡淡的影子,那是刚开始生长的胡子留下的印痕。尤其让米克尔感到意外的是他的眼睛,一双小眼睛,向太阳穴上稍稍倾斜，但炯炯有神。王子的后脑勺很大，脖子粗而圆。看，此刻他把头转向受宠若惊的康拉德·文森斯，点了点头——他有着一头厚实的深红色头发。

啊，我也是红头发，米克尔想着。

在这张半成年的脸上有着怎样的庄重啊——不，现在他笑着，眉眼在动——矜持镇定！

奇怪！一个人可以有这样的仪表。

米克尔凝视着，两眼有点模糊，在忘情于这种崇仰的同时，他无意中发出了叹息声。他很仔细地关注着接下来发生的事情。所有在场的先生们都带着端庄的仪态靠近王子，他们全都以一种优雅的姿势站着：一会儿这个走向前风度翩翩地用贝雷帽上的羽毛向后在地上扫一下，一会儿那个咧嘴笑着向前鞠躬。一只只大杯子被庄重地举起，为王子的安康干杯，而王子也把下颌压向前胸，以同样的礼貌向所有人点头。康拉德·文森斯带着狂喜的热情，疾步走动，仿佛头上笼罩着光环。

但是有一个人在那里是自由走动的，一个衣着华丽的驼背侏儒。有人对他说话的时候，他用一条腿向旁边扫着，就像一条坐在自己后腿上吠叫的哈巴狗似的做出短促有力的回应。米克尔能够看见，在他说话时，总是用舌头将自己的右脸颊顶得鼓起来。有一次他们全都笑了，甚至王子也露齿而笑，而这侏儒则把脸颊很夸张地猛顶了起来。这次连米克尔也笑了起来，他在心里对此有着一份欣赏。那里面的各种声音听上去是多么有教养而克制啊。里面点着两支很大的龙涎香蜡烛。在店堂后面很远处，他看见欧德·易瓦尔森一个人站着，但看上去心情不错。不过，米克尔此时对他已经没有太大兴趣了。

米克尔·策尔森迷惘地在那里站了很久。店里的各种色彩和这些无忧无虑的先生们在场的景象,为他带来了一种满足。他觉得命运对他还是有所眷顾的。店里开始有大动静了,看来他们要离开了,米克尔赶紧让到一边。他看着这群人快乐地涌出门走上街,慢慢地走到对面那家富有的马丁·盖尔泽的店铺里。这时,米克尔留意到了克里斯蒂安王子的步态。

米克尔在城里又闲逛了几个小时。午夜过后很久,他再次看见了他认识的那些德国人,他们正转进海滩街区那条声名狼藉的小巷子,根本没人留意到他。从声音里可以听出来,他们已经在寻欢作乐中精疲力竭了。欧德·易瓦尔森已不再与他们在一起了。

第二天,哥本哈根的市民们看见,朝着集市的方向,有一辆四轮大车驶上了一幢高房子的屋脊。有人在深夜将这辆车拆了,把车的各个部分拖上屋顶,并在房顶上重新把它组装起来。还没到中午,全城的人就都知道了,这件事的主谋是克里斯蒂安王子。

梦想者

米克尔醒来的时候,已经不是早上了。他又躺了一会儿,然后才完全清醒。他做了个非常奇怪的梦,尽管他一点都不记得了。

光线从天窗照进来,落在这陋室的地板上。欧瓦·加布里尔已经去学校上课了,米克尔仍能闻到他的气味。他厌恶地皱起鼻子。

今天会发生什么事情?起床,到城里的人群中向命运兜售自己,这值得吗?米克尔思忖着。严格地说,昨天并没有发生什么要紧的事,但是他觉得自己的体验却如此强烈。不管这意味着什么,他在内心感受到一种冲击。一切价值都在更大的程度上下跌。米克尔觉得自己再也无法忍受目前的生活处境了。

米克尔背对着墙躺着,两眼呆滞,怔怔地停留在自己的思绪中。过了一会儿,他埋下头,闭上眼睛。他想起了苏珊娜。几乎就在同时,他感觉到一种剧烈啃咬着的饥饿感,他站起来伸手去拿衣服。

米克尔一无所有,他像麻雀一样地生活,每天都在上帝和凡人那里为生计斗争着。他穿上自己讨厌的红色皮裤,寻思着今天该去哪儿乞讨。他决定去城外碰一下运气,那里的人们尚未被城里的学生和其他痞子过度欺骗利用。

五月美好的一天。米克尔雀跃般地离开家，走过北门。当田野出现在眼前时，他因为愉悦而觉得困惑。他几乎是有点难为情地抬头望向天空。大地散发出春天的芬芳。这让他想起了什么？——一大片绿色的黑麦延伸到很远的地方。太阳带着祝福给出温暖。

米克尔沿着公路大步向前，并且前后左右地到处看着。显然，这是一个幸运日，他感到轻松自在。

是的，这是一个幸运日。米克尔直接走进一家湖边农庄，在一张宽大的长椅上坐下。一个令人愉快的地方：有人为他端出丰盛的食物，没有任何推托，没有任何强行灌耳的说教。主人把冒着泡沫的啤酒倒进杯里，感觉米克尔的到访为他带来了活力。看来在平日也不会有什么博学之人会借上帝的名义来这里，米克尔在心里记下了这个细节。煞有介事地吃喝一番后，这一天的麻烦就在这里被解决了——米克尔心满意足地重新漫步回城。他嗫着牙齿，眯缝起眼睛看着云朵，让目光追随着一只飞鸟，对自己的不朽灵魂说着拉丁语。

突然，米克尔停了下来，重新想了一下。难道不就是今天吗？难道不是今天他该去做自己在心中考虑已久的事情：去找严斯·安德森，去说服他？米克尔期待着这件事的成功，这位大学者是他的同乡。是的，就是今天，现在他想去大胆尝试一下。

但是，这决心已下并要去行动时，他又立即低下了头。他失去了兴致。他满心犹疑地来到严斯·安德森所住的那条街。可是，一到门前，他的全部勇气就都消失了，不过，现在他既然已经让自己行动起来了，那么他就要从中弄出个结果来。

米克尔·策尔森进入一间大客厅,他瞥了一眼墙上的对开页的大纸张……但严斯·安德森就在那里,从一张桌边站起来,快步走向他。严斯·安德森是个矮胖而宽肩的人,额头很大。他穿着皮衣。米克尔看着这张长长的、剃得很干净的脸,严斯·安德森正开始对他说话。他的声音很低很平,但是米克尔听得出他压低了声音,因为现在同他说话的人是一个类似于他的人,他想要什么,他名字叫什么,严斯·安德森很忙,没有很多时间。

米克尔·策尔森把自己的想法说了出来。他是否能得到一些好的忠告,因为他想出国留学……但是如往常一样,米克尔又分散了自己的注意力,因为对四周的观察令他感到晕眩:他看见墙上挂着一个用生铁铸成的细长的耶稣受难十字架,就不禁想着,严斯·安德森会不会在什么时候用它来调教他的那些狗。另外,他习惯于人们带着一定程度的意外来接待作为"鹳鹤"的他。严斯·安德森没有这样做,他也是同一种人。但是这时米克尔倒期望他会有这种本该令人觉得糟糕的反应的。在谈论要出国旅行时,他绝望地结巴起来,他因对罗马和所有南方的那些遥远事物的想象而晕眩——他原本是利姆海峡的一个铁匠的儿子……他的根在那里。

哼!严斯·安德森在地板上敲了一下,他的头斜倾着。他的反应就像个店老板一样直率而简捷。米克尔皱起眉头,看见他公牛般粗壮的脖子,脖颈上剪得很短的、发白的头发……这时严斯·安德森再次用没有光泽的双眼截断米克尔的视线,这目光是礼貌而不屑的,但蕴含着趋于暴怒的力量——米克尔把视线向下移,通过凝视着严斯·安德森没有胡须的下巴来把自己从窘迫中解救出来。这下巴上的皮肤没有颜色，并且绷得很紧，没有哪怕一丝皱纹。黑色的牙齿……很容易看得出来，他是日德兰人。米克尔再也无法忍受他的目光了，他就像被施了魔法似的看着那些围着他转动的书架。

一刻钟后，米克尔·策尔森站在了外面的街上。那么，事情的结局到底是怎样的呢？哦，是的，严斯·安德森·贝尔德纳克已经滔滔不绝地谈论了各种事情，到最后他很帮忙地给了米克尔一次口试！米克尔仿佛是在睡梦中做的回答，但以某种方式通过了前面的各种测试题而进入了对自己的学识作讲评的环节。不过，他还是把贺拉斯的一段诗歌读错了节奏，严斯·安德森用自己毛茸茸的手在空中劈着：要像这样，嗒嗒嗒嗒！

米克尔·策尔森带着羞愧悄悄离开了，像一条被扔出门的劣等狗，湿漉漉地弓着身子。

不知走了多久，他再次冒险让自己羞愧的嘴脸钻出头罩。环顾四周，他是站在高桥广场上。像往常一样，这里总是人来人往。米克尔站在一个大门洞的角落里，脸皱成一团，仿佛在努力地思量着什么。事实上，他差不多失去了一半的意识。羞愧和失望沉重地压着他，他内在的巨大自我感觉像一只危险的野兽蠢蠢欲动。尽管有着老鼠般宁静地站定的沉思，他仍向四周观察着，各种鲜艳的色彩带着刺伤性的清晰度挤迫进他的视线。一个女人高声叫喊着卖鲱鱼。米克尔·策尔森极度敏感地站在那里，就像刚遭屠宰的肉一样在邪恶的空气中颤抖着。

听！此刻城堡上面吹响了号子。那声音就像一根刺从头皮上划过。

米克尔瑟缩着，极其沮丧地继续往前走。吊桥从城堡大门上降下来，一群骑兵立刻策马冲上桥板，全都是一些身份高贵的人。他们风暴般地冲上街，在街角急转，向高桥广场小跑过去，马和骑手在拐弯的时候都向一边倾斜。他们是那么愉快，在马鞍上弹跳着，咔嗒，咔嗒。剑在他们的皮带上疯狂地跳舞，彩色的斗篷在空中飘出呼啦声。

　　米克尔往城里走去。到处都是士兵，到处都是马的嘈杂声。容克斯伦兹全副武装地骑马穿过街道，他的侍从跟在后面。这个全身铠甲的伟大人物带着皇帝般的尊严把头盔转向左边和右边。面甲掀起时，他可怕的八字胡在阳光中闪烁。他的坐骑在华美的马饰中喷吐出一声哼哧，这绝不是一匹便宜的马。

　　米克尔从一条街游荡到另一条街，让自己重新打起精神。所有街道最终都通往护城河河堤。他被关在这个贫穷、肮脏的城区里，这地方被鱼类的黏液和鲱鱼的鳞片还有小巷里僧侣和猪随地的大小便，弄得滑腻不堪。——他抬头向上，好自由地感受一下天空。空气潮湿，云朵飘游着。米克尔一下子想到辽阔的大海，他又向下走到了海滩上。

　　海风清爽，波浪快乐地汹涌起伏。在骚动不安的蓝色海峡上，帆船们不知停息地时而向前冲，时而靠边，忙碌不已。

　　突然，仿佛有一道雾在米克尔的眼中升起。他想起自己的梦。曾在很遥远的大海上，他看见一番奇异的景象。一根发亮的白柱闪耀在海平线上，看上去不过一根手指大小，但他知道它会向上升多高，因为它遥远得如此令人不可思议。它像一座雪白的银山峰闪耀着指向天空。在距离天空四分之一的地方，可以看见一个低矮的蓝色玻璃穹顶。如果有人走近它，它的绵延范围必定有好几英里。空空如也的大海在米克尔的眼前慢慢移动着。在米克尔凝视着这景观的同时，他觉得必定会有一条从大海流向城市的大河。因为，那是一个城市，并且它坐落在地球的另一边。

米克尔·策尔森朝着回家的方向走，他已经厌倦了这一天，他不想再在这天经历更多了。他不经过箭巷的那条路，今天，他不愿经过那些木栅栏，不愿向那里面凝视去寻找苏珊娜的身影。

回到家，他倒进床。欧瓦·加布里尔不在屋里，他很可能跑到外面，在门前一边转动着纯洁的双眼一边唱歌。米克尔仰躺了几个小时，不断冒出许多思绪。傍晚时，欧瓦·加布里尔拿着一只装得很满的袋子回家了。米克尔一言不发，站起身离开了。

夜幕降临，米克尔站在西门外的一条路上。他听到一个全速驰骋的骑士穿过西门。还没来得及转身细看，这骑手已经到了他面前。那是欧德·易瓦尔森。刹那间，他已经奔跃了过去。他俯身坐在马鞍上，一路驰骋，直奔城外的农村。米克尔凝视着远去的身影，听着这马是怎样在疾驰中从蹄间激射出泥土和石块的。

四周到处闻得到绿色谷物的香味。夜晚是完全宁静的。田蛙们在没有边际的梦中唱着，不停地唱着。

一小时后，米克尔朝着北门向城里走去时，再次听到身后传来激烈的马蹄声。他让到路边，看着欧德·易瓦尔森再次全速驰骋向城里的方向奔去。

几天后，米克尔·策尔森，也就是被称为"鹳鹤"的那位，在事先没有任何警告的情况下被逐出哥本哈根大学。不过，这对他来说倒并非完全出乎意料，因为他已经很久没有履行参加教堂礼拜仪式的义务了。同一天,欧瓦·加布里尔投向米克尔的目光,完全就像是在看一个没读过书的人。

尽管在良心上极度不安,米克尔却觉得自己得到了解脱。他做的第一件事就是蓄起自己的胡子。在接下来的这段时间,贫困、妄想、焦虑,不幸的事接二连三地落在他身上,而与此同时,他也确实蓄出了一对狐狸红的八字胡,像茂密的"扫把"一样分置在嘴角两旁,并顽固地向下生长着。

春天的痛苦

米克尔·策尔森所知的关于苏珊娜的一切就是：她是老犹太人孟德尔·施派尔的家人，也许是他的女儿。在第一次在花园里见到她之前，他就已经知道她的名字了。常有人用粉笔在房柱子上涂写这名字，还有猥亵的图画。名字和图画被擦掉后，又会出现，然后又迅速地被擦掉。有一天，米克尔看到老犹太人回家，进门之前，他用眼睛在房子的这个角上扫了一遍——不过那次上面什么也没有。

苏珊娜是她的名字，只有两次，米克尔清楚地看见了她。从那之后他再也不敢更长时间频繁地在房子外面逗留了。他会像个要经过那里办事的人一样走到这巷子里。经过栅栏前，他会假装不经意地往里面看，有时候会瞥见苏珊娜。她通常会在中午和晚上出来，在那些杂草丛生的小径上散步。

花园里到处都是杂草，高高的毒芹和野生的辣根。苍老的野苹果树的树干东斜西歪地四处伸展。街道的拐角处有一棵粗实的接骨木树，枝叶茂密像个棚顶。米克尔隐约觉得，它向里面花园的方向构建了一个凉亭，也许苏珊娜有时就会在那里驻留并且向外张望。米克尔不是很喜欢这棵树。然而它却吸引着他，因为他想象她会在那里。

晚上，当米克尔走过时，他会在向着花园的山墙上的一个小窗户看到灯光。夜里灯灭了，米克尔走过那里，会抬头向上面看。

孟德尔·施派尔房子不远的斜对面，就是圣克拉拉修道院，这里有一个黑暗的角落，米克尔觉得在傍晚和深夜直直地站在这角落里是很幸福的事情。他可以从那里看上面的窗户。

降临节前夕，城里安静下来后，已经很晚了，他就站在这里。城里经历了一场大狂欢。日出的时候，节庆就已开始，全城都在以舞蹈、喧哗、聚饮和音乐庆祝着降临节。城北的那些花园里，五月柱密集得像一片森林。幸福的人们都聚集在那里了，人们狂饮暴食，简直可怕。德国士兵尽情放纵自己，可能在进入战争前，他们要强化自己的生命意志。

米克尔·策尔森壮起胆子挤进快乐的人流，但他立刻就成了人群欢呼雀跃地涌过来的目标。人群中的那些男孩子认出了他，而现在他又收起袍子和帽子，他的两条红腿以其传奇性的长度展示出来。他们把他弄成了一个神秘教派宗教仪式中的崇拜对象。这就是青春。他们围着他跳舞，唱着一支感恩的歌曲。米克尔拐进岔路，躲到圣尼古拉教堂的墓地藏了起来。这一天的大部分时间，他都在这里，躺在墓间一个植物繁茂的角落，让阳光晒着自己。周围很安静，鸟儿叽叽喳喳，苍蝇飞来飞去。一只鹰从一个高高的塔顶洞中冲出来，然后飞走，消失在乡间。米克尔无所事事地仰面躺着，深深地沉入青草丛和杂草堆。他从一株在他头旁竖着的植物上扯出它的茎，看里面黄色的汁水冒出来，将新鲜的嫩芽插在嘴里咀嚼着，把草秆在手指间绕起来。时间流逝。墓地外面的城里依然热闹，有时在远处可以听到快乐的叫喊声。

天色终于暗了下来。米克尔悄悄溜出城，在一个简陋的农庄里吃了顿饭。他每咀嚼一口、每吞下一口食物，都让他想到，他在行骗，因为他现在不再读书了。

——此刻他站在这宁静、凉爽的黑夜里。全城一片寂静，米克尔醒着，就像所有其他声音都喑哑下来时耳边仍持续的嗡嗡声那样地醒着。花园在结着露水，黑夜充满了来自花园的芬芳。天上很亮，月亮在升起，从花园东边亮晃晃地照下来。

有人走上了街。米克尔听见脚步声在靠近。一开始他觉得这是守夜人。但很快他就听出了马刺的摩擦声。米克尔不愿在距离孟德尔家太近的地方被人看见，他走出阴影，沿街慢慢向下走。差不多快到东街的时候，他被后面的人赶上了。突然，后面的脚步声更快了，米克尔感觉肩膀被人拍了一下。他转过身来，惊讶地发现，是欧德·易瓦尔森。就是说，他还是认出了他。现在又该怎样呢？

晚上好啊，年轻的容克低声地说，带着友善的熟识感——不是米克尔·策尔森吗？

是的，是我。

前几天我们在塞利茨列夫一起出去玩过。后来我又遇上过您。您现在是晚上散步吗？是啊，这么好的天气！我不知道是不是……

他压低声音说，带着一种特别的温和，就仿佛他一人独处了很久。他停下来，尴尬地稍稍弯了一下腰。夜里微弱的光线扫着他匕首上的扣子。

是的，这天气简直好得不让人睡觉，米克尔说。

您能……既然您还要在外面走……我们是不是一起走一段？

米克尔对此并不反对，他们沿着东街往里走，穿过城区。

我在城里不认识其他什么人，欧德·易瓦尔森继续道，我是说丹麦人。

哦，是这样，米克尔认为这话是有道理的。他沉默着。他们一路走到圣母教堂，什么话都没说。

咳！欧德·易瓦尔森咳了一下，清了清喉咙。您愿不愿意随我到我的住处去喝杯葡萄酒？他现在用另一种语气说话，更冷淡了些，听起来仿佛有点沮丧。

米克尔没有理由说不，他们走到了西街的一个地方，欧德·易瓦尔森的住处就在那个区域。房门关着。

我们要进去就得叫醒他们给开门，欧德·易瓦尔森自言自语道。但是外面我的马上有一壶蜂蜜酒。

他们走过月光下的院子，到了一个屋顶倾斜的棚房前。欧德·易瓦尔森推开门。里面有一个马僮从麦草床上跳起来。是我，他对马僮说，为我们点一支蜡烛吧。

马僮点燃蜡烛时从眼角斜瞥了一眼米克尔。这是个很大的马厩，但只有一匹马，站在隔出的一个马位里。欧德·易瓦尔森走过去，拍了拍它，并在它旁边稍稍忙了一会儿。

回去睡吧，他对马僮说。然后走到一个角落，找出一只高高的木制啤酒杯，打开盖子，往里面看了一眼。

顺便说一下，我大部分时间是在这里，和我的马在一起……我们其实完全可以坐在这马槽上？还剩一小口，在壶底，这壶底很宽。请！

米克尔喝着，强劲的蜂蜜酒味道很好，很诱人，酒钻进他的身子，他马上觉得暖和了。他喝了之后，欧德·易瓦尔森喝了一大口。然后他们并排坐在马槽上。重新趴上麦草的马僮已经睡着了。马舔了一下木栏，静静地咀嚼着。

蜡烛灯柱在墙上的夹子里烧着。四周死一样的寂静。门外，月光下的院子一片白茫茫，就像刚下过雪一样。已经过了午夜。

米克尔偷偷看了欧德·易瓦尔森一眼。他对他的感觉越来越奇怪。但除了令人尴尬的苦思之外，他的脸上没有任何别的东西可让人察觉。他拧着嘴巴，朝眼前的地上凝视着。

这里好闷，欧德·易瓦尔森终于跳了起来。要不我们还是到外面去吧？不过，还是先喝完蜂蜜酒再说。

他们喝干了大啤酒杯，然后走出去。欧德·易瓦尔森推开门。过了一会儿，他们就到了城墙外。右转，继续沿着城墙走，他们仍然沉默着。

欧德·易瓦尔森无法继续保持沉默。是啊是啊，他以一种调笑的语气喊出来。米克尔看见他在月光中仰起一张微笑着的脸。我们在这里，漫步于五月的美丽天气中。十四天后，这一切也许全都会结束，月光和一切。

米克尔惊讶地看着这个年轻的士兵。欧德突然停了下来，仿佛一阵战栗袭向了他。

您以为我害怕这场战争吗？欧德·易瓦尔森说着，又继续向前走——您肯定不会这样想。但是，告诉我……对，您结婚了吗，或者，您订婚了吗？

哦，不，米克尔摇着头说，他几乎被吓呆了。

那么，您能否想象，您订了婚却又要上战场？我订了婚。我离开了一个女孩，在我出发之前，她答应等着我，哪怕这等待会是无限期的。

米克尔不敢动弹，欧德·易瓦尔森的尴尬和那明显折磨着他的紧张让他觉得非常不舒服。

她叫安娜米德，欧德·易瓦尔森稍停了一下，用非常轻的声音说道。

他们继续在沉默中走着。但是，在欧德·易瓦尔森再次说话时，他的声音变得温暖而虚弱。这是因为他刚刚说出了她的名字。

我是日德兰人，生在利姆海峡的一个小采邑里。他不安地咳嗽，并且等待着，直到他的声音重新有了自信。我父亲已去世多年，母亲拥有这采邑。——他犹豫着，显然在考虑怎样继续。

米克尔觉得他应当说出自己是谁。但他究竟为什么要这样做呢？他先前因为没这样做而避免了欧德·易瓦尔森的烦恼。米克尔沉默着。

他们经过了北门。来回走动着的岗哨用手臂扶着戟，停了下来，带着怀疑望向这两个夜行人。

我认识……我们相互认识已经五年多了，欧德·易瓦尔森说，从我还是个小男孩起就认识了。我母亲对此一无所知。这事情发生得出乎意料。我非常喜欢躺在一艘小船里在河里漂，用这样的方式一直漂到海滩。她住在峡湾边的一幢房子里，她的父亲是一名渔夫，我第一次见到她就是在那里。她十四岁，眼看就要长大了。后来我又见了她很多次。然后那件事情就发生了，有一次，我们躺着在河水流入峡湾的入口处钓鱼。我去那儿的时候，总能让她和我一同出海。

欧德·易瓦尔森沉默了一会儿，深吸一口气。米克尔与那个渔夫很熟悉。那是严斯·西维尔特森。他差不多天天都能见到安娜米德，不过她还是个小女孩，那时的她有着黄色的头发，像所有的小孩子一样，肤色是红白相间的。

但是……但是这一切又有什么关联呢?

突然一下子,当我们朝四周看的时候,发现我们已经漂得离岸边很远了!欧德·易瓦尔森带着明显的情感起伏继续说着。原本我也留意到水变得很深了,却绝没有往这方面去想。我们已经漂到了离岸边很远的地方。我立即抓起船上的长杆子往海底插,试图撑在那里,但它插不到底!

欧德神经质地点了一下头。

海风是朝着与陆地相反的方向吹的。我们看不到任何人。那个住在离岸边挺远的渔夫,严斯·西维尔特森,他当然也没在家。我们怎么办?一开始我们害怕得一句话都说不出来,甚至都不能大声呼救。但我看到船继续向外漂而我们离岸边越来越远时,我便拼命地叫喊着。然后我们都崩溃了,又是哭泣,又是抱怨。船倾斜着,晃荡着,因为我们不停地蹦着——看,我们绝望到了这样的地步。真是个奇迹,我们居然没有翻船落水。那时我还不会游泳。父亲在我小的时候就去世了,所以我学什么都很迟。我们终于喊累了,简直要抽筋了。那时,我们都还没有真正学会怎样处事。我们坐在船两边的横坐板上,不停地哭着。偶尔抬起头看到陆地变得越来越小时,我们又开始叫喊,直到喘不过气而筋疲力尽。那真的是一次非常可怕的危险经历。过了一些时候,估计我们是在船上睡着了,竟哭到了这样的程度。不管怎么说吧,反正一直在往外漂。但是最后,我们漂到了海峡另一边的撒陵。

欧德·易瓦尔森长长地舒了一口气。

同一天,一个渔夫把我们送回海峡。又过了四年,我们就订婚了。订婚是在今年春天。当然,我们两个都在很久以前就已经长大了。

他沉默下来。他们来到墙前一个开阔的、有月光照着的地方。欧德·易瓦尔森指着一块石头说：咱们坐一小会儿吧？

他们坐下。欧德·易瓦尔森有更多要说的，他默想地坐着。米克尔不知道该说些什么。他看见有着贵族身份的欧德坐着用一根手指在膝盖的衩缝上拨动，是那么六神无主。他和我之间没有差别，米克尔想着，在这个方面我们的情形完全一样，上帝保佑，我们是一样的。

但我得不到她，欧德稍停了一下说，极度地沮丧，沉思着，坚持着。我母亲反对这关系，因为门户不相当。如果我坚持，我就得不到采邑。后来我听说国王正在为打仗做准备。如果我从最底层开始的话，那么这是一个解决问题的办法。

现在，欧德·易瓦尔森说出了他能说的一切。剩下的就是，对这女孩的思念在销蚀着他，他几乎说不出这女孩的名字，他的心病，米克尔对此感同身受。

谁知道命运会为一个人带来什么，欧德·易瓦尔森以疲惫的声音说道。他身体前倾，将握在一起的双手放在两膝之间。

采邑是陈旧、破败的，他的嗓音仍是沙哑的。没有什么东西是像样的。他战栗了一下，然后大声打了个哈欠：我们走吧！

他们走了。月亮在天空中变得苍茫起来，太阳正在升起。黎明前，一道薄薄的玫瑰红淡雾开始笼罩城市。米克尔能够感觉到，欧德·易瓦尔森此刻对自己晚上的倾诉感到后悔了。他立刻说了声再见，并且离开了。

米克尔无处可去。他躺在墓园的一个角落里，现在天光已经够亮了。就在太阳从城市上空跳出来的时候，他睡着了。

米克尔沉陷

教堂执事在中午时分来到墓地，看到一个瘦长的、一动不动的人躺在那里的杂草丛中。他走过去，以为那是一个死人。但那人只是在睡觉，眼皮还在对着太阳抖动。

米克尔梦见自己正在攀登一座陡峭的大山，踩着两尺深的脚印跋涉在松软的雪中。但就在几乎快到达顶峰的时候，他坐了下来，再也爬不动了。在他的上方，高高的山道向左斜着往下拐。为了攀登到更高的地方，哪怕只是这一点点距离，他也必须走很长一段路，明显是要围着山绕上去。他放弃了，两脚插在雪中，就像是被种在那里一样。他坐下来。一切都结束了。他上方的山道处于一片由飞雪构成的火焰之中，山上所有冻成细粉状的雪粒由上向下猛烈地翻腾着。沿着山道向下是一长串披着黑披风的少女，带着狂野的快乐，在暴跳着的白雪漩涡中搏击着向前，与此同时，她们的斗篷不时地被吹到一边，她们的身体因为寒冷而变得通红。她们以无限长的队伍不断地从山上下来，有一些微笑着，有一些大笑着。她们全都很像苏珊娜，然而却都不是她。

下午，米克尔醒来，他很清楚地记得这个梦，并为之感到不安。他隐约感觉到，他永远不会再靠近苏珊娜了，尽管他觉得她是他命中注定的人。他带着满心恐惧的预感想着，我肯定会倒霉的。不幸的感觉笼罩着他，不过比起大多数人，他倒是为自己预卜了更大的幸福。突然有这样的想法落进他的头脑，就像一种昏暗悲惨的先见：他将死在自己手里。

距离西门外的陡坡不远处就是拾荒拉克人的坑。现在是夏天，那个地方大部分时间都充满雾气，因此人们就无法看到坑里的腐肉。坑的一边紧靠着公路，拾荒拉克人竖起一根顶着马头骨的杆子作警示，以防有人跌下去。米克尔常经过那里——他喜欢待在墓地或刑场。在这些地方，他可以避开人众。米克尔渐渐对杆上的马头骨产生了一种奇怪的好感，就好像他与死去的无奈的头盖骨分享着某种共同的秘密。这骷髅张开大嘴，就像是在发出来自地狱的持续而无声的嘶叫，眼窝瞪视着，袒露的牙齿召唤着撒旦身上永恒的地狱之火——在其顽冥的恶毒之中，它甚至想要用鼻孔的部位来向前刺戳。但米克尔却与它有着一种秘密的友情。

一天晚上，米克尔遇上拾荒拉克人正在剥一匹自然死亡的老马的皮。他就和这个名叫杰尔克的拾荒拉克人聊了起来。但杰尔克一直没有搭理他。杰尔克是个寡言的人。不远处就是他的小屋。但那天晚上，米克尔在拾荒拉克人的饭桌上吃了马肉。在那之后，米克尔偶尔还会去找他，并且帮他做点儿事。这个专门收垃圾掏粪的人，在其本性之中有着某种被紧锁在内心的理解力，米克尔把他当作自己的朋友。

有一天，他们一起剥马皮。米克尔手里拿着刀，坐着沉思了很久。

他想起那时在家乡，安德斯·格劳的马病得活不了时的情形。安德斯·格劳决定亲自去杀掉这匹马，他用弩箭射在它两眼间，它的牙齿立刻就啃进了雪中。头先撞地，然后后腿失去了支撑力，整个躯体也就冲到了地上。是的……是的，大地当然是合情合理的，尽管它默不作声。有时候，我们得到了许可，去做我们想做的事情，我们越是高兴，就越是相信这一套。但是所有生物都是在与自然作对的情况下被创造出来的，与重力相对立。人类甚至让自己的前肢离开地面，用两条腿来欺骗重力。上帝让活着的东西变胖，这样它们就会更沉重地落在地上，因为上帝和撒旦是一回事。但是大地……

米克尔看见一个无助的婴儿躺在他身下的大地上，这是一幅栩栩如生的画面。这婴儿仰卧着，像胚胎一样四肢折叠。但是现在这婴儿在他眼前长大起来，如此迅速，以至于他无法同时去关注所有细节。一会儿有一双睁开的理性的眼睛在向上看着他，身体两侧有精致的白色手臂；看，双腿已经变得那么长了！一会儿脸上被蒙上悲伤的阴影，然后，微笑在各种表情上飞过，甜蜜的残忍，恐惧，犹疑。两手已经长得很大，而且是棕色的。他从脚趾看到头部，胡子像乌云一样蔓延到下颚，额头因痛楚而弯曲成拱形。这婴儿现在变成了一个成年男人，他静静地躺着，全神贯注，聚焦于自己的内心。然后，他已经老了。胡子变灰，头发脱落，两膝瘦削地露出来。全身都是皱纹，肉在皮肤下枯缩。突然，有一个黑色的框子跳出来，把年岁沉积出的悲惨围了起来。你还能对发黄的两腿再瞥一眼，然后泥土如雨点般落下，棺材盖合了起来。

哦，大地收回了本来就属于它的东西，它把它们旋起又甩下,然后从自己的外壳上把它们拉出来。它只在你身上的一个地方弄出空洞,然后,你的肋骨会啪啦啦地落向泥土,你将像一根底部已腐烂的柱子那样砸向地面……在安德斯·格劳射杀了那匹马之后,就轮到拾荒拉克人来处理马的尸体了。他将在外面的雪地里把它开膛并切割成小块,米克尔站在那里看着。

那是一个月色清朗的结着冰的凌晨。幽灵般的微弱烛光从西边照过来,白雪绵延好几英里远。这雪扩展到大片草地上,开始发蓝。它像白色的蛛网一般向上覆盖那些遥远的坡地,没有人能分辨得出哪里是白色的闪光,哪里是被雪掩没的土地。天气是那么冷,雪在脚下发出嘎吱声。寒冷像滴落的酸液腐蚀着手指。草地已被冻死,但是那条小河,在雪中敞开着,黑黝黝的,带着不可救药的生命力爬行着贯穿这片草地。

拾荒拉克人把安德斯·格劳的马扳起翻过来,使得马背朝下,然后开始开膛。血落在雪中,把雪融化开,形成一个大大的棕色的坑,粉红色的泡沫则又马上结成冰。每割下一刀,从冒着热气的马的躯体上就喷涌出一种颜色来。这肉在鲜美的蓝色和红色中表演着。看,这些碎片仍在晃动着,抽搐着,在寒冷的空气中颤抖着。被切断的肌肉像被火焰销蚀的蠕虫一样翻腾。长长的气管暴露在天光之下。白齿显现出来,就像四排神秘的字母。一道精致的粉红色的膜出来了,上面的图案有着无数的蓝色纹理,就像从天空向下俯瞰时所能够看见的一片有着很多河流的国土。胸腔被打开时,就仿佛有一个洞,大大的浅蓝色的薄膜下垂着,棕色和黑色的血从满是血管的切面上的小孔中流出,黄色的脂肪自上而下构成诸多持续滴落的串型。肝有着比世上任何其他棕色的东西更纯的棕色。脾显现出来了,蓝色的,像黑夜和银河一样斑驳。还有更多鲜明的颜色,蓝色和绿色的内脏,砖红色和赭黄色的各个部位。

中东所有华丽、粗犷的色彩:黄如埃及沙漠,青蓝如底格里斯河和幼发拉底河上的天空;所有远东和印度艳丽炫目的颜色,在拾荒拉克人肮脏的刀下绽放在雪中。

欧德·易瓦尔森的沉沦

随着天气渐渐变暖，进入哥本哈根的人越来越多。贵族们带着他们的随从们住进了这里。每天都有大群应召的农民来到城里。整座城都在汗流浃背地为战争做着准备。各种各样的事情就以这样的方式偶然地发生，其中并没有什么绝对的内在必然性——当然，季节有着自己的天然属性，每一个渐渐形成的夏天都会有着自己的骚动，夏天到来，也必定随身携带着自己的行李。每一年，差不多在黑麦开花的时候，农民们就会成群地在哥本哈根的大房子门前的石阶上坐着，他们全都满心戒备地守着自己的午餐袋。来自灵斯泰兹周围地区或天堂山地区的面制食品，因为存放得过久而完全扭曲变形。蓝水勾的腌比目鱼与石楠区域的烟熏火腿一起被人吞咽进肚子。骑兵、德国人、容克贵族从早到晚全都拥在街上。现在是六月份，正是人们聚集的时候，船只也都准备就绪，国王每年都在这个时候进军瑞典。

军队出发前一天的黄昏，米克尔·策尔森弯腰捡起一块被扔在路面上的火腿壳；更远处，他发现了一块血肠皮。他正要进城办一件事。他在胸前贴了一张他早上写下的字条。

就在米克尔走过一处高高的台阶时，他脖子上挨了一棍子猛击——那是一个衣冠整洁的男人,站在自家门口,也就是这台阶上面,出来呼吸一下傍晚的空气,而米克尔走到了距离他太近的地方,同时他说了几句很愤怒的话。米克尔微微颤抖着。这一击打在了他脊骨最敏感的部位。他走了几步,也许这是对他心中想着要做的事情的预示。但他突然转过身,抓住上面那男人的脚,猛地向下拉,那人便跌了下来,悬挂在栅栏的一根板条上的开叉处,发出一声尖叫,昏了过去。米克尔赶紧跑到一个角落躲了起来。

啊,他在那儿!有人从街道另一边高声喊道,他想要往那里跑!他们盯着米克尔,穷追不舍。但是他跑啊跑,一直没停,直到他一下子猛地越过围着墓地的矮墙。他气喘吁吁地趴倒在墓地里。

天色还不算很暗,米克尔暂时只想着他找到的血肠皮。他拿出来享用。以前米克尔从不曾在黑暗中进入墓地,通常他都是白天在那里睡觉的。随着天光越来越暗,他变得警觉起来,环顾四周,很快就因兴奋而浑身颤抖。他一下子躺下,把头插进高高的草丛构成的掩体中。

他躺了一会儿,然后听见了吱吱的响声——魔鬼正弯腰站着,在他的上方笑着!米克尔迷惘地看着空中,那里什么也没有。

黑色的教堂尖顶不祥地插向天空,隐约如一团浓缩的黑暗。米克尔因恐惧而战栗,他坐起来,情不自禁地呼唤着魔鬼,他暴怒地以炙热的地狱之名诅咒他!一座座坟墓沉默地躺着,满足于对邪恶的享受。十字架和墓石带着粗野的亲近感在黑暗中大笑——一切怀有恶意的东西都在附近萦舞着,嘲笑着他,但它们是无形的,并且以胜利者的姿态隐匿自身。他战栗着,威胁着自己向眼前看,并且在高热之中低声呼叫撒旦的名字。

米克尔强迫自己的眼睛久久地朝着同一个方向看,死亡的恐惧诱使他暴露自己,听凭地狱在背后向他展开攻击。有时他转过身,会觉得有一只令人厌恶的猿猴站在那里,它是从地上悄无声息地冒出来的。他感觉被带到了恐惧的极点。他猛地向后转过身子,但那里什么都没有。牙齿在他的嘴里打战。但是,这猿猴将会跑过来,他将在这野兽的身子下面徒劳地试图保护自己。没有任何解释,连一字一句都没有,我们通过米克尔的眼睛看到的景象就是这样:这猿猴将自己毛茸茸的手举到米克尔的头上面,伸出两根叉开的手指,瞄准。——米克尔根本没时间去深思,是否有什么方法可以去阻止这充满仇恨的力量。这两根手指瞄准他的眼睛。哦,不!哦!这邪恶的东西正在将两根伸展的手指插入他的眼睛!哦!又一次!米克尔无力地跪下,抬起头。啊,这可恶的东西,它把两根手指深深地插进了他的眼中!

米克尔久久地挑战着各种怯懦的力量。来吧!——他比一只绝望的麻雀更害怕,因为麻雀还会在狗张开的嘴巴前保护自己的雏鸟。而他周围的这种邪恶则认定了要以沉默来杀死他。所有十字架全都怠惰而宁静地站立着,它们是一种恐怖与诅咒的本金,这本金生出利息和利息的利息。黑暗的空气本身以剧毒的讥嘲笼罩着他。黑暗从后面刺向他。没有任何东西显现出来,这沉默的残暴并不想给他致命一击。

是的,是的,在魔鬼的皮肤和骨头之中,米克尔躺下并发誓让自己安静下来。他摸进胸口想知道字条是否仍在那里。——但现在,怀疑已经占了上风。——米克尔就其天性而言是异教徒。多少年来,他和他的家人对这宗教在根本上的领会就是各种誓言——难道这一切真的意味着什么吗?

但他是害怕的,战栗碾碎了他。午夜之前的几个小时,他躺着,因恐惧而发高烧。冷汗从他身上冒出来,汗珠从头发落到胸前的汗毛上。恐怖在他的肚子里尽情狂欢,他不得不当场屈服于大自然的威力。

时间向前爬着,天色越来越暗。寂静更浓了。一切都在变化着,不知不觉并且不可逆转,就像一个正死去的人所感受到的情形。空气因最轻微的声音而硬化。恐怖向前伸出僵硬的脸,张着大大的嘴巴,在空中坐着。

钟声终于在塔中撞响十二下。米克尔病得更严重了,他难以坐起身。他努力不把这一切当回事。这是不可能的,这毫无意义。但他还是想这么做,尽管他不再相信这种做法。米克尔悄悄走到教堂门口,手里拿着他写有自己的誓言条款的羊皮纸条。他弯下腰,凑向钥匙孔——因为被眼睛下面的一条寒冷的疾风线击中,他马上跳着又重新回到原先的姿势。他不再等待,对着钥匙孔吹气,用手指节在门上敲了三下,同时,他提及了邪恶者的所有头衔和级别。

撒旦保护着自己,他不出现。

然后,米克尔惭愧地深深叹了一口气,离开了。

同一天中午,欧德·易瓦尔森一直在箭巷走着,他看见了孟德尔·施派尔的女儿。他心里只想着一件事——明天他将要出发。安娜米德!她将怎样生活,有着可爱的黄头发的安娜米德?——这时,他看见苏珊娜,但他继续向前走,并没有特别留意她。

晚上,欧德·易瓦尔森坐在马厩里,和他的马在一起。

他的所有装备都已整理好,一切就绪。接下来该做些什么呢?他的心跳到了喉咙口。在乡愁和思念面前,他无法平静。天已经很晚了,但他心中狂涌的血不愿停息。

他走出去,在街上晃荡着。沿着箭巷,他走过那个花园,在那里瞥见了一个黑头发的小姑娘。他猛地从木栅栏上扯下两块板条,强闯进去,像公鹿一样向前穿过灌木丛到了那条小径。他左边有一声轻轻的尖叫,他听到有人在逃,一条裙子的沙沙声。然后,他跳着跑过青草地和杂草丛。他感觉到了什么,要比所见的东西更多。他绕着一棵树扑过去,抓住了她。

他又立即放开了她,垂下两臂。他们面对面站了一会儿。他无法清楚地看见她,但听见她急促的喘息。一根树枝被脚踩住了,然后弹起来,带着绒毛的叶子擦过欧德的脸。

突然,她做出一个极快的动作,似乎是想逃开。

不,欧德就好像在病痛中一样恳求着,结巴地说。他猛地伸出双臂抱住她。

搞什么呀?她沙哑地低语。她颤抖着,踮起脚尖伸展开身子——欧德看见她,却无法在树下的黑暗中辨认出她的形象。他把右手移向她因露水而变冷的头发。他忧伤地叹息着,然后收回手,轻轻问道:

你叫什么名字?

苏珊娜,她气喘吁吁地低声回答。同时她跳到一边,撞在树上,绕着它转到后面,然后消失了。被她撞开的灌木丛在重新合起之前发出沙沙声,并继续上下晃动着。最后,一切又沉寂下来。

欧德·易瓦尔森抬起头。夏夜的天空在花园上方拱起,星辰虔诚地闪烁着。两侧是山墙阴暗的三角形轮廓。她消失了！欧德慢慢地又重新向外朝大街的方向走，心中感到窒息般地难受。每次他用脚在深密的草丛中搅动，都感觉到一种草药和青草的清凉气味。不，欧德还不能离开花园。他沿着小路走到灌木丛后面，来到一棵接骨木树前，这接骨木树朝着花园围成一个洞窟。

她躲藏在那里。欧德伸展双臂向前摸索时，他找到了她。他的手碰到了她的头发。她不作声，但把头完全缩进两肩之间，颤抖着。欧德跪下来想拥抱她，但她执拗地让自己挤回到缠绕得很紧的枝条中间。欧德跪着向她移动，碰着了那里面一张桌子的边缘。

苏珊娜！他低声说，苏珊娜。他重复着这名字，变得稍稍平静一些。她迅速地跳出来。不过他用双臂围住了她的裙子和膝盖，紧紧抱住了她。

你是谁？她颤抖地问道。

他没有回答，而是低声笑着，迷失在这瞬间之中，他感受到她身体的温暖；她的裙子摸起来有点粗糙，但是他从停留在那里的双手上感觉到幸福。在喜悦中，他把双臂伸向她腰间，强使她跪在自己面前，他轻柔地抚摸着她的头发和炽热的脸颊，试图让她的脸转向自己。他也确实让它转了过来——但是她骗了他而迅速把脸扭向另一个方向。欧德再次强迫着扳动她圆圆的用力反抗着的头——这时她又突然放弃了反抗，把脸藏进了相反的一边。

不——不！欧德狂喜地低声说道。他觉得他得到了许可，他用力强行把她拉向自己，但她以膝盖和胳膊顶着抵抗他——他伸出脖子，在她还没有反应过来时吻了她。他再次吻了她，除了一张小小的、紧闭的嘴之外没有品尝到任何东西——但在这时她慢慢伸展自己的身子,配合地伸展到他的下方,他把她抱住,她的整个谦卑的身体,纤细而顺从地在他怀抱里。欧德再次吻她,她的嘴巴像一朵带有许多丰腴的花瓣的玫瑰一样绽放起来。这使得他喉咙不舒服,他羞怯地退缩了。他又一次吻了苏珊娜,与她的热情相撞。然后他变得有点反感,靠在接骨木树冰凉的叶子上,深深地感到沮丧。但是苏珊娜把自己的头倚在他胸前,靠在他的下巴处。

他们就这样坐了很久。城里是宁静的。午夜深沉地回响着的钟声撞进了这宁静。

明天我们就要出发了,欧德说。他的声音里听不出任何不幸,不会是因此而不幸。欧德深深地叹息着用手抬起苏珊娜的头。

你在为什么事而哀伤吗?苏珊娜问道。

什么?他的声音就像是一个回声。过了好一会儿,他以平淡的声音回答道,是的。苏珊娜咬着并吻着他手指上的骨头。

欧德听到了街上的脚步声,专注地倾听了一会儿——脚步声消失了,他不再去想它们。

这时站在接骨木树外面的却是米克尔·策尔森。他来了,看见了木栅栏上的洞。他一直在那个地方站着,直到听见教堂钟声向整个沉睡着的城市敲响了一点钟。这时,他们两个出现了,而米克尔认识欧德·易瓦尔森。他看见他们在这荒凉的花园中把自己埋进灌木丛里,那些古老的扭斜着的树干构成一个散发着芬芳的缠结物,颜色枯灰的原始生物,向着各个方向伸展出枝杈,就仿佛它们在瘦骨嶙峋的生命智慧之中不知该指向哪里。

欧德顺着梯子走向苏珊娜的闺房，苏珊娜牵引着他。这里，自由自在的夏夜之光从屋顶老虎窗口落进来，欧德看见了，她是那么可爱，黑色和白色，就像黑夜和白天，一个太阳的孩子，来自一个他所不知道的世界——看，她发出白色的光辉，但被金色的棕褐外表笼罩着，就仿佛在她还没长大成人变白之前，她的皮肤就已完全被太阳晒黑。她的血就像黑夜和白天，狂野又无邪——欧德在目眩之中屈服于她炽烈的热情，他在内心之中感到惊惶，并且想起安娜米德。但他越是悲伤欲绝，苏珊娜的感情、喜悦和忧虑就越是丰富地喷涌出来，她因这阴暗的痛楚而变得极乐。她爱他，因为他沉默并且有着充满陌生的绝望的眼睛。她闪耀着温柔，以黄褐色的带着阴影的胸脯引诱了他三次，他三次退却着避开，就仿佛他会死。直到最后，他心碎了，在内心隐隐地痛哭着，他把她拥进怀里。

守夜人在街上唱着：我们的钟敲了四下！号子在遥远处吹响，穿透早晨白色的宁静。这时，欧德·易瓦尔森踉跄着出发了。在花园外面，他一头撞进守夜人的怀里，并且在耳朵里被灌了好多令人恼怒的"好好醒醒吧"之类的话。他赶紧跑开了。这是一个雾蒙蒙的早晨。听，马蹄在关着门的院子里刮擦着地面上的鹅卵石，现在他们全都准备要出发了。

不时会有一些光从门缝里钻出来，有武器轻轻相碰的声音，现在他们在屋子里地板中央的灯光前穿戴上盔甲……欧德·易瓦尔森跑着穿过城区到了自己的驻扎地，他想要到世界的尽头，立刻就绪，直接投入搏斗和混战——他的心中必定在沸腾着，他做了什么，忘却，忘却。在奔跑的同时，他下意识地紧紧闭上双眼，因为他总是不断地看见她，这个如此炽烈地以爱的激情待他的女人,他仍能在头发里感觉到她的双手。哦,她把他的头如此紧紧地、紧紧地压向自己的乳房——甚至他暗中在她心头痛哭……这想法像子弹似的击中他,欧德在空中蹦起两尺高。他疯狂地奔跑,穿过那些晨雾笼罩的街道。

在盲目的奔跑中,欧德迷了路,走进了一条狭窄的小巷。他放慢了步子,开始通过放声大哭来缓解他喉咙口的疼痛。随后他觉得痛苦得快要窒息,于是又奔跑起来。这时,他看见雾中有一道肮脏的光,来自一幢穷人住的小房子上被照亮的窗玻璃。就像一个小孩在哭泣了很长时间后,会在伤心之余想到要去刮弄墙壁上的石灰那样,欧德·易瓦尔森走向那窗户,透过窗框旁的一个三角形小孔看进去。

他看到一间天花板很低的、凌乱的起居室。就在他面前,一名男子背对窗户,靠着一张椅子站着。椅子上坐着一个年轻的女人,只看得见她粉红色的袖子和两只手。这两个人的身体挡住了桌上蜡烛发出的光。恰在欧德正透过小洞往里面看时,那个男人正在以一种不怀好意的方式抬起右臂,看起来他似乎是把左手放在那坐在椅子上的女人的额头上。上帝!他用手大扫了一圈,割开了女人的喉咙!一声窒息的漱口般的呱呱声传了出来。这男人转动手里的刀,把它插进受害者的胸膛。他让刀子留在那里,同时用膝盖顶着椅背,把椅子连同被杀的女人一同向前推出,让它倒向桌子。烛光灭了。

欧德·易瓦尔森抓着自己的头转过身,像疯子似的凝视着街道。然后他的腿动起来了,跑起来,直到他——头上不再有帽子、头发在他身后散开拍打着——回到他的住处。他无告无慰地冲进马厩,奔向自己的马。

石头被抬出城

第二天，军队离开了。国王汉斯以及他的手下，雇佣兵和农民，横幅，马刺，枪支和食物袋，所有这一切都被清扫出城。大街小巷从这头到那头空无一人。那在之前总是回响着金属声和自夸的空气，现在则懊恼地进入沉寂。对于狗和猪来说，基本上不再会有无缘无故挨人踢的危险，它们勇敢地跑出来，在军队离开后留下的垃圾中嗅闻着。整座城渐渐恢复正常，又能够重新关注自身的内部事务了。同一天中午，西门外面的绞刑架挂上了两个因被收藏太久而简直要发霉的犯罪分子来做装点，一大一小。缘于多起在夜里犯下的刑事案件，其中包括汉堡-洛特被发现割断喉咙死在家里的案子，警方开始进行调查。那个夜晚发生了一个人所能够想象的各种各样的事情。"临近离别时刻"的想法以不同方式对很多人的内心产生了影响。犯了罪但已经不在城里的人不会被绞死。

傍晚时，有一小群人聚集在市政厅前。一个行窃的男人、一个行淫被抓的女人被锁起来关在木枷中。女人很年轻，漂亮非凡，那是孟德尔·施派尔的女儿苏珊娜。清晨，恰是在顾客从她那里逃走的时候，守夜人抓住了她。他已经盯上苏珊娜很久了，留意到人们在房子外面的角落所写的寓意明确的文字。守夜人是个独眼；有一次他在夜间的骚乱中被一个流氓刺瞎了一只眼睛……如果孟德尔的女儿苏珊娜是丹麦人的话，那么我们就可以相信，她的收入所得仍留在城里作为城市财富的一部分，于是守夜人完全可以用他瞎掉的那只眼睛来看这件事。他善于熟练地在公正的边界上做出通融。但苏珊娜是一种来自外国的黑暗事物。因而她被示众，在人们向她吐唾沫之后，她将在脖子上挂着石头游街出城。

人们在木枷周围站成一圈，而且不断有人涌过来。窃贼目光警觉地坐着，如果有人靠得太近，他会像疯狗一样露出自己的白牙在空气中猛咬着，嘴里冒着泡沫咆哮着。还有他从木枷的洞里伸出来的两只脚，因狂怒而颤抖不已。随后他稍稍安静下来，他的表情放松了，流露出一种忧虑……他随即发现了一个上了年纪的、衣冠整洁的男人开着玩笑地向他走来——吼，吼，吼，犯人立马像猛兽一样闪电般地向四周咬着、叫着，那人便惊恐地赶紧往回跑。人们大笑了一场。看，衣冠整洁的男人脸色铁青，嘴角溢满恨意。他看了看那犯人是否有警卫看守着，然后对准木枷里的犯人的鼻子和嘴巴猛踢了一脚，带着恶毒的眼神转过身——看，这垃圾！——随后走开了。窃贼眨了三四次眼，用阴森森的目光盯着他，咬紧牙关，但不再咆哮。在窃贼的鼻子两侧各冒出一个死尸般发白的白点。

在窃贼旁边，隔着一定的距离，那是四个洞的间隔，苏珊娜也在这木枷上。她赤裸的双脚被锁在木枷中。不止一个人想要在这双娇小可爱的脚底上去搔一下痒。她穿着一件绿色的裙子，他们在她的肩膀上盖了一只粗麻袋，遮掩住了她的手臂。她一动不动地坐着，脸向胸前垂下。她茂密的深褐色的头发上挂满唾沫。

老孟德尔·施派尔站在旁边不远处。他穿着黑色的犹太长衫，胡须从他那拉长了的、带着各种忧虑表情的脸上垂下来，他弯着脖子站着，与一个面孔肮脏发黑、谁都不认识的年轻人说着话。这年轻人有一头卷发和一双红褐色的老鼠眼睛，他瘦得像一把刀。他是赫尔辛约的一个商人，孟德尔·施派尔一早就让人把他找来了。

然而，拾荒拉克人杰尔克已经到了，他把两块大石头绑在了一起。不需要进一步的准备工作了。但在他们把苏珊娜从木枷中放出来之前，她父亲犹豫而疑虑地走近她——他用自己死人般的眼睛先是向上看了看守卫，然后向下看了看他手中拿的一双小鞋子，又看了看女儿赤裸的双脚——随后他又将这动作重复了一遍。守卫倚着戟站着，凶悍的小胡子一动不动，没有制止他——但这是否意味着是可以的？孟德尔·施派尔犹豫着，随时准备着撤退，同时，他赶紧把鞋子笨拙地绑在苏珊娜可怜的脚上。他用手扶着她，帮她站起来。做完这一切后，他不得不向后退，让到路外面。

在杰尔克把绳子放在苏珊娜的脖颈上时，他黄色的男性面孔上没有一丝肌肉的抽动。不过，有些人认为，他所选择的石头实在是小了一点。

游街开始了。最前面是杰尔克和苏珊娜。在苏珊娜的另一边，孟德尔·施派尔蹒跚着向前，稍后于他的是那个他曾与之说话的年轻黑人。接着是一群快乐的人，城里诚实而体面的市民：鞋匠和渔民，学生，产妇和少女。沿着维梅尔夏福特向下，人群行进得十分缓慢，因为苏珊娜承受着两块石头的重量，摇摆着蹒跚而行。每一次她一踉跄，孟德尔·施派尔就赶紧冲上去，希望杰尔克允许他用棕色的、瘦骨嶙峋的手去扶她，痛苦在他的脸上抽动，就好像是他自己挨了鞭子一样。

今天的娱乐活动真的是很丰富。看,"鹳鹤"也穿着靴子来了。红色的麦草人从圣灵教堂的一个角落冒出来,年轻人马上向他致以欢迎的问候。但这一次他拒绝了他们,用尖头棍刺着。男孩们在愤慨的尖叫声中闪开,让他不受干扰地通过。现在"鹳鹤"的脸上肯定有了小胡子,人们笑着说道。看吧,他这么匆忙地跑来,就是为了看这女孩。

游街的人群到达集市广场,引发了更大的关注,人们在门前和窗口探出身来。一位年轻学徒工哗众取宠地从一家商店里冲出来。他发出一声调侃的假装害羞的号叫,抓住苏珊娜的裙子,把它甩到空中,这样她的身体从脚到腰都裸露出来了。尽管人众觉得这是成功的幽默,但这是被禁止的。这样的事情是不可以发生的,杰尔克严肃地用眼皮向这找乐子的孩子示意警告,并且靠近苏珊娜以保护她免受恶作剧的伤害。杰尔克向四周看了看,他留意到米克尔·策尔森在场。但是杰尔克没露出一丝认识他的表情。

苏珊娜几乎无法再承受这压着她的石头了。她因疲倦而颤抖,脸颊因挣扎而绯红。他们沿着东街走了一段之后,她头一次睁开那双富有光泽的大眼睛——并且马上泪流满面——然后停了下来。杰尔克一声不吭,把苏珊娜身上的石头拿起来放在地上。然后他倚靠着自己的棍子,等待着。孟德尔·施派尔匆匆对自己的女儿低声说了几句话。哭泣使得他嘴角颤抖。但是他很坚定地说着自己的话。苏珊娜低下头,不再哭了。

随后杰尔克再次让她背负起石头,他们穿过城门走到了城外。在这里,法警简要地为苏珊娜宣读:在得到了这惩罚之后,她可以走了,但是如果她以后再次进入城门,她将重新招致法律的惩罚。不远处,有一辆车正等着。父亲和女儿,还有那个陌生的犹太人,一起登上车,随后驶走了。

米克尔·策尔森在后面跟着。

这破旧的马车驶不快。车夫是个脖颈上的头发被太阳晒淡的小个子农民,他不知疲倦地刺着自己的老马夸张地吆喝着。这车也确实沿着下坡路跑了起来,扬起一些尘土。因为这点跑动,这辆车发狂地吱吱作响。不一会儿,它又一步步地走了起来。

这是一个干燥的七月天,那些大灌木,路边生长的金色打碗草,散发着蜂蜜香味。田里的黑麦在温暖的大风中成熟。海峡是深蓝色的,左边的森林在明晃晃的夏雾之中滚成球形。太阳斜下西方,夜晚马上来临。

米克尔跟着马车追了三十公里路,但是车上的人甚至一次都没回过头。

距离赫尔辛约还有差不多十五公里路,他们进入一家小酒馆休息。夜幕已降临。在进入乡村四公里路的地方,一口可怜的教堂大钟仍在向西方的晚霞敲响。它哀叹着、咒骂着、无告无慰地喵喵叫,像一只房外的棚屋里甩动着露珠走来走去到处寻找——寻找自己死去的那些小猫——的母猫的叫声。

米克尔·策尔森没有什么理由进入酒馆。他坐在大菩提树下穷人坐的长凳上。过了一会儿,斟酒间里的灯亮了,他站起来,走到那扇敞开着的门外,往里面看了看。

苏珊娜坐在桌旁,另外的两个人站着,急切地对她说着话。老孟德尔看来是想要以自己全部的人生经历来说服和安慰她。他安抚着她,他的态度表达出了一个父亲能够向孩子展示的所有关心和帮助的渴望。那个有着茂密卷发和冷漠眼神的年轻犹太人，一边用双手比画出各种雄辩而有说服力的手势，一边插话说：难道不是这样吗？不正是这样吗？但苏珊娜无疑听不进他们所说的任何东西。

　　她坐着，将双手放在椅背上，让自己疲惫的头靠在这手上，脸转向门口。她什么都没看见。她的嘴稍稍张开。这就是她：嘴巴上方那隐约的阴影，那两个奇妙而无法安宁的鼻孔。这些特征在悲伤中是多么柔和，有着难以言表的美丽和忧伤，两只眼睛病态地清澈和锐利……哦，但她的悲伤并非缘于他们所想的事情——嘴角旁的痛苦表情也可以说是一种神秘的微笑，眼睛里那疲倦，疲倦的光泽不仅仅只是悲伤。泪眼中的表达分裂成两个部分，一半是悲伤，一半是甜蜜。

　　米克尔往后退，离开。他匆匆地沿着赫尔辛约路疾走，上坡，下坡。直到看见城里的灯光，他才放松脚步，然后坐在路沟旁。他无法再继续。在过去的一个昼夜，他经历了这许多恶毒的事情。但现在让他感到苦涩的是，他在苏珊娜哀伤笼罩的眼神中看见了欧德·易瓦尔森。从这一刻起，他就不想再把苏珊娜放在自己心上了。他想起了孟德尔·施派尔家房外角落里令人反感的图画（这是他先前曾秘密而热切关注的），心潮起伏，难以控制。不，忘记她吧！

　　就在米克尔坐在路沟边的同时，他的生命驱动力进入了一瞬间的孤立状态。他扑进沟里，因恐惧而呻吟。但他还年轻，他的激情还不能够只通过其自身而持存，它要求有一个对象。于是他的全部痛楚就在此刻转化成仇恨，对欧德·易瓦尔森的仇恨。去毁灭欧德·易瓦尔森！这个想法拯救了他。他马上安静下来，开始在想象中折磨和杀戮……

欧德·易瓦尔森将如此如此地在刀前退缩，他将如此如此地看他被不幸踩扁，关节一段一段地碎裂。

听着马车驶向远处，听着车轮在宁静的夜晚吱吱叫的声音，米克尔·策尔森从他燃烧着的复仇梦想之中醒来。他们已经过了坡顶，米克尔听到车夫催马快走的嗤嗤声——他站起来，尽自己所能地迅速进城。同一天夜里，他得到机会与一个船主一同前往格莱瑙。因为没有风，船停在了库伦海角。米克尔·策尔森躺在前舱里沉睡，就仿佛他再也不会醒来。太阳升起时，海上仍完全没有风。小船稍稍向北漂移了一点，南面的库伦看起来像是一片云冠很低的云朵。船主和他的两个帮手拿了几把桨出来，但这并没有很大的用处。

在不耐烦中，船主从舱里拿出一桶啤酒，叫醒了米克尔。米克尔揉了揉眼睛，头昏眼花地看着周围镜子般平静的水面。他们把甲板上的一些东西清理到一边，开始喝酒。他是如此饥饿而痛苦，还没从睡意中完全醒来，就已经喝醉了。他挥动着手中的杯子，如坠云雾。最后其他人都沉默下来，只有米克尔一个人在那里嘟囔着。

早在很久以前，我就被出卖给了毁灭！他喊着，淌着口水，喘着气。我真是可怜，甚至连魔鬼都不愿拥有我——但这很好；这甚至值得庆祝一下。在我不想再要什么的时候，我就只需放弃一切，这是件很容易的事，然后我一走了之。乌拉！来和我一起庆祝吧，所有你们这些死去的人，瘸腿的人，被烧死的人，前额挨砸的人。你们好！饭桌已经摆好，去找到你们的位子吧，你们每个人！就这样，不要换衣服，就穿着你们的葬衣。这里有为你们准备的位子，你们这些在褴褛衣衫之中脸颊下垂、手背被安置在小石头上的人们——来吧，你们这些被海浪推上了海滩的尸体，你们这些从刑桩上下来的穷人们！我也是你们中的一员，而且我马上就会作出回访。那让我伤透脑筋的事情是，我不再属于任何人，我是完全孤独的人。也许有一种鸟，他们将之称作鸵鸟，这与我又会有什么关系呢？如果一个小丑登上法国的王位，我又该去担心什么呢？现在我回家去了，也就什么都看不见了。再见，再见！

这船就这样死死地躺在阳光下的海里，除了听得见海水舔着船壳的声音之外，没有其他声音。船主和他的随从们都觉得很愉快。米克尔喝酒，抽泣，吹牛炫耀，他一会儿用丹麦语，一会儿用拉丁语，折腾了很长一段时间，最后，他又转回甲板去睡觉了。

回 家

米克尔·策尔森回到他的故乡，利姆海峡的谷地。此时正是收割草秸的时节。

夜里的天仍亮着。温和的黄昏降临，草地和小河被笼罩在雾气之中，热量在这时才渐渐消减。干草在一块块草地上被扎成草垛，周围三个村庄的年轻人留在草地里过夜。每天晚上很晚的时候都会有来自寇鲁姆的年轻人所在的地方的一声大喊：去睡吧！这喊声从一个草垛传到另一个草垛。稍过一会儿，一个缥缈而温暖的女孩子的声音远远地从格饶博勒的草垛那儿传过来：去睡吧！回声在一个个坡地间模仿着这声音，就像结结巴巴的山怪。然后又从无限远处传来游丝般细微的碎片：……睡吧！这是从谷地深处的索里尔德人们的草垛传过来的。

从上面的那些断崖间传来嘎嘎的鸟叫声。雾气在小河上越来越浓密。黑夜躺在神圣的安宁之中，天空像薄纱般罩在这一纯净的寂静上。

这片谷地从峡湾朝着内地向西和向东各延伸两三公里。向东的终结处是老易瓦尔·欧德森的遗孀所拥有的莫霍尔姆采邑。谷地和那些村庄也属于她。

离峡湾不远处，就是策尔·斯米德的家和他的水磨坊。策尔在那里住了三十多年。除了已经读了八年黑色学校的米克尔,策尔还有一个名叫尼尔斯的儿子。尼尔斯继承了他父亲的工坊。

　　米克尔回到家里,这让策尔很高兴。他坐在木箱上开始不停地说话。米克尔看见父亲的腿因风湿病而严重地向内弯曲成钩状。老人因见到儿子在内心有一种隐秘的感动,宽阔而壮实的脸庞无情地揭示出了他的苍老。

　　你的衣服也很漂亮,策尔愉快地说,他的目光瞥过米克尔的红色皮裤。米克尔目光低垂,他不愿接受这恭维。

　　真的,真的,谁都可以看出你的情况很不错,策尔说道。你读书读得多,把脸都读瘦削了……是啊,你的鼻子,除了我不会有别人遗传给你,他温和地微笑着补充说。策尔的鼻子非同寻常地长,像野猪的鼻子一样,但弯曲得更厉害,并且在鼻尖上有很多棱角,这给了他一种精明得夸张的面部特征,而米克尔也有着同样的面部特征。策尔本来也是个非常能干的人,在很多方面都很聪明,并且对世上一切事情都有天生的禀赋。他年轻时曾专注于一种他自己称之为"煮"的技艺。米克尔在小时候也时常看见他在一个小锅里熔化各种稀奇古怪的东西:羊毛、铅、红色的小石头、小老鼠的牙齿。但现在策尔不再煮东西了。他对于"贤者之石"的欲望随着年龄而消失了,是的,消失了。

　　这是我曾想要炼的黄金,你知道的,老策尔开玩笑说,他的这种亲密仿佛在儿子心上割了一刀,因为那段时间已经不可挽回地消失了——不过我从来就没找到过黄金。那么现在,这是最后一次,让我们看……是啊,这是很久以前的事了,然后我就想到了这个!一下子,哈哈……如果我找齐了配方上写的所有东西,并且把它们连同这写有所有东西的配方放在一起熔化掉,那么黄金就会出来了!我从斯德丁一个武器匠那里买下了它，本来，这是很久很久以前的事情了——我从来没把它拿给任何人看过。他还教我怎样解读它。这样，我就把这配方一同熔化在锅里，还有一大堆其他很厉害的东西。但是没有得到金子。没有，米克尔，我的孩子。然后这事情就渐渐地不了了之了。

策尔·斯米德已经老了。他满是皱纹的秃前额已经开始第二次长头发了，白色大络腮胡就像所有老人那样长满耳旁。脸上满是苍白的斑点，强有力的双手也失去了血色。

有时候策尔森在铁匠铺做一部分工作，要不他就看着石磨，尼尔斯阴沉而满脸烟灰地站在风箱旁。策尔带着压倒同行的技能，冷静地锻造着，他站在铁砧前，头向后仰，因为他现在眼睛老花了。但是他能够让热铁按他的意愿变得完美。不过最多只能是半个小时的时间，他就突然停止，就仿佛在想着别的事情，走进起居室。然后，坐在那里，气喘吁吁，并且试图隐藏起那泄露他年纪的气急状态。

这里，你看我有什么，老人有一天大声说着，并且在许多旧贝壳纽扣和金属碎片间的一个小木箱里翻动着——它到底被我放在了什么地方？那是一枚过时的老硬币，但愿我能找到它。我已经保存了很多年，等着你回家。虽然我的眼睛可以看见，但又不认得上面的字，那可是拉丁文。哦，它在这儿，是我有次在地里发现的。哦，米克尔，上面写的是什么？

米克尔眼睛发亮，向这枚铜绿覆盖的硬币弯下身子，解读着上面所铸的文字。

它现在是你的了，策尔说，他对儿子的才能非常满意。这是纯银的。谢谢。米克尔拿起硬币，把它收藏起来。在这之后，他就再没与它分开过。

米克尔回家后的最初几天，策尔不时地让自己沉思的目光停留在儿子身上。

这么说吧，这事情好像有点奇怪，他说，谁都不知道人的能力藏在哪里。看布仁杜姆那个鞋匠的儿子，他在仕途上走了多远！听说他现在已经是国王身边的一个重要人物了。

对，的确是，米克尔不自在地回答。他仍清晰而痛苦地记得自己拜访严斯·安德森的情形。但他毕竟也曾有过去罗马和巴黎读书的机会。

是啊，策尔嘟囔着，他苍老的面容因为想到那广阔的世界而变得松弛。他自己也曾到过家乡以外别的地方，但最远不过德国北部。

是啊，他重复地说道，两手交叉，让自己的两根大拇指相互围绕着转。你有没有见到过下面的采邑少领主，那个他们管他叫欧德先生的？

这问题来得如此突然，以至于米克尔一下子从长凳上蹦起来。谁，哪里？

我们领地的年轻主人。也许你没见过他。今年春天他去了哥本哈根。是啊，这本来也是个多少有点非——同——寻常的故事。

米克尔摇了摇头，看向别处，似乎这故事让他并不愉快。

好吧，也许这也不太可能，你也确实不会见到他，策尔继续说道，像他那样的年轻地主和你们这些读书人当然有不同的交往圈子。是的，他在四月份去了国王的城市，哥本哈根。是他自己执意要去的，好像是与他母亲闹了不开心。按理说他不一定非得去，他母亲是寡妇，征兵的事派不到他头上。但他就是想离开。他们说这都是因为安娜米德。你应该还记得她，对吗？

是的，米克尔记得。

安娜米德出落得非常漂亮，老策尔睁圆双眼，带着一种近乎惊叹的语调说道——我是从来没见过这么出色的女孩。她这是从她母亲那儿遗传下来的。你可以见得到她。她母亲是死在农民战争中的那个强壮的克努德的女儿。那场战争死了很多人。她嫁给了严斯·西维尔特森。她实在是我们这一片儿最漂亮的。我们两个都是上了年纪才娶妻的，你知道——你妈和她本来也不是很好的朋友，想来是这样的，哦……但不管怎么说，现在她们两个人都去世，两个都走掉了。唉，就是这样……

他对这件事怎么说？唉，他又该说什么呢？他又不能拿根棍子把这小地主从他家里赶出去。像他这样，总是迷恋着她，也算是一件奇怪的事情了。现在她在她父亲家里心情沮丧，为他害相思病。想来他曾许诺要带着前所未有的大笔财富回来，这样他们就可以相互得到对方。谁知道呢？——采邑的夫人不同意这件事。当然不会同意。

——要不我们去找严斯·西维尔特森聊聊，他挺想见你的，策尔在第二天建议说。等我们的船到了小河口那里时，我可以慢慢走到他那里去。

策尔穿好了出行的衣服，在脖子上围了一条羊毛织巾。米克尔划着小船，在他们把小船停泊在小河口之后，便步行从停船处走到了严斯·西维尔特森的家。

米克尔见到了安娜米德。之前，米克尔除了觉得她是一个黄头发的、稚嫩的小女孩之外，他一直无法将她想象成别的样子；但现在站在她面前那一瞬间，他看到她仿佛奇迹般长成了一个完美的少女；她的头发在安静的起居室里闪烁，皮肤像小孩子一样白嫩，还有红色的嘴唇和一双纯净的浅蓝色的眼睛。弗雷娅女神看起来就是这个样子。

安娜米德向米克尔伸出手。他看着她，直到她垂下双眼。她美极了。米克尔感觉手掌心好像在燃烧：欧德·易瓦尔森，他想着——现在你要付出代价了！

在那里的时候，策尔一直在说话。他们谈论各种事情，包括一些私密的事，不过安娜米德和年轻地主的事情则丝毫没被触及。从她的举止中也看不出什么。像其他女孩一样，她矜持而温和。她当然是一个凡人，但看上去则像是因幸福而被提升到了高于所有其他凡人的状态之中，她天生丽质，除了有一种属于十八岁的自由自在之外，还焕发着青春的内心平衡所具有的光彩。米克尔明白，欧德·易瓦尔森会为得到她而不惜天翻地覆——这也就提供了令他不幸的更大机会。这决定就像根绑带一样勒紧了米克尔的心。

你本该得到安娜米德的，老策尔在回家路上半开玩笑地说，你们两个人很相配。是啊，在这样的事情上，我确实不该这么说。严斯·西维尔特森也不是什么慷慨的人。——不管现在你和安娜米德是不是能够像你说的那样一起去罗马旅行，我也帮不上你什么忙。当年，严斯·西维尔特森可是用船运了好几千条烟熏鳗鱼到城里的！

米克尔似乎并没把这玩笑当回事儿，策尔沉默了。不过稍后他还是用接下来的这些话为自己的梦做最后的润色：她还是挺好的，安娜米德。他们当然说他们相爱。这又意味着什么,也许你还没有达到能够明白这事情的年龄。但是,每个人都能够看得出,她到今天仍还没有……是啊,是啊,小米克尔,我们接着是不是该回家了。

思 念

米克尔回到了他当年离开的地方,他又睡在了父亲的家里。他能够再次在夜里醒来,看见屋顶烟洞上方那不变的三颗大星星,听房椽子呻吟:各种甲虫和蠕虫叩击着疏松的木材。外面的夜风亲切地吹着,米克尔记得这美好的声音。然而,上上下下本来到处都是如此宁静,乃至米克尔被他自己耳中的喧嚣烦扰,鸣响的声音在耳中流动着、迈着步子。当他还是个孩子时,他在这里睡觉,他会醒来,听寂静沸腾,这时,他会想象某个在这里旅行经过而永远离开的人。滑雪橇的人贯穿没有终结的雪道无声滑行,时而,那细微的脆响,像是来自一些遥远的铃铛。后来,他以为自己是听到了峡湾里天鹅的叫声,因为曾经有一个冬天,他隐约地感觉到过从那些冰洞里传来的天鹅们美妙而冷脆的音乐。

但是现在,米克尔再次听见这寂静,它改变了很多,如此强烈且吟唱着,如此充满低沉的轰隆,乃至这寂静令他感到害怕。他记起的是八年无家可归的生活,那在他耳中演唱着圣诗而不愿沉默的,是八年生活最终的虚无。

一种沉重得无法言说的确定性在一天夜里袭入他的脑海:他确信,空虚的这种不断提升的声音会追逐他,直到它在某个时候,某个突然的刹那,膨胀成一声爆炸,唯一的可怕的爆炸，它会炸裂他的头，并将他炸入永恒的沉沦。

米克尔渴望着离开家乡。

我觉得，你似乎有点不自在，策尔说。出去钓个鱼什么的，这是一种给人带来安宁的消遣。和严斯一起去，或者，你也可以划船出去，设法让老博尔和你一起去。——也许他有点傻，但钓鱼的功夫可不差。

米克尔与博尔一起去钓鱼。博尔是个疯疯傻傻的人，在这个地方不知道住了多少年了。博尔人挺不错的。他们一整天躺在辽阔的海面上，一言不发，也不到浅水区去推网捕鱼。博尔的行为很理智，他本来也只是有点默无声息的痴愚：他的习惯就是把脸紧紧地埋进一个角落，比如，他会在两个棚屋之间站上好几个小时，情绪亢奋地独自傻笑。人们在大多数时候只看到博尔的背，而且这背总是不安宁的，因为他在暗暗地笑着并且自得其乐。——当他们在齐胸的水中走着推网时，博尔也会转身面向开阔的峡湾笑得发狂，让海水从他的身边颤抖着扩散开。

米克尔也同严斯·西维尔特森一同出海，他经常见到安娜米德。她的嘴角上有一个带着光泽的梨涡，绽放着青春和健康。

这一年的夏天是那么漫长，并且不变地继续是同样的夏天！山谷里和草地上前所未有地被草和花蔓延覆盖。太阳在自己的轨道上从容不迫，所有生物都悠然享受着自己的生命时刻。一只鸟从空中掠过，时而飞向上，时而飞向下，就仿佛它在飞越山丘和山谷，当它消失时，便把无忧无虑的叽叽喳喳留在这里的记忆中。大黄蜂在积水的沼泽上方萦舞，水蚤在小河黑色漩涡的镜面上书写着。

这是不朽之谷。谷地两边的灌木丛像眉毛一样连在一起，河水悄悄地蜿蜒着穿过这谷地，天上的白云拖曳着身后的踪迹飘行。

小河里的水狂笑着疾奔，掠过石底，在弯道处下沉到更远的地方，沉默无声。鱼从水中跳起来，屏住呼吸，捕捉着苍蝇和蚊子。闪光的水面上方的空气中闪烁着一个影子，那只是一道白色的镜像反射，一声低沉的笑在远处响起。回声在上面的峭壁间调侃着。

中午炎热的寂静与午夜的石化过程一样深刻，因为太阳之沉默孵伏在一切有气息的生物之上。天光之下是一种受强制的喑哑，远比夜之黑暗蕴含更多威胁。天上，幸福在白色的空气中飞翔，在它死去之前，没有人对它有所知。

暮色终于落下，广阔大地之上，一切声音都如此清晰可辨。翠鸟在高得让人晕眩的空气中猛烈地冲刺着，在露珠覆盖的黑暗之中发出沙哑的鸣唱，吖儿扑，吖儿扑。沼泽滩上传来狐狸幼崽细嫩而尖锐的叫喊，就像丹麦语狐狸的发音，惹唔，惹唔。上面的悬崖间突然冒出笑声，重重叠叠地回荡在可怕的混沌之中。然后又变得安静，直到狐狸幼崽重新开始淘气地吵闹。

黑夜来临。深深的河湾处，流水被叉分开，水下面就像是有个人在让自己被泥土覆盖的双肩升起来，升到空气中。死亡之国的精灵在沼泽坑的上方流连，就像展翅悬停在空中的黑色燕鸥，侦视着下面的幽深处。

一天晚上，米克尔站在房门口望着草地。遥远的黑暗中有一道光在移动着，一道鬼火。所有人都早已回到了家里。收割草秸的人们不再在草地上过夜，干草都被车载回家了。这是八月份。

一切都是荒芜而静止的。鸟和兽都沉寂下来了。在米克尔还是小孩的时候,他是不敢在这样一个夜晚朝门外的沼泽地里看的,因为怕看见鬼火。甚至现在,他也仍禁不住感到恐惧,他敏感地觉得寒气逼近,就仿佛他无助地被裸身置于刺骨的冷风之中。但是,尽管米克尔感觉到身子骨里那无法克制的恐惧,他仍必须出去,走向那在有毒的深夜中存在着的东西,无论它是什么。这就像是他没有了惊恐就无法生活一样,他必须以外在的惊骇来称量自己内在的沮丧。

米克尔出门走进沼泽地,他将自己交付给了黑夜的各种力量。恐怖在他前面分开,为他让路,并在他身后又重新涌在一起。他就像是在销蚀人的火焰中行走一样。他面前的鬼火消失了。临近午夜时分,米克尔站定下来。就在这同一刻,坡上传来笑声,高声地飞扬回旋着。米克尔趴到地上,把头埋进臂弯中——他迅速地匍匐了一段路,然后用一种笨拙的方式转向,并迅速地往回家的路上爬。在四周宁静了很长一段时间后,他才站起身走路。

——我希望你别在晚上出去,策尔·斯米德在第二天,在他们坐着吃饭的时候,对儿子说。

米克尔有点惊讶,并且几乎因为这一简短的决定而感到心安,他沉默着。

当天傍晚,策尔说到了这种事情。他不相信什么,他什么都没看见,从来就不曾有什么东西会跑到离他太近的地方。但是,晚上出门是不健康的——一个人绝不应当去冒这种险。

米克尔向他保证,他也不相信会有什么东西。这只是一个习惯,当他无法入睡的时候,他就会在夜里出门。另外,顺便问一下,那悬崖之间的笑声是怎么回事?有人听见过这笑声吗?

策尔轻蔑地抬了一下眉毛。哦,那只是一些野兽在叫唤。或者,也许是大怪蛇羽维。

大怪蛇羽维。

对啊!策尔不快地笑了笑。关于它我可什么都不知道,我从来没见过什么大怪蛇羽维!但你应该是知道的,你可是读过书的人。

随后,策尔站起身走到外面去打铁,火星在他周围飞舞着。

米克尔划船出去钓鱼。距离小河口不远处,严斯·西维尔特森的船停在那里。他看见米克尔后就起身喊他。米克尔把船划到他那边。

我们听说了一些战争的消息,严斯说。采邑里有个小贩在说这事,我们也从各个地方了解到一些情况。战况非常好。国王的运气一直都很好。

显然严斯·西维尔特森很兴奋。他没有谈及欧德·易瓦尔森,但米克尔明白,他们也听到了关于他的好消息。他不想问,把船划走了。

是不是我该告诉你一些关于大怪蛇羽维的事情啊,策尔晚上很和气地说。

人们这样传说,世界上有很多大怪蛇羽维。但如果现在真要有的话,那就是博尔的事情了。你现在这样看着我,是不是,但这就是人们想要用它来说的事情。不是他自己,你要明白,而是他的理智——显然他已经没有理智了。我们都知道，博尔这些年一直是不正常的。他比别人所想的年龄要大很多。我差不多还记得，他是在一个春天变傻的，是一场相思病把他的脑子弄坏了。但从那时起，人们就一直谈论，一条该是在山上的大怪蛇羽维。我已经很多次听到过它的声音了。在以前那些年，从前我烧盐时，常常晚上坐在海滩上的坩埚边时，会听见它。博尔有很多次和我在一起也听到了。没有什么人，在见过它之后还能再谈论它，因为你会因看见它而死掉。

雷雨天

一天夜里，米克尔被天空中沉重翻滚的雷声惊醒，在同一瞬间他被一道蓝色的闪电炫盲了眼睛。他父亲衣着整齐地坐在木箱上。

我们碰上了雷雨天，策尔平静地说。我不知道是不是该叫醒你们。

米克尔穿上了衣服，紧接着尼尔斯也醒了，也穿上了衣服。雷声仍在很遥远的地方响着。这翻滚的雷声几乎没有中断。听起来这雷雨是间歇的，但却以恒定的速度越来越近。一道接一道的闪电，不规则地迸发，就像闪烁的火焰。这会是一场很大的雷雨，策尔说着把脸转向小窗户。雷电一闪，米克尔看见了父亲脸上的庄严表情。

你们能出去把水闸拉起来吗？策尔稍后说道，雷雨到来的时候，别让水从上面渗出来洒在里面的东西上。把水轮转紧。

尼尔斯和米克尔出去了。外面并不是很暗。但在东边，黑云像堵墙一样矗立着，天空危险地膨胀着，彻底发黑。闪电从云里跳出来，唰地一下照亮地面上的小石头。闪光一直延伸到他们头顶的天空中，这天空在黑夜中是那么纯净那么蓝。尼尔斯默不作声地固定住了水轮，米克尔则打开闸门，水向下冲到水轮的那些叶片板上，但却无法移动它们。然后他们又回到屋里，静静地坐在长凳上。

雷雨迅速逼近，不时会有一道白色的狂闪从持续着的亮光中冒出来，稍后，雷声爆炸的距离比先前的爆炸声更近，雷电爆炸后的回声猛烈地翻滚着，与遥远中那预示性的隆隆声混合在一起。

外面一道强风猛击过来，向着外墙扬起粉尘，时而一滴巨大的雨点狠狠地打在窗户上，时而更多滴敲打着。阵雨从外面的石楠屋顶上掠过。策尔关闭了房顶上的烟洞。一道猛烈的闪电使起居室亮如白昼，米克尔看见了父亲那衰老的眼睛。就在这同一瞬间，他们头顶上响起一阵猛烈敲击的声音，带着狂暴的强劲，两声可怕的轰撞和一阵长久而尖锐的咔嗒声，如同山石滑坡的响动，随后是空洞的雷声。

小心你们的眼睛，策尔说。

又一阵闪电出现的时候，尼尔斯正坐着。他用帽子盖住脸，这样可以避免因为看天空而导致眼睛被炫盲。然后，他一声不吭地躺在床上。闪电令黄色和绿色的火焰射进屋内；尼尔斯将羊皮盖在头上，他躺在那里，膝盖像子宫里的孩子一样顶着下巴。咔嚓、咔嚓，爆炸声如此可怕地砸来，令人麻痹，就仿佛天空在向下坍塌。

难道这样的雷电爆响声注定要成为米克尔听见的最后的声音吗？

闪电频繁而迅速地出现，使得起居室里一直亮着，雷声则从四面八方震撼着天空和大地。雨水鞭击着屋顶，溅落在门前的石头上，簌簌地向下流入小河。

突然，打铁棚里传来一阵响动，好像是一堆铁倒塌了。——仁慈的上帝！策尔喊叫着，他在火光映照的雨点中抬起自己的白头——就在闪电击中打铁棚的同时,他们听见,仿佛是有一阵猛烈吮吸的声音,一阵爆响声和一阵吱嘎声。然后他们就在坟墓般的黑暗和硫黄的气味之中坐了一会儿。米克尔拼命喘着气。

然后策尔要点灯,用打火匣拼命地打火,直到把火点着。他打开打铁棚的门朝里面看去。铁砧在底座上翻倒,炭从熔炉中被风刮出来,但没有什么地方着火。

过了一会儿,雷电开始减缓。雨在最后的愤怒中又下了一大场。策尔和米克尔走到了外面。

一大片蓝黑色浓郁的乌云笼罩着峡湾。闪电向下劈着,在水面上溅出泡沫。东方的天空清澈洁净,星辰再次闪烁。河水黑暗而不安地涨起,一切都是湿的,空气中有一股焦味儿。但在他们走到房子上方的土丘上时,他们看到了一幅悲惨的景象。乡村土地上正在燃烧,有十几个地方在燃烧着,巨大的火柱肆意地升向天空。

哦!老策尔苦涩地叫道。

他对面前的景象迅速做出了判断。格饶博勒和寇鲁姆都在燃烧,他沮丧地说道。突然他转过身来……没有,他如释重负地喊道。米克尔也朝那方向看去。在下面的海滩边上,严斯·西维尔特森的房子完好无损。他想到了安娜米德,并在内心深处感到一种震动,因为她在他心中所占的空间其实超过了他所意识到的那一点。

——房顶没了,策尔嘟囔着。他现在又转过身朝向乡村的方向。有一处火焰正在跃起,像座塔一样高高地向上蹿,在天空中悸动着。

云在撒陵的上空。每次闪电都让人能够分辨出那里的一些房屋和阡陌交错的田地。黑夜被映得如此明亮,以至于他们可以看到斜坡上的谷秸堆里的谷束和海岸边的波浪泡沫。没多久,火势在那里变得剧烈起来。闪电打下来。策尔为此伤心地叹息着。

对一些人来说,这是一个艰难的夜晚,他摇着头说道。——让我们去看一下磨坊吧。

一切完好。磨坊的贮水池已经涨得很高,但水坝没有垮,水流中的水轮几乎完全被覆盖。策尔叹了口气,又回到家里。米克尔则沿着坡向上走,沉思着,他被大自然震撼人的游戏吸引住了。

云层沉降到了非常低的地方。远处雷声滚滚,闪电也不再有那种炫目的力量。那些大火就像狂野的红色篝火,映照着这一大片乡村土地。

米克尔转身面对南方,他看见了一片高高的、有点朦胧的云。这片云像一堵墙挡在地平线上的天空前。它最上方的边缘发亮。它处于一种特别的内在运动中,就仿佛有着生命,被细密的针状闪电纵横地穿梭着——它被覆盖上一层红色的光彩,就仿佛火焰在后面升起……突然间,另一道景观无声地步入这明亮的天穹,一个骑士——他的马四条腿舒展、尾巴伸直地蹦起,骑士的两脚指向空中。在他身后,一道出自马匹和人众的波浪滚滚的烟尘在空气中升起,一千支长矛一下子全都一致转向,而同时又有新的马和长矛在空中爆出,沿着畅通无阻的轨道滑行出来,上下甩动自己,脉动般震颤着越过天空跳跃进来而不发出任何声音。清一色的骑兵,他们不断地出现,手持高高竖起的长矛,在一个高得令人头晕目眩的地方全速奔跑,他们向前挺进,并降下他们的长矛,如同谷穗在风中弯曲——他们疾行,还有很长的路要驰骋。这景观仿佛有一种内在的脉动,这些军队随着这脉动一会儿变得苍白模糊,一会儿又重新变得清晰——看,现在又有无数士兵在天空中被发射出来,他们在那里被疏散开,越来越多,斗志昂扬的少年们穿着特制的衣服,肩上背着火绳枪,大步迈进发光的空气中,披挂着盔甲的上校骑行出来,臂上威武地佩戴着权杖,大炮和满载着弹药的车辆缓缓前行,燕鸥无家可归地飞来飞去,丰腴的年轻女子提着裙摆走过……一些喷着鼻子的狗、劫匪们、牧师们和由乌鸦构成的云!然后是士兵们,身着金银丝饰带和天鹅绒制服,还有羽毛和精美特制的鞋子,全都朝着天空翘起鼻子。年轻的传令旗手,皮肤温润如同伽倪墨得斯,高高地昂起他们头发卷曲的头;瘦骨嶙峋的白胡子们则向外凝视着,眉下的目光贪婪如秃鹰。这长长的队伍在星辰之下行进……所有幸运的骑手,所有不知足的暴怒者,他们全都像露珠一样在无底的天穹之中消失了。

报　复

九月的一天，米克尔看见安娜米德朝他走来。他正躺在小河的入海口钓鱼。他把船划到岸边等她。在只有几步之遥的地方，她停住了，微笑着，她戴着一条黑色的头巾。米克尔向她打招呼，然后他们两个都稍稍沉默了一会儿。鸟儿们成群地在灰色的田野上聚集。空气清新透亮。所有植物都在发亮的空气中褪色。米克尔和安娜米德都不说话，就仿佛他们要在这样的天气里无声地驻留一会儿。安娜米德先打破了这种状态，回到她原本要做的事情上。

那就是，若是我碰见你，那么可否帮我看一下我父亲鸥岛外的那些钓鱼线。因为他划船进城了。若是碰不上你，那就算了。

我会去看的，米克尔说，他的目光一直停留在安娜米德身上。他所想的事情完全与严斯·西维尔特森的鱼钩无关。安娜米德转身要走，不过犹豫了一下，显然她觉得应该表现得随意一些。

你……你可以和我一起出海驶一圈吗？米克尔问，并且试着微笑。

安娜米德带着善意继续站着。

这会是一个愉快的夜晚，太阳还没下山，米克尔继续说道。他直视着安娜米德的脸。她两眼转向河口，往那里看，米克尔在她的蓝眼睛里察觉到了一丝刹那的兴奋——是的，记忆，对另一次出海的记忆……

可以的，她以一种过分温柔的语调回答。她向外望着水面，仍停留在自己的思绪中。

那么来吧，米克尔急不可耐地喊道。她没有听出他声音中蕴含恶意的部分，把脚伸向了船舷。米克尔没有得到帮助她的机会，她又轻轻地跳了一下，随即坐在船尾的坐板上。米克尔把船划了出去，划到了小河朝大海奔涌的水流中。

他们沉默了很长一段时间。安娜米德向外望着水面。太阳触及海平线并且开始燃烧。峡湾被染成阳光的颜色。大海如此宁静，这里可以听见岸上的鸟鸣。安娜米德尝试着谈论一些日常的事情，米克尔回答的话不多；在小河通往大海的最后一段，水流不是很急，小船随着河水缓缓地朝入海口的方向漂着。安娜米德又沉默下来。

太阳落山了。

没多久，水中有了涟漪，那是从岸上吹向海中的风，在黄昏中拂来。

我们现在该回去了吧，安娜米德说道，她叹了口气，似乎想要把自己的各种想法驱逐掉。米克尔没有回答。她抬头看他，就在他用双手把桨远远地扔出船的同时与他那尖利的目光相遇了。她反弹般地跳着站起来，以至于小船倾斜起来。她扭头朝岸那边看，但小船已距离岸边很远，进入了黑暗的深水区域——她想喊叫，但却忘记了喊叫，刹那间泛起的记忆使得她瘫软了——她发出短促的声响，好像是打了一个嗝，又重新瘫坐在船板上。

米克尔手上什么都没有，他交叉起手臂。

这时,安娜米德突然挺起身,一下子哭叫起来。

到底是怎么一回事,米克尔!你想干什么?那些船桨……

让它们漂走吧,米克尔以一种放纵的愤怒语调说道。我要把你从欧德·易瓦尔森手里夺过来。

哦,不,米克尔,米克尔!不!她惊恐地请求着。她伤心得大声哭起来,她在帆船底部的地板上向前爬了几步,绝望地想要抵抗他。

坐下,米克尔严厉地说道。她顺从地坐下,把头深深埋进双手中,哭着。

夜幕降临。水变暗了。海岸几乎是看不见了。那边水汽蒙蒙的。西边的天空在深远的无限之中泛出绿色。起风了,小船慢慢地漂着,海水宁静地拍打着。

米克尔算过,他们将在四五个小时内在撒陵的北面靠岸。

时间仿佛被拉长了。米克尔望着安娜米德,她仍坐着,头埋在双腿间哭泣着。突然,她把双手从脸上移开,向上看着他。

我以为你是一个好人,米克尔,她哀怨地说着,她的声音因为哭泣而变得非常疲倦。

我确实是好人,米克尔回答说,他的内心感到深深的震撼。他竭力控制着自己。

你是在我心里的,安娜米德,他稍后结巴地说,充满悲伤。别的他什么都说不了。他的头脑一片空白,不知道任何事情,不明白任何关联,他所感觉到的只是痛苦与伤害怎样笼罩着他,并将他交付给了不幸。

船无声地漂向黑暗的峡湾。不管哪一边都再也看不见岸了。

回　报

十月，一个雾气笼罩的早晨，天上下着蒙蒙细雨，一艘大船停靠进哥本哈根码头。这艘船来自瑞典。在轮船上岸的跳板被放置好了之后，好几位先生一边兴高采烈地聊着天，一边走上岸。他们径直往城里走去。

其中一个，在他与另几位先生告别之后，仍停留在那里，站着不动。那是欧德·易瓦尔森。他正等着他的马，马还在船上。瑞典的战争结束了，他赢得了荣誉和财富。然后他就退役了，现在他只想回家。回家。

他站在那里等马，向四周看了看，惊叹着事情会发展到这样的程度。所有房子，所有街景，就像三个月前一样，仍在那里没有变化。这时，他注意到一个披着黑色斗篷的老人，以一种谦卑的方式靠近船，并与船主交谈。同时他看见了他的马正被两个男子拉出来，并被他们试图引诱到跳板上。它抵抗着不愿走，向空中高高地仰起头。欧德·易瓦尔森转过身，老人走向了他，站在他面前礼貌地鞠躬。

请问您是欧德·易瓦尔森先生吗？他用德语问道。当他得以确认时，谄媚的表情从他脸上消失了。他紧紧地靠近并低声用德语说："三个月前，有个叫欧德·易瓦尔森的人闯入我的花园，玷污了我的女儿。没错，您就是这个人——

我已经看出来了……"①

他向前伸出脖子,直勾勾地盯住欧德·易瓦尔森的眼睛。他的嘴巴歪歪扭扭地翻着,声音从喉咙里出来,就像吱吱的鸟叫声,使得言辞变得扭曲:

"你将在大地上被诅咒,你听见我说的了吗?不得安息,不得睡眠!愿你的杯子只会令你更渴,愿面包在你的嘴里变成石头!你将腐烂,腐烂!愿你的阳具在你两腿之间腐烂!你将看着你父亲和母亲在耻辱中死去,咳咳——愿不幸笼罩你的生活!愿你像一条肮脏的狗一样萎缩,愿你的尸体腐烂成脓水从你棺材的洞穴里滴漏出来!愿不幸就是你的命运!"②

老人翻着白眼,诅咒着,并高举起他棕色的拳头。

欧德·易瓦尔森向后退避。他看见自己的马已在身后准备好了,他向后转身抓住了缰绳。马开始小跑,欧德在一旁跟着它跑。然后他跳了两次踩住了马镫,跃上了马鞍。几分钟后,他策马奔出西门。

他加快速度,将所有意识关闭起来,拒绝承认自己听见了什么。他绷紧身子,双腿在马肚子下收紧,忘情于驰骋的速度和冲击。风从耳边隆隆地刮过,他让自己不去理会那诅咒,根本不让它有任何机会来影响自己。田野、房屋和黄色的森林从他身边擦过,每当他一想起那老人,就以缰绳和马刺来驭马,让身体的运动变得更剧烈。通过这种方式,他抹去这恶毒的遭遇留给他的印象。在他带着浑身汗水和蒸汽蹦进罗斯基勒并穿城而过的时候,这件事几乎就被遗忘了;而在他驰骋过索勒森林时,狂野的骑行几

---

① 原文为德语。
② 原文为德语。

乎将他煮透烧烂，这件事也从他的意识中被逼了出去。在他到了科瑟下马并寻找旅馆的时候，这件事已完全被送进黑暗，再也无法辨认。

第二天早上，欧德·易瓦尔森醒来——安娜米德！他说着从床上跳起来。半小时后，他精力充沛地渡过大贝尔特海峡。他是如此急不可耐，还乡的欲望就像发烧时的痉挛一样在他身上抽动着。

驰过菲英岛时，欧德真正了解了自己所骑的马，他在之前从没留意过它。在斯德哥尔摩之役，原先那匹棕马在他身下被射中，作为替代，他得到了一匹红色的长腿牡马。在平地上跑的时候，它快得简直像魔鬼附身——但颠簸得像根木桩，而要让它认着路跑，则更是免谈了。不是吗？要不断地用鞭子和马刺。这不是欧德自己的马，欧德的马脾性温和，愿意耗尽自己的全力。不过它已经死去，躺在瑞典……啊，嗖嗖嗖，嗒嗒！欧德抚摸着这匹红色长腿马的嘴角。他对这匹奔跑、劳作并且不断出汗的马产生了一丝尊重。

欧登塞的另一边，一场夹带大雨的风暴从北面袭来。欧德沉下身子加速驰骋。不一会儿，他再次暴怒起来——看，这愚蠢的畜生，难道就不能稍稍向前迈几步吗！欧德不得不让身子倾斜到马的一侧，直面风暴。他高声地对着马尖叫，用鞭子在它脖颈上抽出五六道血痕，直到它猛跑起来。风暴变得越来越猛。欧德咬牙切齿地策马向前。看，它突然猛烈地乱蹦了几步，然后就停下了。欧德·易瓦尔森愤怒得简直要咆哮了。若非绝对必要，他不休息。他只想回家。

在欧德·易瓦尔森不得不停下休息的每一家旅馆，马夫都会带着一种专家特有的庄严表情来审视这匹马。他们沉默的智慧就像是在说：这马今天还在跑，明天就会衰老。

安娜米德！欧德·易瓦尔森在渡过小贝尔特海峡的时候思念着。安娜米德！在骑马穿过瓦埃勒附近的森林时，他还大声叫喊了一次。两天以来，他一直与自己的马斗争着、争吵着，在一路的丘地间上坡下坡，穿过森林，穿过湿地浅滩，经过农镇、村庄教堂、小商铺、小木屋和小母牛。时而下雨，时而阳光灿烂。候鸟在黄色的森林上方成群地飒飒作响。他到兰讷斯时已是晚上了，城门被关上了，但他绕过城区，让马游泳过河，继续驰行。

破晓时分，欧德·易瓦尔森骑着马下了一道陡坡。他突然感觉到马背在他身下拱起。随后它的前肢沉陷，一头撞到地上。欧德从马鞍上跳下，扶起了马头，但它的眼睛已黯然无光。它猛蹬了几下毛茸茸的长腿，正如它曾沉默地奔跑、挣扎、暴跳，穿过了大半个丹麦，然后它同样沉默地死去了。他将马具从这死了的动物身上移开，然后走向最近的一个小镇。

中午过后没多久，欧德·易瓦尔森骑着一匹新买的马到了家。他全速驰骋，越过一个个小山丘，几分钟后就穿过谷底疾驰到严斯·西维尔特森的家里。他跳下马鞍，喘着气转身走向门前。严斯·西维尔特森慢慢地打开门，走出来，他头上没有戴帽子。

安娜米德，欧德问道，她在哪里？

安娜米德不在家，严斯·西维尔特森带着犹豫的目光轻声说——她不在家住了，他补充道。

什么？什么？那她在哪里？

严斯·西维尔特森就好像面对着寒风一样缩起身子。

看见这位年轻领主的脸色突然变得黯然而虚弱,他似乎想要说些什么——他沮丧地沉默着。

她在哪里?欧德怯怯地问。

她在撒陵做女佣,严斯·西维尔特森说着,痛苦地走上前摸着马鬃。马嗅着他,他抚摸并梳弄着马背上的毛,以非常平静的语调说起所发生的事。

是的,她在一个月前去了那里。和她一起走的,是策尔的儿子,也看不见人了,那个从哥本哈根回来的米克尔。当我回到家的时候,人们说他是出去钓鱼了。所以我想,他们可能是漂到了撒陵。

严斯·西维尔特森不确定地向上看。

起初,我不断在那里寻找打听,但没有人见过他们,也没有人知道什么。我是在四天前刚找到她,她在撒陵西部的一家农庄做女佣。但不管我怎么说,不管我为她做什么,她都不肯回家。

严斯·西维尔特森放低了声音。

她似乎没有受什么伤,至少看上去是这样,但她非常消沉。米克尔……她甚至都不愿听人提起他的名字。他已经走掉了。

严斯·西维尔特森又抬起头,真相在他饱受忧虑折磨的脸上可以很清楚地被读出。

肯定就是他干的,他激动但很确定地补充道。

因为欧德·易瓦尔森继续沉默,严斯又轻轻地拉直了马鬃中的一绺毛,聊天似的说:在这件事上,策尔·斯米德的心里也不会比我更好受。儿子彻底不见了,而且还留下了可耻的名声,不过他还有尼尔斯。我现在完全孤单了。一个人可能会碰上各种各样想不到的事情,哪怕是一个已经变老的人,也还是躲不开这样的事情,是的,确实是这样。我能说些什么呢……

严斯把下巴靠在马脖子上,沉思着向外凝视着峡湾,那里的海水冷冷地奔向不祥的云层之下。最后他又转过身,注视了一会儿欧德·易瓦尔森的脸。这张脸几乎没法形容:脸上的各种表情已被抹去,向中间拧作一团,看上去就像一只被烟熏得窒息的猫。

严斯·西维尔特森放开了马,一边在嘴里嘟囔着,说出一句声音很低的话,好像是一段祷告,一边走到边上。

这时,欧德登上了马鞍并挺直了肩膀。

走!他对马说。他骑着马漫步回家,朝着莫霍尔姆的方向,一步一步地走着。

死 亡

仲夏的中午。在太阳高照、一切都灼热地处于宁静的状态中时,南边的天空中就会有光芒在正午时分闪出;这更白的光芒进入了白昼的天光之中。恰恰半年之后,当大雪覆盖峡湾也埋没岸上的土地时,这同一个精灵又促狭起来。在夜里,裂缝在峡湾的冰地板上从一端追逐到另一端。这冰裂开的声音,像清脆的枪击声,像疯狂的怪物发出的咆哮。

农民们从门口挖出隧道,穿过雪堆通往牛棚。现在,山怪和精灵在哪里?大自然的声音在哪里?难道大怪蛇羽维也已死去并被遗忘了?这已经不再重要了。生活本身也躲藏了起来。这里只有一个关于逃生的问题。橡树丛中,狐狸在一阵阵雪旋风中拍打着,带着致死的惊恐,挣扎着要跑出去。

这是静止的时间。霜雾永远地覆藏起峡湾。在冰里,整天都有奇妙的声音在叹息着。这是一个渔民,独自站在洞口,叉鱼。

一天晚上,又下雪了。空气就是雪,风是寒流。没有任何活着的东西动弹。这时,一位骑马者来到了瓦尔普淞的渡口。他轻而易举就能从冰上走过。没有什么困难,他甚至都没有减缓速度,在同样尖脆的马蹄声中从岸边快步驰骋到冰上。

这声音是电击,在他身下跑着。冰咆哮着,前后好几公里远都在咆哮。他到达另一边,策马上岸。这马以伸展出的脖子劈向暴雪,它是强劲的骏马,能够猛甩起小腿。

暴风把骑马者的灰色披肩吹到一边,他裸身以单纯的骨头架子坐着,雪在他的肋骨上吹着口哨。这骑马者是死亡。他的冠冕扣在三根头发上,他的镰刀以胜利的姿态指向后方。

死亡有自己的性情。在冬夜看到一盏灯,他突然想到要下马。他在十字路口打了一下马,这马跳到空中消失了。余下的路,死亡就像一个忘掉了忧虑的人,心不在焉地散着步。

白雪纷飞的夜晚,一只乌鸦停在路边的树枝上,相对于它的身体,它的头太大了,它认出了这漫游者并看着他,它珠子般的眼睛闪耀着,它无声地咕咕叫着并笑着,大大地张开它的喙,并从脖颈里长长地伸出舌刺,它在笑,几乎笑得从树枝上掉下来。它带着渗透着身心的快乐一直让自己的目光追随着死亡。

死亡继续往前走。突然间,他到了一个人身边,用手指敲打他的脊背,并让他躺下。

一盏灯。死亡一直看着灯光,走向它。他进入光所照出的这条带子之中,拖着步子在冻硬的犁过的田地上走了很远。但是,当他距离一幢房子如此近,以至于这房子能够被模糊地看见时,他奇怪地感觉到热。看来他终于回到家了,是的,这里,他从一开始就属于这里。找到家对于他来说是多么艰难的事情啊,而现在,感谢上帝。他进去了,一对孤独的老夫妇接待了他。他们只知道他是一个外出旅行的学徒。花光了钱并且生了病。他一言不发就躺在了床上，他们知道他病了。他们拿着蜡烛在起居室里走动和聊天，他仰面躺着——他忘记了他们。

　　他醒着，在那里静静地躺了很长时间。然后他开始叹息呻吟，先是低声而不停地，就仿佛他在试探着继续。他哭了，但马上又停止。

　　然后，他继续呻吟，呻吟得更响，他无泪地呜咽。他把身体拱起，用头部和脚跟撑着。他在最深的痛苦之中盯着天花板尖叫着，尖叫得像一个分娩的女人。最后他崩溃了，呻吟得不再那么厉害了。最后他变得沉默，并且安静地躺着。

❦ 再次见面 ❦

1500年，容克斯伦兹带着他的卫队在荷尔斯泰因行军，他受雇于汉斯国王和弗雷德里克公爵。后者对迪特马尔申虎视眈眈。

米克尔·策尔森在一个小队的右侧翼。半年前，他进入容克的军队服役，米克尔在军衔上升得挺快。他个子高，瘦削如柴，红色的八字胡也起到了非凡的作用。他像十字架上的盗贼——不是那个要与拿撒勒人在一起的人，而是另一个。他穿着带有流苏的蓝色天鹅绒马裤，短皮袍和铁头盔，他的武器是火绳枪和大砍刀。整套装备都取自米克尔一天早上在乡间路上发现的一具尸体。米克尔身旁是克拉斯，克拉斯仍活着。

战友们唱着德语歌，米克尔尽己所能地加入：

你还记得吗，那是波希米亚的一个夜晚——
哦，上帝的折磨，好啊，战友，一个无比美丽的夜晚！
他失去了一条胳膊、一条腿，还有一只眼，
从那时起，许多小兵走路就得跺木跷。
靠靠……炮打炮打炮打爆了转一下眼睛，
炮打炮打炮打爆了转一下眼睛，

炮打炮打炮打嘣嘣。
把你整个儿脖子转过来!

去结个婚吧,与女人扯着打——
哦,上帝所赐的酷刑,不要啊,战友,上帝的折磨,不要啊!
去结个婚吧,与女人扯着打——
哦,上帝所赐的酷刑,不要啊,战友,上帝的折磨,不要啊!
靠靠……炮打炮打炮打爆了转一下眼睛,
炮打炮打炮打爆了转一下眼睛,
炮打炮打炮打嘣嘣。
把你整个儿脖子转过来!

你这小鸟,飞出你的巢
在陌生国度寻找更美丽的家园,
说吧,你到底是来自不为人知的草地,
抑或出自心灵幽深的根底?
靠靠……炮打炮打炮打爆了转一下眼睛,
炮打炮打炮打爆了转一下眼睛,
炮打炮打炮打嘣嘣。
把你整个儿脖子转过来!

哦,妈妈,我有烈酒喝,因为我活着,
或者我要说,妈妈,等我死了,我就有翅膀!
哦,妈妈,我有了翅膀,因为我活着,

或者我要说,妈妈,等我死了,我会有烈酒喝吗?
靠靠……炮打炮打炮打爆了转一下眼睛,
炮打炮打炮打爆了转一下眼睛,
炮打炮打炮打嘣嘣。
把你整个儿脖子转过来!①

——这一天快要结束的时候,大多数人都沉默了。他们走了很长一段路,还有更长的路要走。他们终于在夜里接近了国王的营地,每个人都像劳役中的牲畜一样疲惫不堪。天上有月光,地上覆了一层薄薄的雪。米克尔走着,眼睛朝下看着。他筋疲力尽,在过去几个小时里一直是恍惚地支撑着自己。这时他突然察觉到雪地上斜投过来的阴影,那是他所在的小队中六个士兵不安的影子。他惊奇地发现:这些阴影之间有很大的不同,其中一些看上去更浅一些,而他自己的则比其他人更暗一些。他想到这一点,便瞬间因恐惧而发冷,一会儿忘记了这个想法,一会儿又回到这想法上……行军在继续,这庞大的队伍整体向前行进着。每个人都会因过度疲惫而随时倒下,但他们不停地在跋涉,米克尔紧跟着队伍,他再次将其他一切事情抛诸脑后。

他们到达了营地,得到了休息。米克尔与其他一百多个人一同睡在一个谷仓里。但是在他睡着以后,有一股热量极度强烈地由下向上穿透他的身体,他喘着粗气跳了起来。他周围只有谷仓的黑暗,他却看见一支军队,向外行进好几公里,并填满了他的全部视野——一道道黑色的旗

---

① 原文为德语。

幡对着低低的天空竖起并向前延伸到很远的地方——他自己也参与其中,他感觉到一种无法表述的忧郁,在一支停不下来的军队里袭击着每一个精疲力竭的人。几乎就在同时,克拉斯在他身旁喘着气跳起来。他稍稍笑了一下,带着一种特别的友善对米克尔低语道,他梦见他们仍在行军。

那个夜里,米克尔跳起来好几次,白天行军的痛楚和梦中令人窒息的阅兵式景象折磨着他。每次他醒来,总会在这个粗陋的谷仓里听到有人坐在麦草中呻吟。

一月份,卫队加入了汉斯国王的军队。现在,在米克尔加入卫队两年之后,他又能与丹麦人说话了。有一天他得知欧德·易瓦尔森在国王的军队里——是骑兵少尉——于是,仇恨在米克尔身上燃烧起来。他渴望看见他。难道欧德·易瓦尔森就没有强烈地憎恨着他?但愿他会这样。但是米克尔没有运气碰上欧德·易瓦尔森。相反,有一天克拉斯倒是偶然碰上了他,并将这事告诉了米克尔。克拉斯使米克尔想起三年前在哥本哈根的那个晚上。克拉斯觉得这一切还是很奇怪。海因里希……他死了,是被愚蠢的农民杀死的。克拉斯摇着头,他永远都无法忘记海因里希。

现在,战争开始了。众所周知,这场战争是从进攻者们一方无可比拟的狂妄和自信开始的,结束于刀剑之下不可想象的不幸和死亡。是的,他们在往昔出演过技艺精湛的戏剧。请注意这寓言中展示出的滑稽对照:这些真正有着公正的信仰、优越地把盔甲置于信仰战车上并且戴着金链子炫耀的骑士们;这位准备好要用自己的八字胡去捅死迪特马尔申人的可怕的上校斯伦兹;一万五千颗热血沸腾的心灵。骑士们的娱乐消遣,梅尔多夫公爵佩尔,黑明施泰特伯爵保罗——而在最后作为对一种宏大的虚构想象的认可，这里还有：一千五百辆用来装战利品的马车。这整套令人晕眩的装备不会让那不知道结果的人们感到意外；因为这是人之常情。活着的人以不朽性夸耀，这也很自然，至高的健康总是在夸耀和威胁之中找到表达，人类所具备的最精致的潜力是雷鸣般的谎言。在一个人处于自己的力量高峰时，他就必须去杀戮。生活意味着杀戮。

于是，第二幕：屠杀。在一场由风暴、冰雪的融化、来自西北的大雪和大雨、冲上陆地的汹涌海水等这些元素导演的大型戏剧表演中，这些高高抬起的骄傲头颅被农民们的棍棒击中。十来枚炮弹打了坏炮，炮弹落进了人员密集的队列，在这一丰裕的猎场上，死亡毫无教养地大声嚼动着两颌。他们被淹没，被踩进泥潭里。迪特马尔申人勤奋地切割着敌人的血管，血液不断在空气中激射。那些身上被刺出洞的老兵们还不至于马上流血而死，但是许多血气方刚的年轻小伙子则几乎只需单纯的一次喷射就清空了自己的血管。这正是这一戏剧演出的玩世不恭和意义所在。情节本身，如前所述，是通过其内在对立而起作用的。

米克尔·策尔森看到克拉斯倒下了。一个迪特马尔申人从一旁闪电般地用斧子砍掉了他头上一大块。

过了一会儿，米克尔被逼进一条沟里，沉入冰下刺骨的冷水中。他听任水流冲着他漂了一段，然后才露出水面。在他抓住什么东西并开始呼吸的时候，他看见自己已经到了国王的骑兵所在地。这更像是一锅把马和人煮在一起的粥，而不是什么战役中的阵形，他们既无法前进也无法后退。惊恐和屠杀蔓延着……但是米克尔的目光寻找着欧德·易瓦尔森，他发现了他。欧德·易瓦尔森手里举着旗帜，挤在那被压作一团的人堆中间。他身下的马被揳在地上，他则一动不动，就仿佛一切对他来说已经是无所谓了。他的脸被冻成蓝色。

　　米克尔好奇地观察着，想看看他是否已经知道是自己伤害了他。他继续躺着，直到欧德·易瓦尔森看见他。但是欧德·易瓦尔森被冻僵了，不能动弹。看见米克尔，他也没有什么反应。他的手被冻紫了。皮肤在寒冷中会变得极其敏感，即使是对一个被冻僵的关节的极轻微的敲击，也能够让一个年轻小伙子流泪。在寒冷中嗅觉也会消失。米克尔听任自己随着激流在雪粥中、在尸体中间继续漂了一段。他漂到了军队后方，爬上岸，活着逃到了梅尔多夫。

盛 夏

阿克塞尔骑着马出现

欧登塞,严斯·安德森·贝尔德纳克正在自己的主教府邸举行晚会。灯光落在外面的街道上。这是这座黑暗小城中唯一有亮光的地方。

一个骑着马的人来到这里。他寻找着一个可以拴马的固定铁圈,听见院子里传来的声音,像呼啸的阵风一样,呼呼地响。他骑了很长一段路。这个人的名字叫阿克塞尔。他听见上面屋子里传出来的声音。这声音随着各个厅之间的门被打开而变化着,如果这音量一下子猛地提高,并且像拉开的水闸里涌出的水流那样持续,他就能猜出,有一道正对着台阶和院子门庭的门必定是完全敞开着的。上面屋子里的人们发出持久的叫喊和笑声,他迅速把马拴在了第一个最佳地点。在这许多人的叫喊声中,他分辨出一个人的笑声。这笑声听上去像棍棒的敲击声,如同冰雹落下那样传出来,消失,并且带着新的力量再次传来。他愉快地想象着发出这笑声的人的样子:当这个人扯开嗓子、竭尽全力、燃起身上的熊熊火焰(简直就是这堕落的身体上的一场火灾)大喊的时候,他看上去会是怎样的!阿克塞尔跳着跑上台阶,以最快的速度出现在晚会的大厅里。

他及时赶到,正好看到四个挺直了胸脯的仆人迈着一致的步伐,抬着一个上面装有一位年轻女子的大黄铜盘子,走向桌子。这位年轻女子坐着,抓住盘子的边缘,以她那黑色飘逸的头发作为身上的装饰。人们还没有弄清楚发生了什么事,仆人们已经将这盘子放在了桌子中间,介于其他菜肴之间。火炬在刷有石灰的墙上燃烧。来参加这宴会的有二十多个人,他们就是那些在阿克塞尔拴马时发出笑声的人。他们坐在自己的位子上前俯后仰笑成一团。阿克塞尔被这场面吸引,停下来鼓掌,他已经注意到,那压倒其他声音的爆炸般的笑声来自桌子末端的大人物。这个人现在看上去似乎并不像他刚才的笑声所呈现的那么愉快。他就是主教本人。

客厅一下子沉默下来。大家都笑完了,现在这场面给人的感觉就仿佛是在表明:刚才的玩笑已经无可挽回地一去不返了。他们尴尬地用湿润而发红的眼睛相互偷瞥一眼。他们擦着眼角,徒劳地试图继续刚才的笑声。盘子里的女孩慢慢低下头,黑色的头发向前垂落,直直地挂下来。

怎么回事?他想要什么?严斯·安德森叫喊着从桌边站起来。他一下子变得很严肃,直奔阿克塞尔而去。突然在离阿克塞尔胸前一尺远的地方,他停了下来,看样子好像是要打人。

什么?

阿克塞尔在怀里摸索着他要送交的信,于是严斯·安德森明白了这是怎么一回事。

好了,他说,我们可以稍后谈这件事。欢迎,你看可以拿些什么,随便吃吧。

严斯·安德森转身回到桌前。他举起双臂,重新回到他刚才的兴奋状态之中,他的兴致变得越来越高。他叫喊着,并且在晚会的客人们那里得到越来越多欢欣的回应。

好吧，难道没有人想品尝一下吗？

最后，严斯·安德森像只猫一样地转过身子，盯着阿克塞尔的眼睛看。他脸上突然浮现出一种严厉。他抓住他的肩膀，放低了声音，带着一定的权威、审慎，还有一种善意，说：

最后到来的人是最饿的。剩下的是最好的——吃掉她吧！

这句口令般的话使在场的所有人都得以放松。他们又笑了起来，疯狂地拍着大腿。阿克塞尔在一种灵活地表达出的感谢姿态中向前躬身，他友好地眯起眼睛，仔细审视着这个在他的注目下收缩起身子并抖动着头发的女孩。

谢谢，阿克塞尔直率地答道，这金色的声音恰恰落在一处停顿之中，它引发出一阵赞同，使得屋顶在欢呼声中晃动。刹那间人们全都看着站在那里的年轻人：他穿戴整齐，因为从外面进来，稍有点潮湿和肮脏，他的脸因雨水而发红，头发在耳边结成绺。他用充满活力的目光扫视着桌面。客人们在这时则又重新举起酒杯。这个女孩被抬了出去，没有人用目光追随她。但是她在门口回过头，在被高高抬起的位置上惨然微笑，穿堂风吹着她的长发，她悲惨地在寒冷中颤抖。这时阿克塞尔向她点点头。她是主教雇的城里的一个妓女。

她叫什么名字？阿克塞尔在吃了点东西后问道。晚会仍继续着，阿克塞尔与刚才端过观赏餐盘的仆人中的一个搭上了话。这人个子很高，有一对红胡子，是个看上去有点凶的老兵。他是米克尔·策尔森，如今跟随着主教做事。

阿格妮特，米克尔说道。

她还不错。

米克尔沉默了。阿克塞尔无法从他那里听到更多。阿克塞尔站着抚平自己的头发，他的衣服差不多干了。吃完饭后，他长长地吐了一口气。既然这谈话给不了更多的后续结果，阿克塞尔便将他的注意力从米克尔身上移开，看向喝酒的客人们。但很快他就失去了对这些客人的兴趣。有几个穿着骑马靴的破落贵族，几个拇指上戴着印章戒指的胖市民，一个方济会修士，一个书记，一些吕贝克的船主；他们几乎全都喝醉了。阿克塞尔在客厅里走来走去，他铁铸的星形大马刺叮当作响。

这大厅给人一种破旧不堪的印象。严斯·安德森也没在这里住很久，直到最近他坐了牢并且与国王有了严重冲突之后回家，才开始住在这里。主教已不再年轻，仍有着上次事变留下的凹陷的脸颊。现在他已经准备再次离开去斯德哥尔摩。他所举行的晚宴既是在表明他的归返，又是在表明他的再度离开。

午夜过后，严斯·安德森向阿克塞尔招了一下手。主教看上去非常热，满脸通红的血色一直冲上他的秃顶，就像带有极光的天空，但他走路的步子却很沉稳。他们走进一个房间里面，黑暗中散发着书籍的气味，还有两条咆哮着的大狗。

严斯·安德森点起一支蜡烛，在桌旁的椅子上坐下。他读信的同时，阿克塞尔坐着，一条狗把头伸到了他的怀中。房间里到处都是打开的信件盒、装在袋子里和乱堆在地板上的书。

是啊，严斯·安德森转向阿克塞尔说。现在，他灰色的大头颅仿佛变了，满是深深的皱纹。他的声音刺耳而陌生，只在眼中还有一丝无忧无虑的感觉。阿克塞尔还要去博尔格鲁姆的主教那里,他需要一个人随他一起去……最好是米克尔·策尔森;明天早上他要去取一下他要送交的那些信件和消息。这事情得赶紧确定。这样,他今晚就能做自己想做的事情了。

这时,主教伸出粗实的手,开始在桌上的文件材料中翻找。他的目光完全是内向着的,不看别人。阿克塞尔站起来走了出去,加入到其他来参加晚会的人中。米克尔·策尔森因为听到他要随阿克塞尔一同去博尔格鲁姆而感到惊奇,并且也很高兴。他和阿克塞尔就"他们该如何使用这夜里余下的时间"这个问题达成了一致。他们去了阿格妮特的住处并在那里过了夜。两个人都觉得,既然现在他们要一起旅行,那么不管怎么说,通过"在一种弱点上拥有共同点"来寻求一种相互间的外在理解,这会很有用。

阿格妮特送给阿克塞尔一绺自己的头发。

第二天早上八点钟,阿克塞尔和米克尔骑马离开欧登塞。两个人都得到了主教的信件和指示。阿克塞尔一路上把信件送到各个贵族那里。严斯·安德森在同时开展很多工作。阿克塞尔只看见了一次欧登塞的主要街道,仅有的一次,就是在他们骑马出城的时候:一些山墙和一面在晨雾之中微微飘动着的风信旗。他想起了阿格妮特,并在这一瞬间进入了对这座城的温情,于是,他就这样把欧登塞拥抱进自己的记忆。

最初的近十公里路,他们在沉默之中骑行。早晨的天气很糟糕,马伸展着身子,露水聚集在马鼻上。在这一天变得明亮起来的时候,阿克塞尔留意起自己的同伴。他看见米克尔有很细的手腕和瘦瘦的、苍白的手,不过他很熟悉这种看上去无力的前臂,它们的肌肉高高地隐藏在袖子里。每当马进入疾驰状态时,他都会注意到米克尔·策尔森以一种特别的简约方式来控制着马并且使得自己与马成为一体。米克尔的穿着就像是装备精良的雇佣兵,他有着很好的武器。不过他华美的衣服与其脸上所呈现出的贫困形成鲜明对比,固然,红色的八字胡让他看上去令人害怕,却仍无法掩饰他嘴巴的沉默语言,这是一种顽固的无家可归状态:上唇肥厚,仿佛是暗自哭泣造成的。

他们感到有点热。米克尔咳嗽起来,同时环顾着四周。马在往坡上走。

哥本哈根那里的情况怎么样?米克尔问。

瘟疫和疾病,阿克塞尔快速答道。我骑马跑出西门后回头看时,看到的最后一样东西就是大火。

哦。

阿克塞尔继续说着,他讲到了他曾参与的冬季战争。那场战争仍强烈地占据着他的记忆,他讲到伯格松德的战役和缇维登那些森林中闻所未闻的艰苦岁月。那时候是那么冷,阿克塞尔很确定地说,乃至在人摸盔甲的时候,它会把手指粘住。那里的雪不同于丹麦的,精细而尖锐,像被撒出来的磨砂粉,如果有人沾上它,就会被它灼伤。手指一样的雪在你骑行时从松树枝上落下,若是碰上皮肤,便会像嗜血的水蛭牢牢地咬住你。瑞典的雪是被酷寒特别地烧制或者提炼出来的,不管怎么说,它像一只具有吮吸性的野兽般吸着你的手背喝你的血,并吞噬它接触到的一切。这是最糟糕的一种雪,并非像层薄纱一样地躺着,而是像苔藓似的在你的皮肤上生长;阵亡者们的尸体上很快就长满了。是的,那是艰难的一天。阳光明媚的时候,空气中充满了微小的碎片,所以人在呼吸时会缩成一团;晚上，马匹们挤在一起呻吟着，它们咳嗽着，咳咳咳，就像老人一样。如果在战役中遇到这样的情形，那么事情就会变得非常糟糕，没有人能忍受创伤，被击中的人像猪一样尖叫。被炮弹打着的松树如同玻璃般炸开。许多人发狂又发疯。不过他们最终赢得了一场伟大的胜利。现在军队抵达了斯德哥尔摩……

四月的太阳不时透过云层。他们差一点就没有渡过小贝尔特海峡。狂风的天气，海峡的水流很急。马在渡船上感到害怕，试图跳到船外，因而他们不得不将它们绑在船上。上了岸后他们继续骑行。阿克塞尔抬起头环顾四周。

哦，这就是日德兰，他咂着舌头说，我从不曾到过这里。

米克尔沉默着。阿克塞尔觉得这位寡言的高个子雇佣兵仍在想着其他事情。他从侧面看着他，审视着他脸上的伤疤，就像是在读一本书。

在日德兰半岛，埋着一个我随时可以挖出的宝藏，阿克塞尔稍后喊道。他们边驰骋着，边听风在耳边呼啸。米克尔转过头，心不在焉地朝他点点头。一个大宝藏……阿克塞尔对米克尔的缺乏兴趣感到窝火，他用马刺踢了一下马。他们并排相互紧靠着骑行，用最快速度驰骋着。阿克塞尔张大嘴巴，在大幅度的运动之中双脚弹跳地上下颠簸着骑行，米克尔则低坐着，双腿弯曲与马鞍连成一体，看起来他几乎没有呼吸。

带着雨的云朵从西边移到苍白而没有温暖的太阳前面，叉开一个口子，然后又重新闭上。乌鸦们在潮湿的田野里吵闹着。风逼着没有叶子的篱笆。遥远的前方，一片云彩踩在地上，朝着两个骑马人的方向压过来，他们驰骋进一个猛烈而苦涩的雨打着旋的黄昏。路在雨点的劈打之下激射着水花，马带着水雾疾驰，蒸汽从马身上的毛层中被扯出，就像是风暴中的灌木林着火时冒出的烟。他们就这样骑行了整整一天。

❦ 再次回家 ❦

晚上,他们坐在日德兰半岛北部的一家旅馆里。已经很晚了,按理他们应该早已睡着了。但阿克塞尔向米克尔讲述着关于他的宝藏的事。米克尔留神听着,他双手托着下巴坐着,胳膊肘撑在桌子上。蜡烛在他的面前燃烧着。阿克塞尔弯腰向前,说着:

应该是在日德兰中部的某个地方,别的我就不知道了,我从来就不曾想要向任何人展示这张纸。这是个大宝藏,我每天都想到它,不过不急,因为我对这件事很有把握。若时机合适,我会设法把文本破译出来。看,这里。

他将手插进自己破旧的短袍,在胸部摸索着,从里面掏出一只挂在一根绳上的大粗角囊。他用指甲展示着它应当如何被打开,并解释说,那里面藏着一张折叠起来的羊皮纸。米克尔把目光从角囊移到阿克塞尔脸上,他确信了自己的想法:这差不多就是一个不负责任且不可靠的年轻人。在他那双蓝眼睛之中没有任何严格意义上的属于常人的目光,这双眼睛缺乏那种与一个正常人相配的冷静表达——因为有这种表达,你才知道一个人是谁,是叫沃勒还是叫约瑟夫,而这个人也会很清楚地知道自己是谁。阿克塞尔是俊美的,有深色的胡须和无邪的嘴,脸色白亮,人们几乎无法分辨出它与空气的边界线。但他的手很宽,手上毛不多，这是不那么容易被人错认的。

阿克塞尔把角囊重新放回去，并点了好几次头。是的是的，是这样的，他一半是在对自己说。

米克尔问他年龄多大。

二十二岁。阿克塞尔向上看着，恢复至理智状态。他告诉米克尔，他想好了怎样避免被人骗走宝藏。他自己解读不了羊皮纸上的那些文字，它们是用希伯来语写下的……

米克尔说，他懂希伯来文。

哦，他懂这文字。阿克塞尔的眼睛继续闪烁着，他向前弯下腰低声说：

我会等待时机的。等我在什么时候遇上一个精通这方面知识的人，一个时日无多的牧师，我会留意他。等他弥留之际却还有知觉时，我会让他解读这些文字。对此我十分确定。这事情其实不急。总有那么一天，在一道老堤边上，或者这么说吧，不管这宝藏在哪儿，它就待在它该在的地方，我会用脚踢蹭它旁边的石子。宝贝是被埋在地下的，一个山坡，或是路面下的一个石棺里。我会在那儿挖出一个金戒指，一只红色的、粗粗的颈环，是用那种有分量的、古老的真金——还带着热量的那种——打出来的。我是怎么知道的，就别去管它了，我知道这是属于我的，我合法继承的财物。二十岁时，我得到了许多给我的现金，数目不小，甚至到现在我都没有花那笔钱，但是这纸条，则是在我十八岁时就已经得到了的，是一个到我家来的老人给我的。我一直很好地保存着它。我也不会弄丢它的。一开始，我会在宝藏中看见所有那些给我的金戒指；更深一点的地方会有一条皮质的旧围裙裹着一只珠宝盒。在第一次接触这宝藏的时候，我会只拿起那些颈环中的一个，然后拿一枚给我自己的戒指,带有宝石的,那宝石应该是世界上所存的最大的钻石。其余的,就让它们安静地在那儿躺着繁殖后代。我想象这些珍贵的珠宝是怎样随着岁月的流逝而转移,渐渐地爬到裸露的土壤中生长着。我只需用手指挖下去,就能把它们挖出来。我对黄金不太感兴趣,不管怎么说,反正我是不会保留那些钱的,它们是圆形钱币,用起来就会滚动,要让它们滚动起来:在旅行中我会看,它们是怎么滚动的。我想去科隆,我还想去帕维亚……另外,还有那些漂亮的剑柄、链子和钩环,无疑,现在它们暂时很好地待在它们该待着的地方。

米克尔宁静地微笑一下,环顾着空荡荡的房间。难道他们不是该睡了吗?

阿克塞尔马上就同意去睡了。他们站了起来。但是上床时他们发现那些皮毯子因潮湿而完全腐烂,人是无法盖的。他们一边骂着,一边合衣躺在上面,阿克塞尔一会儿就睡着了。

米克尔稍稍躺了一会儿,无法入睡。突然,他自己就高兴地笑了起来,然后沉湎于自己的思绪。这些思绪并不一定是关于过去的事情或任何确定的事情,相反他是感觉到自己在生活中的卑微,以及那种长久以来对自己不幸命运的苦恼;他感觉到自己的孤独。在差不多快睡着的时候,他还是想象着这大块的黄金,就在这地下埋着,你只需刷去砂砾小石块,就可以看见那像树根一样在地下匍匐的色彩沉着、带有划痕的黄金。他想要踩在上面站上去。而在深渊的另一边,他看到白色的女人们聚成一圈坐在一些石头上,中间高处有一个巨大的女人。这时他想放一只鸽子。过了一会儿,他看见她们都爬下去了。一小时后,她们陆续出现在他所在的深渊这一侧,手和膝盖因为爬行穿过的植物而变得湿润并发绿。他在黄金上直挺挺地站着。国王在远处向他点头。

第二天,他们在清澈明亮的四月天里继续骑行,马蹄踩碎路上的蓝色水坑。森林之外,原野在春之色彩的轻洒淡抹之下伸展,人可以在清新的空气中看见数公里之外的地方。远处原野拱起的最高处,圆圆的坟冢倔强地挺立着,西边因为露水而呈现出一片白色。

米克尔·策尔森在这整个美丽的早晨没有说一句话,他陷入沉思之中。他们正靠近他的故乡,他已经二十多年不曾来过这里了。自从他得到消息说要去博尔格鲁姆,他就没想别的。就在他深陷于自己的思绪时,突然间他在马鞍上惊跳起来,一下子坐直。

莫霍尔姆采邑是不是在这个地区?阿克塞尔问道。

莫霍尔姆。是的。

我有一封送往莫霍尔姆的信。地主的名字是欧德·易瓦尔森。

米克尔朝自己的马吹了一声口哨。它停了下来,回头看着他,但他又让它继续前行。他们彼此不再交谈,直到下午,他们骑马越过那些小丘,并看见了小河。小河穿过苍白的草地,就像是大地暴露在外的银色脉络。峡湾在西边显现出来,给人一种归属感。永不变换的峡湾。米克尔看见他所认识的峭壁和山脊,就像上次在这里时那样,它们以同样可靠的方式完全伸展到天空的纯蓝之下。

他们在格饶博勒小酒馆歇了歇脚。然后米克尔向阿克塞尔指了去采邑的路。他自己要骑马去他弟弟居住的峡湾。第二天早上他们再到小酒馆会合。

就在天黑的时候，阿克塞尔骑马进入了莫霍尔姆。一条被拴起来的狗在墙边狂吠着，一个穿着红裤袜的仆人在台阶周围清理打扫着。在平常，这院子看起来就像是废弃了的。阿克塞尔站在台阶前，一名男子出现在门口，这就是地主本人。听了阿克塞尔的来因之后，他把他带进了大厅。阿克塞尔在桌旁坐下，欧德·易瓦尔森走到壁炉前，点燃了一支火炬，然后将它插在墙上的火炬环中。

欧德·易瓦尔森读着这封信，阿克塞尔审视着他。他是一个寡言的中年人，半张脸被剪到嘴前的短胡子覆盖。他愠怒的两眼在信纸上上下扫着，你无法从他脸上看出他在读什么。这时，欧德·易瓦尔森停了下来，走到门口喊了一声。一位老仆人端了一盘肉放到桌子旁，然后退了出去。之后，没有人再进入大厅，房子里听不见任何活物的声音。

欧德·易瓦尔森读完信后，从角落的桶里为眼前这位陌生人倒了一杯啤酒，然后和他坐在一起，听他讲外面的消息。阿克塞尔很高兴地谈到了在瑞典的战争，关于伯格松德的战役以及国王的胜利，关于缇维登和瑞典的雪……他因为吃了东西而情绪高涨，并开始称颂战争的恐怖。欧德·易瓦尔森不时地咳嗽几声，这是人们的一种无意识的习惯性咳嗽。在火炬烧得不太亮的时候，他会用手指轻轻敲打火炬。中间有了一个停顿。阿克塞尔吃得津津有味。突然，他抬起头来向上看。

这里是日德兰半岛的中部，是吧？

是的，可以这么说。

这里的某个地方有一处宝藏，我有一张藏宝图，阿克塞尔边吃边说，也许就在这儿附近。

欧德·易瓦尔森没有立即回答，阿克塞尔专注于眼前的啤酒杯，人们可以在声音中听出他有多么专注。

欧德·易瓦尔森终于让自己有了一个看上去似乎像是微笑的表情，并问阿克塞尔是什么人。

这一次，阿克塞尔犹豫了一下才回答。

我的名字是阿克塞尔，最后他平静地说。姓什么我一直不知道。另外，我本来好像是叫阿布萨隆，但在我长大的庄园里，他们管我叫阿克塞尔。我出生在西兰岛。

哦，是这样。

是的。现在我为国王克里斯蒂安做事，是骑兵和传信兵。——我十八岁时，一位老人来找我并给了我一份文件，后来，我们一起在原野里散步，他对我说，我应当收藏好这份文件，他以他的名字担保财产继承的合法性。他说，他的名字叫孟德尔·施派尔。

阿克塞尔边说边继续吃东西，但也后悔自己的话多。他抬起头，欧德·易瓦尔森正凝视着他。他放下刀叉，以为地主病了。但欧德·易瓦尔森站起来咳嗽了一下，而后瞥了一眼火炬。他又咳嗽了一下。

孟德尔·施派尔……阿克塞尔与他有血缘关系吗？

这他就不知道了，阿克塞尔抬起头看着。与此同时，欧德·易瓦尔森认出了他。这是苏珊娜的儿子。

这是苏珊娜的儿子。

稍过了一会儿，欧德·易瓦尔森非常不确定地问他是否在赫尔辛约认识什么人。

阿克塞尔摇了摇头，又赶紧吃起来。当他伸出双手时，欧德·易瓦尔森认出了它们，这是易瓦尔森家族的短手。这时的他仿佛有所触动。一阵极大的不安涌上心头。他心里有以前的罪，这罪仍充满活力并且贪婪。很多年前的那个诅咒是不是正在起作用。他的关于日德兰的宝藏的说法是怎么一回事？什么文件？

欧德·易瓦尔森往厅里走了几步。他一下子麻痹了，就像看到火焰蹿上屋顶的人们，想去救火却仍站在原地，仿佛腿被粘住了。他该怎么办？

欧德·易瓦尔森已经结婚二十年了，他有八个孩子。他妻子的肖像油画挂在宴会厅里。画面上的她把瘦削的双手交叉着放在腹部。她的身形在一个带着谦卑感的S形体态之中弯两次，她的眼圈有点发红。这是一个令人尊敬的女性形象。孩子们都很懂事。欧德·易瓦尔森把自己家森林里的动物作为猎物出售给狩猎的人们，并做一些牛的买卖，生意很好。就在这个陌生的苏珊娜的儿子啃着骨头的同时，他最小的孩子躺在里面的床上睡着。他虚弱的妻子在六月又将要生孩子。难道这只狼是想强闯进他的窝来把他们全都吃掉吗？不。欧德·易瓦尔森的母亲安息在格饶博勒教堂地板下的天鹅绒棺材里，现在他想念着她……上帝不会是想要打击他吧。

阿克塞尔吃完了。院子里一片死寂。客厅墙壁上湿漉漉的，火炬上的光映照出地上冷冰冰的石头。半暗之中，地主一言不发地站着，审视着阿克塞尔。阿克塞尔坐着。他想着，他是不是能在这个悲惨的庄园里度过这个夜晚，若是在这儿过夜，他很可能要与蠼螋和小老鼠为伴。欧德·易瓦尔森又回到桌边。他似乎想到了一件不幸的事情。他的额头仿佛染上了泥斑，嘴巴被埋在胡子里。

很抱歉，我们不能为你提供住宿，欧德·易瓦尔森轻声说。他摸索着桌子的边缘，坐下。我们这儿有好几个人病了，而且已经有一个客人……他抬头向上看。

于是阿克塞尔马上就离开了。他没有因此而变得心情沉重。他骑马离开庄园时，就已经永远忘记了那位吝啬的地主。一个小时后，他停在了下面峡湾上的铁匠铺门前。米克尔出来接待他。

这个晚上，他们在铁匠铺里很愉快。尼尔斯状态挺好的。他有了妻子和孩子，但在其他方面几乎没任何变化。看起来他就像从前一样阴郁、坚韧，而且仍穿着他的皮围裙。

米克尔回到家乡的主要遭遇就是：他发现自己的老父亲仍活着。策尔差不多九十岁了。他坐在壁炉边的角落里，双腿被包裹在大堆的麦草里。他几乎完全聋了，思维已不再清晰，但除此之外，身体倒还健康。他没有认出儿子米克尔。

吃饭时，米克尔看着父亲。尼尔斯的妻子无微不至地照顾着父亲。老策尔的手白得像霉菌，就仿佛是被煮过，带着水一样褪色的斑点，但却并不怎么颤抖。尼尔斯讲述道，八年前，家里用来储存泥炭的地窖塌陷，那几天策尔被压在了下面，差一点就死了。当时尼尔斯正好去了别的地方，家里其他人想不到会有这样的事情发生。到了第二天一早，他们才意识到，这老人可能会在某个地方。他们最终在地窖里发现了他，他躺在那里，双手紧紧抓住衣服，两只眼睛睁得大大的。不幸中的万幸是，那里有足够的空气，所以他没有窒息。那次事故之后，他不时会在心中突然感觉到恐惧。

吃完饭，米克尔坐到老人身边。他试图和他说话，但没有结果。于是他坐着，注视着老人那看上去很大的、头发蓬松而无力的头。他熟悉父亲的面部特征，尽管现在他脸部几乎被须发盖满，眼睛已没有光泽。老人的耳朵和光秃前额上有一些软瘤和水疱。

过了很长一段时间，米克尔从口袋掏出一枚旧银币，看了一会儿，然后试着把它放进老人无法握住的手里。

你还能记得这枚硬币吧？他在父亲耳边喊道，忘记了房间里有其他人。

吧，吧。

你记得这枚硬币吗？米克尔再次一个字一个字分开地喊道。其他人沉默着，不参与谈话。米克尔把头埋在手中，在老人的椅子前坐了很长一段时间。老策尔张大着空荡荡的嘴巴，不一会儿就睡着了。

夜里大家都睡在同一个起居室里。他们不时地听见策尔发出的嘟囔和咆哮声，就像一只在睡眠中呻吟的狗。

第二天早上，米克尔和阿克塞尔准备好了骑具。道别之后，米克尔在马鞍上转过身，努力克制着自己的情绪，问他的弟弟：

对了，安娜米德，她怎样……？

她在撒陵结婚了，有了孩子，孩子都已经长大了，尼尔斯马上喊道，在奔跑起来的马后面跑了几步。严斯·西维尔特森安享天年后去世了。是的，她很好，米克尔，我该对你说……

他继续喊叫，又说了很多话，但米克尔用靴上的马刺踢了一下马驰骋了起来。阿克塞尔到了坡上时才赶上他。

事已成[1]

　　斯德哥尔摩，星期二，国王克里斯蒂安入城与加冕之后的隆重庆典。米克尔·策尔森站在城堡的守卫室里，要为严斯·安德森传送消息。他被告知：严斯·安德森正在洗澡。但既然这是件非常紧急的事，米克尔就脱下衣服，进去执行差事。他进入了闷热的浴堂。一开始他看不见脸前一寸的地方有什么，浴间里满是蒸汽，浓得就像白色的毛絮。他能够听见水桶的碰击声和水浇在烤炉里石头上时发出的剧烈的嘶嘶声。从冒着汗的浓蒸汽层中传出各种声响。米克尔站在门口，蒸汽炙痛他的胸部，然后结成水珠沿着他的腿滚下来。

　　突然间，就仿佛蒸汽堆叠出一个人的形态，在走向他。又走近一步，是一个人，完全可见地站着，热气把他蒸成了红铜色。这是国王克里斯蒂安。米克尔迅速把目光从国王的脸上移开，只看着他满是红毛而肌肉结实的前胸。他听到国王激烈的声音。他在这里干什么？米克尔低头做出了说明。

　　严斯·安德森！国王厉声喊道，门口有个人找你说事。然后，他退回到蒸汽之中。米克尔挺直身子，他的膝盖仍在颤抖。稍后，严斯·安德森过来了。米克尔向他传达了

---

[1] 原文为拉丁语 Consumatum est.

消息。他并不知道，自己凭记忆所转达的这些神秘的词语所蕴含的意义是什么，但它们给主教带来了很大的疑虑。站在这里，主教说，然后就消失了。

米克尔在沸腾的蒸汽中听见国王和安德森以及更多人的声音。然后国王非常愤怒地喊了几句。浴堂里几乎安静下来。他们不再往炉子里的石头上泼水。最高的窗口被打开，蒸汽变得很浓，白得像一面墙，稍后渐渐淡下来。米克尔一下子看见了浴堂里的所有人。他本来以为他们在更远一些的地方，该有十倍的距离，但其实他们全都在他面前。国王坐在一张长凳上，除了他还有迪德里克·斯劳赫克、雍恩·埃里克森和两个米克尔不认识的人。严斯·安德森用一种压低的、意味深长的语调对国王说话，其他的人听着。但是米克尔听不进他们所谈论的东西。他无法将目光从国王身上移开。他从未见过如此坚实的胸膛和如此强壮的上臂。胸肌硬实而带有细纹，紧贴着皮肤。肌腱窄窄地弯曲延伸到手臂下。在水汽中，深红色的头发散落在国王的头上，就像雨天蓬勃而起的苔藓，水流过湿润的脸落到胡须中。看来国王的心情很恶劣，他瞪着眼睛，以一种特别的、经过了算计的方式让目光从一个人扫向另一个人。他的表情是完全凝重的，仿佛随时都会爆炸。

米克尔并不怎么留意其他人。雍恩·埃里克森带着谦恭而忧虑的表情直挺挺地站着，他的身体瘦得可怕，以至于看起来就好像是由皮肤和骨头绑出来的一个人形架子。他那瘦骨嶙峋的长脚插在一双木底拖鞋中，脚踝上覆盖着他最近戴过的镣铐留下的痂壳和雪白的伤疤。在他身旁，可以看见严斯·安德森带有鞭痕的背，他躬身蹲在自己弯起的毛茸茸的骑士腿上。迪德里克·斯劳赫克是一个体型完美的人，然而不幸的是，梅毒留下的紫色的星点痕迹使得他的整个身体都破了相。它们在他皮肤上密密麻麻打上印章，就像圣塞巴斯蒂安身上的那些箭一样。迪德里克·斯劳赫克有一个猴子似的头，因为他的鼻梁已经坍缩了。

严斯·安德森突然朝米克尔的方向甩了一下头，就仿佛是在提醒他们：他站在那里。米克尔什么都没听到，但国王抬起头，火冒三丈。

让那人走啊！他烦躁地叫喊道。严斯·安德森转过身，用一张仿佛带着抚慰的脸来面对米克尔。米克尔赶紧退了出去。浇水！他听见国王在喊。他在外面等着，并穿上衣服，同时，他再次听见水溅在炉中石头上嘶嘶响的声音。那里面不再听得见任何说话声。

半小时后，主教出来了。他身子蒸得很热，呼吸短促。他吹掉嘴唇上的水汽，擦了一下额头。手指尖上的皮肤因热水而起褶。米克尔得到了要回复给大主教古斯塔夫·特罗勒的消息，只有两个拉丁文单词。严斯·安德森让他像小孩一样重复了三四次，米克尔忍不住笑了出来。

对，要记住！在米克尔跑出门时，主教喊道。

大主教拿着鹅毛笔站在窗前。米克尔进门时，他迅速转过身来。当他听见米克尔所要转达的消息时，把鹅毛笔扔在了地板上，激动地从房间的一端到另一端来回走。米克尔从国王那里带给他的这句话是主耶稣基督在十字架上的最后一句话。大主教轻声对自己重复了几次。桌上放着一个打开的便携式祭坛。大主教连连点头，重复说着：

Consumatum est.[①]

---

① 拉丁语，意为"事已成"。

米克尔等待着回信，但古斯塔夫·特罗勒看来是改变了想法。他又走向米克尔，站了一会儿，有点分神地看着米克尔的脸。他无血的嘴唇上有一道不确定的抽搐，这可以是感动的微笑，也可以是打喷嚏的先兆。当他问米克尔是否有什么想要的东西时，他不确定地结巴着，声音温柔得奇怪。

米克尔脸红了。二十年艰难而徒劳的兵役在他的意识之中变成了一天。他回想起年轻时的愿望，就仿佛那是在昨天。他有什么想要的吗！他想象若是当年有人问这个问题的话，他会在脑海中回答说：一切！这就是他想要的。而现在，恰恰现在，他被问及这个问题。现在他什么都不想要。

但他温和地抬起目光。但愿能在国王身边做事，他有点迟钝地说。他再次低头，垂下目光，小心地搓着手，就像一个站在门口的乞丐，在人们为他去拿施舍品时想到：好冷。

很好！古斯塔夫·特罗勒点点头。他问米克尔是否想成为一名文书，因为他懂拉丁文。但米克尔摇了摇头。如果他可以成为国王卫队中的骑兵……

走到街上，米克尔像个老人一样弯着腰。多年来，他一直就渴望着侍奉国王，现在，他带着热烈的喜悦感到自己正在接近这个目标，但同时也被这至深的悲惨压垮了。

同一天晚上，城堡里有一场很大的公众晚会。

米克尔·策尔森作为仪仗队卫兵守在大厅门口，他全身盔甲，都是崭新的装备。他的晋升速度很快，严斯·安德森为他提供了很有用的帮助，并且还就他的忠诚服务给予了奖励。当米克尔站在国王面前时，国王并没认出他是那个当天早些时候碰见过的人。国王以非同寻常的恩惠接待了他。然而,他却是国王差一点用目光将其钉在浴堂门上的同一个人。这样看来,事情可以是颠倒过来的,裸体也能够隐藏和掩盖起一个人,米克尔想着。

前一个晚上是为瑞典的最高社会阶层预留的庆典之夜,今晚则轮到了国王的军官和年轻士兵,被邀请去与斯德哥尔摩的市民及夫人们一起跳舞。这会是一个非常欢乐的夜晚。米克尔像尊雕像一样令人敬畏地站在门口,从上到下都被闪光的盔甲覆盖。他用目光跟随着跳舞的人众,翘起的胡子从面甲中钻了出来。

那个跳舞的人,那样勇猛洒脱,那样昂首挺胸,那样轻巧地甩着舞步,那又会是谁呢?那是阿克塞尔,春天时他的年轻旅伴!米克尔仍一直无法理解这个躁动无比的小伙子,他如此轻率地向人透露自己的秘密,简直恨不得把这些秘密说给上帝也说给每一个人听。看,他是怎样转出自己的舞步的,仿佛这就是他正常的走路方式。在他站定不动的时候,也仍像阳光中的碎镜片一样闪烁。他的目光总是难以停留下来。比如说此刻,他正同一个美丽的少女拥抱着在地板上转动,目光则一直在调情的状态中投向左边和右边。米克尔看着他左转右绕,穿过人群,直到帽子上的黄色羽毛消失在大厅另一端;然后他又出现了,同样兴奋地上蹿下跳,那个少女,脸上带着宁静而陶醉的微笑,不时地仰起头望着他。

米克尔将身体的重量从一只脚移到另一只脚。音乐达到高潮。穿堂而过的十一月冷风透过窗户袭入。尽管米克尔的眼睛是睁着的,却仿佛看不见任何东西,他陷入了自己的思绪之中。一些事情正开始令他烦恼:他因自身的正直而觉得自己可怜，并且有一种想让一切重新来过的欲望，就像其他愚蠢的傻瓜一样。他现在已经四十多岁了，但绝不比二十年前更聪明。他的那些渴望都没有变成失望，就是说，都没有被实现，一个都没有。它们是被延长了。他仍有足够的时间去做蠢事。

音乐开始转向纯粹的冲击性的疯狂，一拍一拍地给出节奏。弦乐器在迷狂之中沿着曲调上升的轨迹上下飞翔，然后终结于一阵集中而持久拖沓的欢呼声。跳舞的人们在舞池里散开，说着话，大笑着。

阿克塞尔拍了拍米克尔·策尔森的肩膀并祝贺他。现在他们在一起做事了。于是，在米克尔下岗后，或者明天，他们有必要出去确认一下他们的友谊！随后阿克塞尔就消失了。

在间歇的时间里，国王在一群身份高贵的人的陪同下穿过大厅。他站着与来自城里的一些人说话。国王穿着黑貂皮，脖子上挂着金羊毛。有几次他大声且快活地笑了起来。严斯·安德森忙于使用他的机智一会儿去为难这个，一会儿去为难那个。从国王身边走过的是斯特伦哥奈斯的大主教马蒂亚斯。这位老先生让珍贵的长袍在身后的地上拖着，他的动作很敏捷，说出几个干巴巴的笑话，也许是来自很久以前所经历的乏味的大学时代里为数不多的几个笑话，然后他咧开没有牙齿的嘴巴，在大厅里朝着各个方向微笑。当他们再次离开时，老主教又一次回头，眯起真挚的双眼，以那被阳光激活的满是皱纹的脸朝着年轻人们点头。

这些身份高贵的人们一消失，音乐就带着审判日的音量再次爆发出来。人们又开始跳起舞来。米克尔巡视着四周想找到阿克塞尔，但他似乎没在场。

不一会儿，米克尔就忘记了周围的一切。他再次想到了自己失败的生活，跌宕起伏，想起他为追求不可能的东西而行走的那么多公里路途。这让他感到疲倦。无论出于何种原因，他已经将幸福从自己的心中驱逐了出去。在快乐的人们中间，他已成了一个无家可归者。当他站在那里倚靠着他的戟时，他构思出四句拉丁语的六音步诗句，其大意如下：

因为对异国他乡的幸福的思念，令我在丹麦失去了生命中真正的春天；但在丹麦我找不到任何幸福，因为对故土的乡愁在一切地方都折磨着我。整个世界引诱着我，而这引诱只是徒劳，于是丹麦也终于在我心中死灭；就这样，我已无家可归。

桨帆船

阿克塞尔没有在舞场置身于跳舞的人群。他坐在城堡的工役休息厅里，那里的桌上满是食物和饮料。一晚上他只同一个少女跳舞，现在，他把她带到里面最黑暗的角落里，在长凳上坐下。她叫西格丽德，是一位市政议员的女儿。

阿克塞尔殷勤地博取西格丽德的欢心。不幸的是，她几乎对一切说不，既不喝普鲁士啤酒也不吃水果馅饼。阿克塞尔枯思苦想着，他没了主意。他当然看得出，西格丽德把这个"不"背得滚瓜烂熟。他也只是稍稍吃一点，觉得什么都没味道。当他终于让西格丽德在一块蛋糕上啃了一口时，他的心才恢复生机重新跳动起来，于是开始津津有味地吃起来。

和我一起喝点吧，西格丽德！阿克塞尔恳求着。她犹豫地回答说不。西格丽德不知道自己是否想要，不，她不知道。阿克塞尔突然充满渴慕地看着她的嘴巴，它像一株苔藓开出的花一样细腻湿润。他拿着杯子坐在那里，沉浸在自己的思绪之中。这时，西格丽德的的确确笑出来了。阿克塞尔喝着，也大笑起来。他们都笑得很猛烈。西格丽德继续坐着，眼中闪烁着快乐。她是那么年轻而温柔啊。愿上帝保护她的双手，它们是那么小巧而纤弱。

西格丽德的脸型使得她仍保留着孩提时代的形象，然而也仍能够看得出有一天她成为老母亲时的容颜会是怎样的；西格丽德温柔的脸看上去有一种人的三个年龄段兼有的神秘感。你会因为观察她细密的金发而忍不住喘气。

阿克塞尔用谨慎的目光扫了一眼西格丽德的裙子。棕色的外衣在脖颈处和肘部开叉，可以看得见丝绸。阿克塞尔深深地叹了口气。

最后，阿克塞尔和西格丽德赶紧又回到上面的大厅里。音乐全场奏响。现在他们又开始长时间气喘吁吁地跳舞。整个极乐之夜。西格丽德能够继续不断地跳舞。时间越久，她变得越安静，但每次阿克塞尔邀她跳舞，她都愿意。她没有疲倦。西格丽德的小手完全是又潮又凉，她的呼吸听起来好像是很轻细的，几乎察觉不到的气息。每次舞蹈结束时她都会微笑，她自己也不知道这是为什么。

进入深夜，时间在他们周围变得永恒。从万物初始起，他们就以这样的方式跳舞。阿克塞尔就像一个回想着消逝光阴的古稀老人一样被悲哀袭中。他捏了一下西格丽德的手。她抬头看他的脸，清醒过来。她毫无保留地微笑，充满了对他的献身感和信任。但他不知道他该如何接受她洁白的灵魂。他们的舞步越来越慢，从各个方向被推挤着。他们继续轻轻地跳着，犹在梦中。

不久后，西格丽德的哥哥来接她回家。阿克塞尔想跟他们一起走到门口，就在台阶上，他像个被判了死刑的人似的祈求着，但西格丽德说不。这是她最后的不情愿而温柔的不。

于是，阿克塞尔站在台阶上，看着她。她裹着大斗篷，往下走，到了台阶最下面。她转过身，点了点头，帽子下面那张细腻的脸在上面照向她的火炬下闪烁着白光。然后，她走了。现在,继续跳舞的人不多了,大部分人都坐到下面喝酒去了。

阿克塞尔发现米克尔·策尔森一个人拿着啤酒杯坐在那里喝酒,他脱掉了盔甲。阿克塞尔简直想去抱住这沉默寡言的士兵的脖子。他们一起喝了几杯热的。

他们坐着聊了一会儿。阿克塞尔无疑被米克尔柔和的声音感动了。工役休息大厅里的骚动声更大了,到处都是碰杯的声音和快乐的欢呼声。回声从穹顶上轰隆隆地反弹下来,就像是对嘈杂声的扭曲反射。德国士兵们渐渐醉了,到处都有争吵打斗发生。大多数城里人都回家了。

阿克塞尔朝着桌子的另一边身体前倾,就像打洞一样让自己的目光钻进米克尔·策尔森的眼睛。他向米克尔提出一个建议。他压低着声音,仿佛是在谈论别的什么事情。米克尔抽动鼻尖。这是他罕有的一种心境表达,他在脑海中看见了桨帆船。他点点头,抚摸了一下胡须。

事情其实就是,斯德哥尔摩城外礁石滩里停泊着一支来自吕贝克的船队。那是一些商船,克里斯蒂安国王在他围攻斯德哥尔摩期间曾要求这些商船向军队出售生活物资。现在,其中一部分船只已经驶离了,但那艘著名的大型多桅帆船仍抛锚在那里,上面载满了卖春女。这艘船总是带着它的货物驶往所有大量士兵驻扎的地方。

阿克塞尔和米克尔立刻站起来,拿起武器,出门往城里走去。天很黑,空气中有雾,现在差不多是凌晨三点。街道上空无一人,没有灯,所以他们好几次在垃圾堆上跌绊。最后,他们到达城南门并说服了守卫让他们过去。城墙下的桥下面通常会有许多可以租用的双桅小船。然而今晚一艘都没有。于是,他们悄悄向东沿着狭窄的海滩走去。走了一段路之后,他们找到了一条船,弄断了绳索并将它划走。那船距离城堡岛相当远,划了一段时间后,他们才瞥见浓雾中的灯光。他们要上的那艘船位于最左边。在黑夜和大海令人不舒服的潮湿中划了十几分钟后,他们到达了那艘多桅大船前。船抛了锚,隐约可见船尾挺起在黑暗和薄雾中。

他们到达之前,已经听到了这艘大船上的声音,上面在举行盛大的晚宴。每根桅杆上都有一盏灯,三盏大灯将光线洒在滑车和甲板上,许多人影到处晃动着。浓雾在三颗月球似的红灯周围形成了大大的光晕。

他们在船首斜桅下让小船滑近大船。其他那些小船全都停在那里,阿克塞尔压低声音笑了一下。事实上,锚链周围有十几条小船,看上去像个小小的鱼群。

从上面的船尾传来德语的叫喊声,那是这艘船严厉的船主。装饰船头的雕像是一条嗜血的龙,它张开的嘴中呈现出里面的所有木钉。

好朋友们①!阿克塞尔用德语喊着,从在波浪中摇晃的小船跳出,攀上大船的绳索梯。船主把手伸向他,帮他登上甲板。米克尔将小船绑好,也跟着爬了上去。

桅杆旁的灯下有些啤酒桶,甲板上撑着几个小帆布篷子。船尾的灯光很亮。这里听得见各种嘈杂的声音,哨子与芦笛的共鸣,欢笑和碰杯的声音,还有女孩子们的声音。她们的声音在海上听起来是那么温暖。在一艘习惯于大海的粗陋小船上听到各种娇嫩的声音是温馨而打动人心的。涂有焦油的船板在喜庆的气氛中上下晃动着,整艘船在海

---

① 原文为德语。

中长久地摇摆着。一些舱门口有被子伸摊出来。

就在阿克塞尔和米克尔旁边,轻轻的脚步声响起在甲板上,那轻盈的步子,在一个成年人的健康体重之下,木板会有反弹。一个衣着艳丽的女孩从船舱冒出来,迅速走向他们。她温柔地向他们两个人依偎过来,用一种像是在抚摸着肌肤的声音向他们表示欢迎,没有任何言辞表述,他们一下子从她奇妙的亲近中感受到温暖。

他们一起朝着灯的方向走去。人们向他们挥舞着杯子欢呼。当阿克塞尔看见这女孩的脸时,他急忙俯身向前。她的眉毛连成一条线。他用结结巴巴的德语问道:

你,有着洁白牙齿的,你叫什么名字?

她以一种细微而热情的声音回答,就仿佛她早已认识他,并且知道他会来:

露西。

历史的陷阱

第二天中午,米克尔和阿克塞尔回到城里。他们到了阿克塞尔的住处,它是一个正对着大集市的高房子顶层阁楼。他们坐在屋子里,对着一大壶啤酒,两个人都疲惫不堪。但是,两人的眼中都闪烁着一丝狡猾的光芒,脑壳里都带着酒醉后的头痛和昨夜的记忆,他们的心情都挺好。

尤其是米克尔,他由衷地感到兴奋,内心有一种对他来说几乎是挑战性的欢快。他的目光之中难道不是有了某种女性的特质吗?难道他看起来不是这样吗?仿佛他想要去拥抱整个世界,而在同一刻却又想让它去死、去见鬼吧!

阿克塞尔搞不懂他。他好奇地审视着他,因为有一件事阿克塞尔是知道的。夜里,他听到船上有个人在舱外哀号。这声音来自下面的舱室。长久的、痛苦不堪的叫喊。这些苦恼的叫喊声中有某种特别震撼人心的东西,听起来不像是出自人类的。在他急着想去帮忙的时候,有人告诉他,那是他的朋友,那个红胡子的朋友,他只是喝醉了,死一样地躺在那里。于是,他走到下面的舱室里,看见米克尔躺在那儿,面孔扭曲得像个坐在酷刑椅上的犯人一样,难以辨认。阿克塞尔现在仍觉得能够听见米克尔当时发出的悲惨的叫声。当时,他看见米克尔仰面躺在地上,在极深的痛苦中向上凝视着,他听见米克尔咬着牙齿吞咽和咀嚼的声音。但是现在，米克尔看起来似乎心情很愉快，非常愉快……

阿克塞尔看着那些圆形的绿色窗玻璃。阳光在其中折射着。他把整扇窗都打开了。阳光涌了进来。城里的那些屋顶上被抹上了一层白光。在下方狭窄的水流中，一艘低矮的帆船张开小小的帆爬行着。南郊岛的大塔在鲜明的日光下远远地对着森林耸立着，墙上的弹坑清晰可见。下面的集市广场上仍遍布着前一天的大雨带来的泥浆和水坑。

看，阿克塞尔喊道，城堡里的欢宴又要开始了，米克尔！

通往城堡的街上，一长串贵族和显要人物骑着马朝城堡走去。

米克尔跑到窗前。我得走了，他不安地嘟囔道。如果有什么事情发生，离开岗位这么久是不好的。他现在很可能会有麻烦。米克尔急忙走了。

阿克塞尔继续站在那里，看着这支代表着斯德哥尔摩全部骄傲与财富的队伍慢慢地移向城堡。那里，骑着长尾雄马的骑士过来了，帽子上有装饰性的扣子，紧身上衣带着毛皮的镶边，金马刺在他们的脚后跟闪闪发光。马蒂亚斯大主教佝偻着，衰弱无力地坐在马鞍上，他的红色天鹅绒斗篷悬挂在那匹小小的、不起眼的有深灰色斑纹的马上，从两侧垂下来，就像阳光下一朵巨大的罂粟花一样闪耀。颇有身份的市民缓步前行，身体绷紧在衣服中，手里拿着长长的拐杖，而高贵的夫人们则谨慎留意着自己的步履。许多人从旁边的小巷出来，汇入这人流。他们全都走向城堡的门洞，这门洞的圆形石拱渐渐地将他们吸进城堡。

阿克塞尔在看够了这人流后转身回到起居室。他伸展着身子，不知道现在该拿自己怎么办。

西格丽德！他咯咯响地伸直身子，深有感触地微笑。他的头部和胸腔因思念充血。他再次环顾了一下这到处丢着他的武器和马具的房间，他感到绝望。然后扑到床上，睡觉。

几个小时后，他醒了，然后出门到城里去了。太阳正在下沉，街上异常安静，只有一些从旅馆传出的士兵的喧闹声。尽管士兵们在狂饮，他们发出的也是一种压得特别低的声音。这是城里庆祝的第三天。

阿克塞尔怀着一种不确定的希望穿过一条又一条街。他寻找着西格丽德。既然找不到她，他就走到城外，跑到一块树木繁茂的大礁石上，漫无目的地跑来跑去，就仿佛有可能在某棵树后面找到西格丽德。

太阳已经落山了，阿克塞尔站在这里。这座城从凝固的波浪中升起，它黑色和锯齿状的影子插向黄色的天空。城里传来晚上举行礼拜仪式的教堂钟声。高高的黑云团从北面聚集过来，但南面有一个低雾堤，就仿佛这是一个正消逝却仍能被看见的日子。

阿克塞尔回到城里的时候，街巷四处都已经是又黑又静，一片死寂。他摸索进自己的房间。但在他进入房间的时候，听到一个女人小小的尖叫声，就像一声鸟鸣，但这足以令他忘却忧虑。她将手臂环抱在他脖子上问候他。是露西！

但她是怎么来到这里的？她是被禁止在城里露脸的，她是怎么找到他房间的？哦，是的，阿克塞尔自己告诉了她他住在哪里。其他方面的事情嘛，她只是偷偷绕开了所有站岗的人。

阿克塞尔拿出了一些吃的东西和葡萄酒。

与此同时，米克尔·策尔森正站在城堡大厅里。他见证了北欧历史上的一场巨变。尽管他只是一个旁观者，这件事却给他整个余生烙上了一个无法抹去的印痕。

没有人预感到即将发生的事情是什么。这个由特别挑选出的主要人物们构成的集合，在大厅里以最舒坦的方式高谈阔论或者窃窃私语，因为身穿节日盛装领受着皇家荣光而感到愉快，一种纯粹的兴奋……一下子，他们全都变得死一样地沉默。高高的天花板下只有一个干巴巴的声音，一个没有很好地得到控制、上下起伏的声音。讲话的是古斯塔夫·特罗勒。这声音给人不祥的预感，就像是风暴来临之前大自然的死寂中，啄木鸟在森林深处的某根树枝上啄击着。言辞中所传达出的意义则使得正听着的人们膝盖失去力量，而不只是让一个人耳边发热。大主教正在掀起一场将招致灾难性后果的历史事件。

古斯塔夫·特罗勒的脸不再是米克尔所认识的那张脸。古斯塔夫·特罗勒，米克尔一直留意着他，因为那时他盲目地崇拜他。就像严斯·安德森，古斯塔夫·特罗勒是他的国家里最博学的人，同时也是最强势的人，一个独一无二的智者和一个多才多艺的人。他是最圣洁同时也最不择手段的人。他以在不动产和金钱方面的富有来诅咒所有同时代的知识和成就。他在神学和法学方面的学识以及在实际应用上的能力都是无人能比的。但是，在米克尔以前见到他时的那几次，被刻画和描述在他这张脸上的是他的不幸，因仇恨而不健康，当然也免不了因担惊受怕而留下的特征。他用一种严肃的外观想要覆盖起许多被隐藏了的东西，但这只使他变得更沮丧。微笑不适合他。若微笑，他就会像是一个微不足道而可笑的文书。

但是现在，大主教的脸终于被重铸了——并且变冷了。就像一个情人不知所措的瞻前顾后在特定时刻被改变，他两眼中乞求着的甜美变成了一种无情的审判，他的殷勤变成了一道粗暴的命令。

就像人们对待一个粗暴的人那样，瑞典人曾粗暴地对待过尊贵的大主教。除了铲平他的城堡和防御工事并到他的大教堂中劫掠之外，他们还夺走了他所有财产，把他如小偷般地投入监狱，折磨他。他们期待着他的敌人斯滕·斯图雷会继续坐在国王的宝座上。北欧人总是对自己人最苛刻。现在，克里斯蒂安，用暴力的方式，与所有瑞典人的武器和意愿为敌，成了国王。现在轮到他们面临这粗暴了。

雍恩·埃里克森是个有着天赋才干的人，这种才干所导致的后果却是，他迄今的生活就是一系列苦涩的不幸遭遇。而现在，他正在向在场的人们大声朗读书面的定罪判决。正是在这同一座武装到牙齿的城堡里，他被囚禁了三年，脚踝上被镣铐弄出的伤还没有愈合。

就在雍恩·埃里克森朗读的同时，大厅里的人们开始嘟囔起来，然后他们都像落进陷阱的动物那样失去了控制。

这天，审判程序朝着其无法避免的方向运行着。因为这两个民族的人相似却不相容，终于达成了正式的分离。他们注定就像无法离开对方却又总是很善于折磨对方的两兄弟，不断技巧娴熟而游刃有余地享受着伤害对方的快乐——直到他们，各自都心怀着死亡，相互分离。

这个夜晚又为白天的不幸带来了附加物，甚至最恶毒的意愿都无法预见这样的结果。带来这额外不幸的是一个女人，斯滕·斯图雷的遗孀。她的人生观和生活境况使得她随身带着各种文件，国家的政府文件。她还不到二十岁。

她只是单纯地通过展示一份文件来回击埃里克森所宣读的指控。这份文件证明了：所有针对古斯塔夫·特罗勒和教堂所犯下的罪行是瑞典整个国会的一个决定，并曾由瑞典国家的首脑人物们以火漆封起并盖章！但是在这里，国会的各种决定没被赋予基本的权力，不，在这里一切都是围绕着一个案件中的中心问题。于是，法庭很轻松就得到了所有犯罪者的名字和印章。通常用来灭火的水，在火得不到控制而进入最强势时，会变成助长火力的媒介；而在这一刻，那在桌上操作这文件的是魔鬼本人。

接着，大门在拿着武器的卫兵面前打开了，一些身穿盔甲并且手上持剑的人走进来，开始逮捕那些被指控的人们。

严斯·安德森召集起法律专家，并成立了法庭。这位伟大的教士和牛商很清楚怎样使法律条文去迎合这案子的要求。他在这件事情上听从强大心灵的呼唤。它确确实实给予了他忠告。但即使这是最深刻的真相，哪怕这是魔性的真相，它也没在这里达到目的。它无法拯救北欧。对幸福如此强烈的抵触正是北欧人的标志，以至于这种极端激进的拯救方式恰恰把所有希望全都永远地毁灭了。北欧民族的分歧如此神秘，他们的命运如此顽固。北欧诸国像是在火中炸裂的石头爆成了三个王国。

这一天是1520年11月7日。

但这个人，这个把一切都抓在手中，让那些无法被控制的人们聚在一起，并且利用那些一心想复仇的人们的才能、险恶、诡诈来为自己夺取王权的人，就在他的手下正把该做的事情都做掉的同时，他此刻则极端孤独地坐在自己的房间里。

米克尔·策尔森看见国王克里斯蒂安在屋子里面，坐在桌旁。他挺直身子靠着椅背坐着,在身后壁炉火光的投影之中炭一样地发黑。米克尔拿着灯进屋。他看见国王的脸,一张既紧张又松弛的脸,看起来像一个仍试图努力去为一件早已实现的事情做出决定的人。

露 西

黄昏的孩子……她是那么年轻！她是一个堕落天使，是的，她是个人。眉毛在两眼间连成一线，黄昏以一只飞翔着的蝙蝠图案为她在额头上留下了祝福。

露西根本无法开怀地笑，她只能做出一个毫无快乐的笑脸，就像友善而警示性地露出牙齿的动物一样。只是偶尔，她会显得温和，这时，她的笑容就像丹麦的一个九月天。对，丹麦的九月，无忧无虑的飞鸟成群地在明亮的天空下俯冲，正凋谢的花朵则宁静地站立着并且更清楚地知道该怎么办。啊，露西，二十岁不到，她的乳房已经有点下垂，然而糟糕的是，它们就像落地的果实一样艰涩。

露西，她能唱出一小段歌谣，但她不快乐。她什么都不明白，只知道随波逐流向下走，就像一个向海底下沉的人。这是她的自由意志，因此她身上有着一种令人不适的冷漠；但她自己并不知道这一点，她只能表达出单纯的惊奇，就像一只金龟子背朝地面跌进一条车辙，拼命用脚在空气中挣扎……直到那碾压的轮子来临。

但在这个晚上，有一些瞬间，露西在经受香膏涂油礼之后的那种威严中散发出光辉。在她黑暗的头颅周围，她获得了一种由永不满足的欲望和惊恐构成的光环，她的灵魂在一种狂野而无言的目光中爆射出来，就像十字军骑士——

当突然看到血红色的玫瑰在自己胸前的神圣十字架周围绽放时——眼中的目光。

阿克塞尔瞌睡过去了。

他睡着，梦着，滑进了另一个现实之中，一个蹒跚着的、亦真亦幻的现实。他坐在海岸上，与他在一起的是西格丽德；他感觉自己困得要死。然而他却站起来蹒跚向前，想要为两个人铺一下床；他踉跄地与那些浪涛搏斗了很久，把它们安排好，找来一条白色的波浪做枕头，但是他所摆置好的一切却都在他的怀抱里消失了；他抓向床单上的角，床单升起来并且流出去，化为乌有；最后他与那些不安的枕头扭打起来。终于，他放弃了努力。

……过了一会儿，阿克塞尔和西格丽德从地上飞了起来。是的，他们静静地在空中悬浮了一会儿，西格丽德握住他的手。然后他们飞得很远，飞到了令人晕眩的高度，但是阿克塞尔在睡意深处觉得他们必须在天空中飞向更远处。他感觉到他们必须去看一种世界终结处的景观。但在飞行了很长一段时间后，西格丽德放弃了，她变得沉重，开始低声哀叹，然后他们都坠落了。阿克塞尔醒来了。他又睡去，再次梦见了无法被记起的奇怪事物。

你身上什么地方有胎记的话，给我看一下，这样我就能在地狱里认出你，阿克塞尔在黎明破晓时几乎有点疯狂地请求着。

露西羞愧地笑着，她幸福得简直要哭出来了，她向他展示自己在人众围观下遭受鞭笞之后背上留下的疤。这些疤就像是一些黄色的灯芯草，在它们终结的地方，也就是鞭子上的结头所亲吻的皮肉，则像是灯芯草开出了棕色的花朵。

……阿克塞尔不知不觉眼皮又垂下了，他又再次飞翔起来，但这次是独自一人。他以直立的姿势在斯德哥尔摩各条街道中间、在与屋檐持平的高度上飞行，他像个跑步的人那样把双臂紧压在身体两侧，并用内在的力量来保持自己在空中强劲而平静地向前滑行。街道在不祥的黄昏时分空无一人。远远地，在小巷深幽处，他看到一些阴影在动着、背对着他急匆匆地离开，但在他飞行的地方从不曾有任何活着的东西。天空在燃烧，灿烂的黄色，仿佛它正带来一个幸福的消息。

这时，街道被一幢高房子堵住了，阿克塞尔怕会撞向那堵阴森森的墙。一些隐隐约约的人头在窗洞里窥视着。他鼓起精神，让身体倾斜着在空气中升起。他轻盈地飘起，恰好掠过屋脊而没有撞上什么。然后他又向低处翱翔，用两脚触及灌木和大树。但突然间，他用什么东西填充了自己，他有想要的意愿，他想要。他向上飙升，空气变得更深，更黄。他再次陡然猛升，悬浮在所有那些塔的上方，就像明亮而开放的天空中的一粒尘埃。

阿克塞尔飞着，在下面很深的地方，水在无声的波浪中构成空洞的形状。他看见下面的船倾斜着，他焦虑地思忖着，朝这个方向飞是否会撞上下面的船。这就好像是，尽管他是自己在飞，但也只能借助于极端的努力才能够向它冲去。然而，他安全地落在了下面这条船的甲板上。这是幸运之船。

船头站着一个野人，守望着，对世上的一切都毫不在意，他只盯着前方的海雾；船在大海里航行着，幽灵般轻巧地晃动着向前。

这是哥伦布的幸运之船。他本人，这个遭遇海难的船主，站在舵下，让自己的骷髅脸俯向罗盘，航向是正南方。在他两边，各有一个裸体的红色森林矮人，浑身上下流淌着苍老的毒脓。帆在桅杆上如蛛网般张开，星辰的光辉穿透这些满帆。

在船尾陡然凸起的木塔台上、在甲板上和甲板下，在每个角落、每个洞和缝中，全世界的女人都在等待；来自地球上几千种不同的风景，每一种各有一个。有许多是白皮肤的，从那些有着男孩子的腿的、胸脯正在绽放的最年轻的少女到经验丰富、膝盖已因走在裙子里而变粗的妇人；从早晚洗身的白皙处子到满嘴牛奶味、健壮多毛的四肢如棍棒般舞动的农家女儿。有些女孩肤色如经烟熏，满眼勇敢的纯真；有些妇人有着火红的头发，而两脚雪白。黑人公主有着玫瑰红的嘴唇，虎牙串成的串饰绕着挺直的腰。阿拉伯侍女，豹子般精瘦而富有弹性；来自波兰一些富有的农庄的丰腴少女，来自中亚的沾满花粉的娇小尤物，还有各种欧洲人从未见过、来自大海中的岛屿的女人。

所有女子，全都有着身高、年龄和体型上的差异，正如她们在脾性和观念上各有不同。这一个，欢快的嘴上漾着无忧的微笑，打开年轻而无所不知的心灵说着话；那一个，固然笑得很热情，但隐瞒着自己的忧郁。有一些在炫耀着自己明显的瑕疵，另一些则垂下两眼，对自己完美无瑕的身材感到羞愧。有一个身体并不完全是直的，因为在幸运之船上也应当有一个大地上的畸形者；有一个皮肤不怎么白，另一个有着奇妙的丰盈体态，这种丰盈非常有力地展示出自身，毕竟在幸运之船上有太多苗条的美丽少女。单个的人固然永远不会完美，但任何一个都是不可或缺的；许多个在一起就有了趋向完美的目标。幸运之船上的人在这一点上几乎一样：每一个从各自的角度来看都很迷人。

幸运之船在大海中航行，幽灵般轻巧地晃动着向前。幸运之船，阿克塞尔正梦见自己在上面。他感觉到西格丽德的在场。

这时，他突然醒来，怀里是露西。

亮晃晃的白天，他们在集市广场上吹起喇叭，热烈而骄傲的军号。

这只是他们在吹号，露西慵懒地嘟囔着。她闭着眼在床上匍匐着，换成一个更舒服的姿势。

但阿克塞尔站起来，打开了窗户。他看到两排长长的、静止不动的持戟士兵，从城堡穿过集市广场一直延伸到市政议会。除了这些士兵，广场上根本没什么人。就在市政议会大门口外……

他们已经竖起了断头台，阿克塞尔说，然后离开了窗户。他抓起自己的衣服，迅速穿上。露西翻过身子，清醒地望着他，不说话。阿克塞尔下了楼。

但他又马上回来了。他得知门被关上了，传令官们刚刚发布了禁止所有斯德哥尔摩市民离家出门的戒严令。

阿克塞尔站在窗边等待着。半小时过去了，整整一个小时过去了。他在那里站得越久，就越热切地想知道这一切意味着什么。但什么都没发生。两名男子走过去把断头台上的东西准备好。除此之外就只有那两排由整齐安静的士兵站成的直线队列贯穿集市广场一直到城堡。可以听得见他们压低嗓音的窃窃私语声。天气非常寒冷。不时会有一名军官嗒嗒响地骑马沿着这士兵的队列线奔跑，让士兵们对齐,其他时间他则一动不动地停在那被关上的城堡大门前。

阿克塞尔在一小时后再去看,士兵们的队列仍毫无变化。

血　洗

斯德哥尔摩城寂然无声。街上唯一的声音就是，骑兵队到处奔跑着检视是否所有的门户都被关上时，在各条街上穿过的马蹄声。

会发生些什么事？那些被禁闭在家里的人会怎么想呢？他们现在都默然地坐在家里，每扇窗户里都有一张迷惘的脸在往外看，每一道裂缝里都有一只探视着的眼睛。整座城像一座密集建起的大蚁山一样在岛上升起；在每一端，城门口的吊桥升入空中就像张开得巨大的颚，城里几千间房里，人们的灵魂兴奋起来，全都跑入了狂乱的想象中，人们的脸上完全失控。正如当兴奋狂乱的蚂蚁们在盲目的暴怒中聚集起来时，会有一股刺鼻的酸气从蚁丘中冒出来，此刻斯德哥尔摩城上方的空气也是如此，在无形中为恐怖的想象所毒化。

到了正午时分——阿克塞尔对下面永远笔直而坚韧的士兵队列简直快要火冒三丈了——到了正午时分，事情才真正开始。

是的，所有人在前一天都穿着他们最好的礼服、带着他们对国家而言具有重要性的至高情感走进城堡，现在，他们重新走了出来。

事情看来似乎是这样：瑞典至高的显贵们只是把这个

夜晚用来进行排练，让自己去构成一个有着更好秩序的集体。他们来的时候是随机到达，但现在则是根据他们的衔位高低顺序列队离开：首先是教会高级神职人员，然后是按爵位级别排序的贵族，最后是斯德哥尔摩的正副市长们、议员和富人。现在他们中间不再有人骑马，他们离大地一样近，就像胆小的绵羊，耐着性子走路。行刑者从一清早就在等着，他渴望着。他们排着队到达断头台前。那些患有关节炎的老主教们无法保持挺立的姿势，贵族们中有些人像挑衅的公羊似的脚踩地面，某个市民像一只试图甩脱绳索的绵羊一样地摇头，大部分人则老老实实地随着人群走着。总共差不多有七八十个人。

斯特伦哥奈斯的大主教马蒂亚斯因其至高地位而第一个被处决。他仍穿着红色天鹅绒斗篷。他跪下，仰起小小的脸，双手放在一起。阿克塞尔认出了他。但是这过程很快，大主教又站起来，开始在光天化日之下面对刽子手脱掉了衣服。

这时，阿克塞尔进入了一种不断捶击着的不安。他转向站在自己身后的露西，把她推回起居室。你不该看这个，他说。他的声音里有着如此强烈的震撼，以至于露西颤抖起来。她躺到了床上。

阿克塞尔回到窗前时，行刑已经结束。大主教马蒂亚斯的身体躺在地上，只穿着裤袜和裤子，他的头则落在一个稍远的地方。红色的斗篷……不，那是他的血液，在他身下流淌。

就在阿克塞尔仔细观察那颗可怜的、被割下的脑袋的同时，他仿佛听见了刽子手的剑是怎样呼呼呜响并且击中目标的，他看到另一颗头颅伴随着鲜血的激射，从木桩上跳落到地上。这是斯卡拉的主教文森特的头。艾瑞克·亚伯拉罕森·莱昂胡富德正站着脱自己的衣服。现在下面有很大的骚动，许多人叫喊着，惨呼着。

阿克塞尔站在窗前，激动得热血沸腾。他看到一个高大而非常肥胖的贵族一边说着话一边向空中伸出两臂挣扎，他狂野的声音让人无法听懂。在集市对面的房子里，许多张脸从窗户中显现出来，这个情绪激动的人似乎在对窗户里那些人说话。但他们没有回答他。阿克塞尔看见那些压着屋顶低低飘过的灰色云朵，它们时不时会向下弥漫，用淡淡的水汽填充一下集市的空间。

阿克塞尔看着他们一个接一个地被拉出来，他认出了其中一些在瑞典地位最高的人。有几个赶紧跑过来，笨手笨脚地脱去自己的衣服，另一些则让刽子手剥去衣服并且听任他们的处置。人群紧紧地挤成一团，他们周围站着持有武器的士兵。阿克塞尔认出了米克尔·策尔森以及其他几个同伴。

阿克塞尔又重新平静下来，他站着看约尔根·霍姆特如何领导和指挥那些刽子手：他华丽的衣服上佩戴着他所有的勋章，用戴着手套的手指比划着。

现在有许多人头在那里，它们在血腥的地面上，就像踩着水的游泳者。血在集市广场上流淌开，构成的图形像一个巨大的字母。每次阿克塞尔站到窗前，这个北欧古字母都伸展出一根新的枝杈，就仿佛它这时又要以新的方式来阐释。这些处决执行在单调的形式中进行着。没有光泽的白天变得越来越沉闷阴郁，强烈暗示着雨的来临。人群稀疏起来，尸体被堆成一堆。

阿克塞尔几乎屏住了呼吸。所有这些高高在上不可侵犯的贵族都被砍倒了,刽子手们又带着更大的勤奋开始砍向平民们。阿克塞尔感到一阵晕眩,因为这一切都超出了他的理解力:既然国王能够让这样的事情发生,他必定有着巨大的、常人永远都无法预见的力量。他在自己的脑海中注视着他,北欧的国王,一个个子矮小但壮实的人物形象,有着强有力的肩膀和房梁般的胳臂。这是一个可以挑起重担、将石头从地上拔出并举到指挥命令的脸前的人。他记得国王那像伸出的长矛似的目光,国王那不断变换着的眉毛。他记得国王那因为男人的骄傲而不在乎一切的嗓音。他隐约触摸到一种对国王的专制法令的预感,他向这威严的力量弯腰鞠躬。

最后,阿克塞尔离开窗台并关上了窗户。

他和露西决定,这就吃饭。露西对眼前发生的事情没表现出一丁点儿好奇心。然后他们躺下睡觉。外面下着倾盆大雨。

同一天黄昏,阿克塞尔被外面房顶上的嘈杂声吵醒了。那是一个竭力蹑手蹑脚地跑着的人的脚步声。这些脚步声越过房顶,消失了。阿克塞尔想到山墙里面那间对着院子的空房间,他跳起来,跑到房顶的阁楼上。

他打开阁楼小隔间的门。他有一种感觉,觉得有人正藏在这小隔间里。他继续在门前站着环顾四周。小隔间里只有一个空床架,屋顶老虎窗半开着。这时,一个活生生的人从床上起来。这是一个衣着精美、有着苍白长脸的年轻人。他把腿从床上跨下来,一半惶恐、一半试图显得高兴地向阿克塞尔微笑。他很高,臀部狭窄,上唇有一道阴影,他的衣服似乎不怎么完整。阿克塞尔突然意识到自己没带武器，同时也注意到这人手腕上的红色绳印。

于是阿克塞尔明白是怎么回事了，他跑进这阁楼小隔间，两人同时开口。过来，阿克塞尔急忙说。我被他们追着，那个人仿佛很抱歉地说道，我的名字是……

就在这时，阁楼下面的梯子剧烈地吱吱响起，一阵刺耳的声音打破了屋里的寂静。逃亡者转过头，寻找藏身的地方，困惑但不害怕。他让自己镇定下来，想要微笑，准备好了要跳出去，却并没有离开原地。外面传来厚重的靴子走上房顶的声音。阿克塞尔猛推了一下这陌生人，就仿佛他至少是想让这陌生人躲进更暗的角落。陌生人蹒跚了几步，仍稍稍微笑着。然后他伸直了身子，抽动了一下眉毛。一个穿着皮衣、浑身发出铁甲声的魁梧的雇佣兵从门口闯进来，就像一头腿上绑着轭具和车横木的疯牛。他剑鞘之中的长剑击向门框，又弹回来。阿克塞尔穿着罩衫，没有武器，他仿佛一下子被强风猛推到了一边。他的手甩向倾斜的屋顶，扯出一片脆裂的木板条。他几乎不知道发生了什么，一步踩在这两个人之间，就像在一头水牛和一匹健马之间，急促地让身子旋转了一下。阿克塞尔将手中的木条在士兵头盔上击成碎片，他听到了士兵热热的喷鼻声。然后搏斗突然间就完全结束了，他们被分开了。年轻的陌生人向后倒退着走，犹豫了一下，仿佛要歇一口气，然后，他发出一声响亮的尖叫。

整个过程不过三四秒钟。身材魁梧而有点疯狂的士兵一下子跳起来，钻进了老虎窗，扭动身子挣扎着要出去。

别，见鬼，真是的！阿克塞尔情不自禁地喊了出来，他知道，这窗口距离地面有四十尺左右。但他在窗框里看见这士兵粗糙而汗津津的脸，看见他喘着气扩展和收缩鼻孔并把自己甩出去。他先是用一只手攀着窗台,一瞬间就消失了。阿克塞尔冲到老虎窗口,看到这人迅速而安全地从边上沿房檐爬进阴森森的庭院走廊里。

当阿克塞尔转身面对那陌生人时,他看到他在踉跄着。他刺伤了我,年轻的瑞典人带着羞赧的表情低声说道。他猛地向前挺出胸部,双手按在身体两侧。他的目光微微游移,就像是处在病痛之中或者像是在紧急求助。突然,他转身走向空荡荡的床架,背对着向床上倒下去,用背部压住床板。一声疼痛的呻吟,一阵嘶嘶声从他的喉咙里挣扎出来。阿克塞尔扶住他时,他死了。

他受的那一剑正中心脏。他的脸仍微微颤抖着。上唇抬起一两次。这是个只有十八岁的年轻人。他明显很瘦,并且看来过早地变老,也许这是因为最近这次围城中的饥饿所致。阿克塞尔将他的身子摆平,坐着看着他。他因悲哀而感到心碎,他的全部内在器官都被痛苦地拧在一起,完全不知所措。

外面有人在轻轻走动,门吱吱地响了一下,阿克塞尔抬头看去,那是露西。她明白发生了什么,无声地在阿克塞尔身边躺下,她的头发落在死者的脸上。

阿克塞尔坐在那里,他想起一件事。一个冬夜,在缇维登结冰的森林里,他用给马保暖用的马毯裹住自己的脑袋躺着,想着,想着一个人在死亡中可怕的贫困状态。那是在斯滕·斯图雷死去的消息到达阿克塞尔所在的军队的时候。丹麦人为这个消息感到高兴,整个晚上都在寒冷的军营中狂欢。雪在他们的靴子下喜庆地吱吱作响,星星带着彩虹的色彩挂在毫无生气的树梢上。人们兴高采烈地讨论，这个危险的人是怎样死去的。但阿克塞尔亲眼看见他在伯格松德的冰上被击中，当时他还因一个敌人的突然倒下而感到高兴——马和骑手撞进了马和骑手在镜子般的冰上的倒影！——此刻，阿克塞尔想起了这个孤独的人，在梅拉伦湖冻结成冰的湖面上，他死在雪橇上，身子下面有一条压碎的腿。他死了。他必定是死了。

雪在黑色的空中降下，抑或是天空本身在倾斜并且威胁着要塌下吗？湖水在雪橇下叹息着退让了，就仿佛在怀疑整个大地是否能够继续承受下去。一颗人心因高贵的担忧而炸裂。瑞典的辽阔土地在他眼中沉没，就像冰和叹息着的湖。斯滕·斯图雷的高贵忧虑、他的疾病和痛苦都在这窄窄的雪橇中结束了，就像孩子的抽泣一样沉默下来，就像一只摇篮静止下来。当他们回头看斯滕·斯图雷时，他死了。他脸上已经不再有冰融化。目光能及之处，只有冰和雪，斯滕·斯图雷，你静坐不动。在很远的地方，在那被冰冻起的荒漠中，这听起来像是微弱的呼救声，和吟唱着的呼救声的回声，哦，斯滕·斯图雷！

晚上，米克尔·策尔森来了。他发现阿克塞尔和露西各拿着一盏蜡烛灯坐在尸体旁。米克尔什么都没说。他的脸显得松弛而憔悴。他稍稍看了一下躺在地板上被杀的年轻人，建议他们将他搬到下面的院子里，这样他就可以把尸体弄走。阿克塞尔和露西进屋躺下，他们听到米克尔低声的自言自语。

米克尔弄走尸体之后，走进阿克塞尔的房间，阿克塞尔睡着了。露西醒着躺在床上，她没留意米克尔。他离开时，她躺着，虔诚而沮丧地凝视着烛光。

第二天,露西是第一个醒来的人。桌子上的蜡烛烧完了,但天已经亮了。她坐起来环顾四周,让自己的目光到处游移,就仿佛她在倾听,仿佛有人在呼唤她。然后她非常轻地用手打开挂在阿克塞尔脖颈上的角囊,拿出那张羊皮纸,将它藏进自己的手袋。阿克塞尔告诉过露西关于他的宝藏的事,他也曾在睡梦里说过这事。露西甚至安静地继续躺了一会儿,阿克塞尔睡死了。她悄悄从床上起来,穿上衣服,然后悄无声息地走了出去。

愿主垂怜

十一月灰色的早晨降临于斯德哥尔摩，没有黎明之光，一座悲凉之城。你能够看见的第一个生命和运动的标志就是一道影子，在断头台上绕了几个弯，然后飞向天空。

在这一天进入中午的时候，人们开始出来看发生了什么。被斩首的尸体仍在集市广场上，在血和夜雨的混合物上躺着。士兵站着岗，在恶劣的天气里用啤酒和葡萄酒来提神。午后，刽子手开始处决又一批被判定为异端和叛国者的人。

一个死寂的日子。这一天看来似乎比其他日子更吝啬而短促，它一下子——不经历其他阶段——直接进入了晚上。

落山的时候，太阳在大火中一路燃烧，所有云朵都从天空中像一只慢慢睁开的眼睛一样滑出来。太阳沉没时，天空仍久久地明澈而苍白。海上很远处有十几个正在消失的斑点，那是来自吕贝克的船只，它们在下午出发，已进入了航程。晚霞的余晖在西边越沉越深，天空在沉思着。正消逝的白天如此辽阔，而晚上的寒冷则如此镇定。

在这静寂中，圣尼古拉教堂的钟声响起，回声音色悲哀地萦绕不绝。是的，是的！北郊的圣克拉拉修道院和圣雅各布教堂马上做出回应。南郊岛上抹大那的玛利亚教堂钟声提高了它们的音量。当它们各自带着指控着的嗓音响起时,那些小礼拜堂里更多以急促的节奏哀叹着的钟声也加入进来。

现在,这座城市就像是水面上的一个阴暗土墩,不祥之岛;在这岛上,唯一的声音就是哀叹,簧片乐器的震颤令空气不安,它叫喊着,以至于空气在反照着痛楚的天空之下叹息。空气在反复不绝的回响中发出隆隆声,就像一个因痛苦而摇晃的活人。这声音在响亮的哭泣中诞生,又像老去的涟漪一样在空气中死灭。这同样的悲伤之声又回返,空气呻吟,天上有无形的声喉带着顽固的哀恸喘息。空气嗖嗖地回旋着。

但是,在城里的钟声做了长时间的倾诉和哀叹之后,它们突然都变得激烈起来,它们撞响,它们轰鸣。然后,在钟声混响的喧嚣声中出现了空气绵延不绝的尖叫声,清晰而尖锐的叫喊从高处爆发出来;在尘世空间本身之中,一些比任何尘世的声音更纯净的狂野响声进入存在。仿佛各种无形的生物都跃入了这像火一样发黄的空气中,各种巨大的白色物体带着闪电的力量在天上的空气中到处冲撞着,并向下叫喊,吟唱,哀叫并吟唱。

米克尔·策尔森穿过离开南郊岛的桥。他听见了钟声,走进城并在那儿走来走去。他以前从来就不曾知道,这样在地上走是多么卑微,他觉得自己身处于生命的最低点,落在世界的最底层,在他不自由的生活中,现在比以前任何时候都更深地沉陷在这底部。那些糟糕的房屋也比行走在它们之下的他距离最底部要更远一些。沿着小巷一侧房屋下的地基上流有来自集市广场的污血的阴沟。风在刮着,空气很清冽,因而天空显得很高,就仿佛这空气饥饿了很久。天气很冷,非常冷。

米克尔走过广场，所有被处决的人都躺在那里，一堆纹丝不动的尸体；他继续向圣尼古拉教堂的方向走。

外面的台阶上，病人和瘫痪的人站起来转向米克尔，他们忙着展示他们的悲惨状况。他们站起来的时候，腐烂伤口中的臭味便从衣服中抖散出来。

一个裹着自家织出的布块的人向前展示自己已经开始腐烂的双手。他乞求施舍。一个男孩听着声音摸索着向前，用曾有过眼睛的两个血淋淋的肉洞看着。一个年轻的残疾人坐下，将裸露出的腿放在一块木板上，炎症使它有十几公斤的重量，热热地发臭。这些在台阶上发烧出汗的人们使得空气变得温热。

远远地在教堂墙脚下的阴暗处坐着一个生物，只有一堆破布和一颗头颅。这是一个女人的头，因水肿而畸形、膨胀。她没有四肢，只是转动着眼睛。目光贯穿进黄昏的微光。米克尔怜悯地看着她，但她恶毒的表情令他感到恐惧，那是一种对他和所有人的野兽般的恶意。

米克尔进入教堂，他感觉到熏香的气味。教堂里庄严肃穆，沉重的方形石块看起来仿佛正在黑暗中演奏和旋转。管风琴在轻轻地发声。穹隆的黑暗之下就好像有一道由声音构成的穿堂气流。只有几支蜡烛在一些庆典性的祭坛上燃烧着。

米克尔没有往教堂里面一直走，他停留在门旁的一个角落，因为觉得双腿简直要累断了，所以他坐在黑暗深处的地板上。他闭上了眼睛。

管风琴继续发出轻柔的声息。它抚慰着他，但也使他感觉心灵周围更沉重。他一如既往地站在外面，舒缓的音乐让他听起来感到窒息而且遥不可及。他没有归宿地站在外面。

就在米克尔这样想着的时候,音乐带着十足的音量涌了出来,就仿佛所有大门都被打开了!一片由非常纯粹的声音构成的合唱声响起,一支歌。管风琴的精致小管伴随着各种深沉的哀叹和最阴郁的淌着血的调子,都在蓬勃而嘹亮地喷发。歌声渐渐变得越来越响。

米克尔在自己心中崩溃了。主耶稣!他哀叹着。他把自己托付给全能的上帝。他感到多年背负着的孤独之负担融化了。

是的,他曾是孤独的。但孤独的人是遭受天谴的人,这一点在最终总会明了。在把生命中各个毫无关联的时期贯穿在了一起之后,这想法凝结成形,所有简单明确的真相都退得远远的,都在离开你。这强大的能力,你骄傲地在自己身上感觉到这能力——就仿佛你是这世上唯一一个毁于怀疑的人;如果你的想象力无法让这世界得以维持的话,那么,这想象力又会是什么呢?你就同其他人一样,不比他们更强——然而,你应当是世界上独一无二的人,是的,你是孤独的。

对此你是怎么想的?那在你的青春时代令你无法入眠的东西,你内心中天生的温柔、那种想要善待所有人的深刻愿望,它现在去了哪里?生活不会把你非凡的愿望交给幸福,它把你逼向仇恨和报复,你变得无家可归。最后,你梦想着让自己在天涯海角的一个完全陌生的地方感觉到有了归宿,并且哀叹着,如果说不是哀叹别的,那么就是为你莫名其妙的疾病而痛哭。但生活不会来帮你,它甚至不会帮你去摆脱灵魂之哀恸和痛楚的无边负担。

现在,管风琴中喷涌出拯救的旋律。痛楚和快感终于在一种幸福的哀叹中萦绕在一起。赞美诗的调子把意念带进了各种有治疗作用的梦境。心突然在胸腔的深处带着自己活生生的愿望像个胎儿一样动弹起来。

听，这些嘹亮的声音是怎样充满痛苦而又明快地歌唱的。管风琴呼喊、咆哮、低语，所有动物的声音也参与进来，一同发言，不会说话的歌唱者带着它们狂野的嗓音唱着，审判之号角与天国的白色长笛一同响起。

这时有灯光闪烁，这样，人们看得见从死亡之国进入盛夏的道路。从战场和各座城市，所有疲惫不堪的人都一起寻找着去那里的路；他们离开田地里的犁，他们在海岸登陆离开船只，他们从他们的坟墓中走出来，他们一同寻找着沿着这条路往前走。

失望之尖利的啸声在他们周围吹响。他们为寻求慈悲而旅行，活着的时候，他们除了悲惨之外没有别的。他们的牙齿咔嗒作响，他们上千人一同痛哭，他们拧着手，因为他们在尘世的国土所经历的只有苦涩。他们在大地上行走，他们把一支轰鸣的悲歌投向天空，他们抬起苍白的脸，在狂乱之中向星星乞求慈悲。

从充满敌意的大地上响起了一个声音，讲述各种曾经发生的事情，时间所摧毁的一切发出的瑟瑟声。风吹刮着，这风就是大地上的永恒凋谢，是万物的流转入灭。它是这些地域最寒冷的风，比任何冬天都更阴毒，它在自身之中有着回声，就像冰针在云朵之中噼啪作响的慢舞，它是马蹄声的回响、笑声和匆匆奔逝的生活，它是静静地哀叹着的协奏曲。嘘！这是骨头秘密发出的响动，这最真挚的声音，就像是棺材中轻柔的沉陷。

安静！如果你正在思考的话，那么它就在你的意念里飞扬；被遗忘的事物呼出的冰冷气息吹过你。在你冬天的回忆中，你只听见大雪的飞扬之歌。一阵刺痛穿透你的意识，它一直让你想到一种难以忍受的黑暗。

那些被命运置于大地之上的可怜的人们就这样地听着，他们开始害怕。他们聚集在一起，不是因为团结，而是像秋天风暴时小岛上的牲口，它们在岛上向外挤迫到最边缘之处，急切地对着大陆呼叫。

住在这里，差不多就只有黑暗，没有温暖。那些被驱逐到这个地方的人与世隔绝地生活着，不知有人际间的善意。受冻的人会努力去让穿堂风吹到邻居那里，感到失落而怀恨的人让恶意之毒汁滴落到同室囚犯的心头上。对于那些得不到保护的人们、那些孤独的人们来说，黑夜是漫长而不得安宁的。

但是米克尔看见了耶稣，痛苦之王子！他在赞美诗中听见了他。他看到救世主把无告无慰者揽进自己的怀抱；他们一个一个地被从路上接过来，都是赤裸裸的，但对上帝来说这样挺好。仁慈的赎救者以自身的温暖来安慰。米克尔看见所有艰难的灵魂都得了义，他们站起来，在天国的秩序之中获得了属于自己的那一份。音乐向下灌注在他们身上。米克尔看见他在自己生命中所认识的、并且被岁月散撒开的所有人，他们重新聚集在一起；一些他在战场上的阵亡者之间仅瞥过一眼的可怜面孔，他在他们复活的时候又重新看见他们。他看见自己的父亲策尔·尼尔森在上帝面前站了出来，看上去受到了年岁的虐待，他的身体给出了极有分量的证据。米克尔看见天空大开，他觉得自己在上帝面前爆裂，沉陷。他瘫倒在教堂的地板上，然后慢慢地跪着爬出教堂。

小小的命运安排

下雪了。斯德哥尔摩的大集市广场像一块柔软闪亮的毯子,雪不停地从天上倾倒下来。天色并未完全黑暗,窗户里却已点上了灯。

人们穿着节庆的服装沿着所有通往广场的街道涌向市政楼。他们走在新降下的雪中。所有人都沿着市政厅的台阶往上走。发光的窗玻璃映照出一个节日的夜晚。斯德哥尔摩城正在为向国王克里斯蒂安表示敬意而举行宴会。大厅里的晚餐结束,年轻人涌了进来。他们一直在门口挤着,等待了很久。现在他们要跳舞。

音乐响起。阿克塞尔是第一个进入舞池的人。他纵情地跳了一个小时舞。他全然投身在舞蹈中,而不去想在与谁共舞。当他离开舞池喝上一口并向外望去时,外面的世界黑暗得就像是在一只风箱里。蜂拥着的白雪如趋光的飞蛾般从门口挤进来。阿克塞尔冲了出去,跑过几条街,去探望正在生病的米克尔·策尔森。米克尔已在床上躺了一个星期,看上去他的情况正在恶化。

在米克尔所住的简陋的小旅馆里,一群雇佣兵坐在一起喝酒。阿克塞尔打着招呼走过,然后走到后面,进入其中一间。米克尔就躺在里面。房间里很暗,空气很不新鲜。躺在床上发着高烧的米克尔问,是谁。他的声音虚弱,能让人感觉到他是在发高烧。阿克塞尔点着灯,抓住米克尔汗津津的手。你现在感觉怎样?

好像不太好。米克尔满脸通红,眉毛上淌着汗。他的消瘦给人一种不舒服的感觉。他极其疲倦地张开双眼,然后又闭上。眼中充满红血丝,目光呆滞。

唉,阿克塞尔沮丧地叹息。他坐在床边的草藤椅上,盯着这张生病的脸,凝视了好几分钟。米克尔呼吸急促,不时地把头转来转去,他似乎想挪动自己的身子,但却动不了。阿克塞尔给他倒了一些水,但他闭嘴拒绝了。

看来,米克尔将死在这简陋的房间里。他已经走得这么远了。刷白了的墙上挂着他的大刀,刀柄被他的手磨旧了。但是现在米克尔的双手已变得如此虚弱无力。他发白的八字胡在鼻孔周围翘起,上面粘着黏液。他秃秃的额头奇怪地向前突出,棱角分明,严厉而又凄惨,就像木匠打造出的不舒服的家具。他的两颊很憔悴。

阿克塞尔无法说什么。有什么可谈的呢?他的心境是如此不可言说地沉重。他很想擦干米克尔胡子上的黏液,但他无法做出决定让自己去这样做。他在那里又坐了很长一段时间,看着米克尔如何以他一贯内向的方式承受他的病痛。

哦,哦,阿克塞尔最后嗳嚅着站起来。当他弯腰灭灯时,试图捕捉米克尔的目光。然后,他抓住米克尔发热的手,结结巴巴地告别离开。

外面漆黑一片,人们不得不眯起眼睛来避开雪。阿克塞尔直扑向一个人。他笑了。那个人笑了。一声短短的女孩的笑。

西格丽德!西格丽德!阿克塞尔高兴地喊道,伸出手臂想要再次触摸她。但从脚步声中可以听出，有更多人和她在一起，他们沉默着。他意识到他做错了事——因为叫喊。那是在市政楼的台阶上，门打开了，灯光照过来，阿克塞尔看见西格丽德和她的兄弟及一位年长的女人走在一起。他毕恭毕敬地问候他们。

阿克塞尔本来一直找不到西格丽德，尽管从他们第一次相见的那个晚上起，他就一直在想着她。现在他有点不知所措。但西格丽德马上就很大方地看着他的脸。他们进场跳舞。因为刚才西格丽德在外面，所以她身上仍然很冷，她的裙子对着阿克塞尔直吐凉气，她的头发上弥漫着寒意。她清醒的脸庞容光焕发。不知道怎么回事，我一直找不到你，阿克塞尔在跳舞时热情地低声说道。西格丽德跳着舞，像是沉浸在自己的思绪中。

是的，少女西格丽德回答。

蜡烛急切地在墙壁上闪耀，仿佛这些跳跃的火焰，一边吮吸和吞饮油脂，一边没法宁静下来。地板在一对对晕眩的舞者们的脚下隆隆作响。大厅里的光线很弱，各个角落都藏身于昏暗之中。在大厅里，影子比人还多。没有肢体的影子在那里跳着舞。墙壁上的挂毯在寒冷的穿堂风中波动起伏着。音乐奏鸣，一对对舞者旋转着，飘忽的阴影在各个角落深渊般的裂缝里跳出纯粹的死亡之跃。

你跟我记忆中的你不一样，阿克塞尔在跳舞时气喘吁吁但温柔地低声说道，我记得你完全不是这样的。但你现在……他沉默了很久，胸膛不断地起伏着。西格丽德！

西格丽德带着一种不可测的神秘狂热跳着舞。

是的，她轻声回答。

演奏者们，有着无价技艺的人们，并不就此告终；单簧管旋舞着舌头，嘹亮的喇叭们使劲哭喊，鼓声僵硬地保持着节奏。

舞蹈中的黑夜持续不变，阿克塞尔和西格丽德在永恒之中共舞。这时，阿克塞尔看见，西格丽德的脸是多么苍白。

看起来就像是有血从你嘴里流出来！他大声喊着，几乎停了下来。西格丽德圆圆的黑眼睛向上看着，脸色变得更加苍白；他用颤抖的手臂把她紧紧拉向自己，并以非常缓慢的舞步带着她继续跳。

他们坐在靠墙的加了垫子的长椅上。阿克塞尔说着话，西格丽德对他变得越来越主动。她不加掩饰地看着他，仿佛要研究他，他不禁甩了一下自己的身子，看吧。他纯蓝色的衣袖上开着叉，露出里面的黄色丝绸；他穿着绿色裤袜，鞋子的形状像双髻鲨，在鞋尖上交叉地加长。西格丽德穿着蓝色天鹅绒的连衣裙，靠近喉咙的部位是敞开的，露出脖子上的细麻布。她柔软的头发黄得像大麦，在她的脸颊旁飘动。她让阿克塞尔看自己戴的戒指。她短而肥的手指上有一颗闪闪发亮的钻石。

我们拥有同种类型的手，阿克塞尔说。他压低声音：你想从我这里得到一只戒指吗？我有很多，西格丽德？

西格丽德心不在焉地打断了他。他又问。西格丽德轻轻地说不，往后甩了一下头发。噢，你要的！面对她的拒绝，阿克塞尔吃惊地乞求着。他滔滔不绝的嘴巴失去了善辩的机智，他沉默着，但以持久的求爱目光催迫着。他深情地叹息了一声。

这时，西格丽德点了点头，但并不看他。他露出一种沮丧的表情。他沉默着。西格丽德马上笑了起来，他脸上的表情有了变化。他忘情地弯下腰，然后开始诚挚地讲述关于宝藏的事。她将拥有所有珍贵的项环，所有的宝石在大地怀里闪闪发光，新鲜得就像刚刚从黑泥土里的安息中走出来一样。她若是想要，就可以得到一些很重的手镯，以及一些无与伦比地珍贵且货真价实的链子。

我们跳舞吧？西格丽德笑着说出自己的想法。她站起来，喘着气，仿佛她其实是觉得他说的东西很乏味。

阿克塞尔跳着舞，觉得自己受到了伤害。但他感到非常幸福，西格丽德被拉进这种心境，因而，她带着一个少女特有的温暖，恋慕地对他微笑。她跳着舞，看起来年轻而娇弱，近在眼前但却遥远。

这一夜的情形就是如此。每次西格丽德给予他希望，阿克塞尔都特别沮丧；而当她以女孩子的方式暴风般地刮走他的所有信念时，他受痛苦煎熬，但却幸福。这时她会慈悲地待他，被他吸引过去而放弃自己遥不可及的姿态。在他感觉对自己的胜利仿佛有种悔意时，她就笑着，直到他变得悲惨而疯狂。这一夜的情形就是如此。

三点钟，西格丽德的哥哥和一个年长的妇女来了，她要回家了。阿克塞尔被允许跟着。雪停了，黑夜洁净而寒冷。积雪闪烁着。最后阿克塞尔知道了西格丽德住的地方。他走回家，回到自己的房间，心情很好，他下定决心要赢得西格丽德。

几天过去了。阿克塞尔和西格丽德许下海誓山盟。她家里人对他们的关系并不一致认可，一开始，他们也并不相信阿克塞尔关于宝藏的事。但他拍着胸脯担保，并向他们展示了角囊。难道孟德尔·施派尔，不管他是谁，当年是在撒谎？即使一个人没有姓，难道就不能刚好有一大笔遗产留给他吗？如果对他的家传有困惑，那倒更好了。当他提取遗产时——不过这事情并不着急，人们最终也会弄明白他实际上是谁。事情就是这样。谁能拒绝一个根本就不知道怀疑是何物的人呢？为庆祝他们订婚，人们举行了盛大的订婚仪式。……斯德哥尔摩城躺在纯洁的雪下。雪在继续下，在洗除前些日子留下的所有痕迹。每天都会有一些小小的晚会。几乎每天晚上，家境富裕的市民家里都会有人跳舞。

一天夜里，阿克塞尔将一把梯子架到西格丽德的窗户前，不过在一种喜庆的氛围中又被她的兄弟们拉了下来，而后阿克塞尔不得不在市政楼里请大家喝酒，婚礼定在临近圣诞节的一个日子。

是的，斯德哥尔摩在遮覆一切的大雪之下欢庆。街上总有欢庆的人们！一天晚上，很晚了，阿克塞尔走回家，他看见前面有一个女人的身影。她走得很慢，靠近房子，头上戴着帽子。她是一个人。她哭着。阿克塞尔只能看出她很年轻。为什么她一个人走在街上哭泣？他跟她说话，她没有回答，但是当他用手抓住她时，她就跟着他一起走。她待在他家里，一句话都不说。一整夜，她一会儿哭，一会儿无告无慰地叹息。每次阿克塞尔醒来，都能听到她无声的哀伤。他无从知道她为什么如此绝望。到了早上，她穿上自己黑色的衣服又哭着离开了，就像她来的时候那样。

在阿克塞尔与西格丽德订婚的同一天，他去看望了米克尔·策尔森，米克尔看上去仍没有恢复的可能。米克尔不再感到痛苦，但他浑身一点力气也没有。病情在迅速恶化。

阿克塞尔看着米克尔渐渐变得死一样地白。看来他自己很清楚，他正处在生命的终结处。

阿克塞尔在这垂死的人边上坐了一个小时，处于不知所措的悲哀之中。过了一会儿，他要走了，米克尔睁开眼睛，低声说再见。但当阿克塞尔转身离开时，米克尔叫了他一下。米克尔想说什么，阿克塞尔小心翼翼地向他弯下腰。

宝藏……要不要我为你读出那张字条？这垂死之人以几乎听不见的声音说。

阿克塞尔直起身来，两眼湿润。但随即他突然看着米克尔，态度很明确。

不，他简单明确地回答。他有点尴尬地转着帽子。

好吧，我还是觉得……到时候再说吧，你会好起来的，米克尔！

米克尔·策尔森不作声地躺着。但当他看着阿克塞尔站在门口的背影时，就好像挨了锤击，他发誓要报复。他重新恨起来。

第二天早上，米克尔·策尔森感觉好了一点。他在康复中。

在原始森林

米克尔·策尔森和阿克塞尔两年没见了。米克尔康复后,跟随国王去了丹麦。但在此之前,阿克塞尔已经从斯德哥尔摩消失了。很多人都在谈论这件事。就在圣诞节前夕,婚礼后的第二天,他就消失了,之后没人再看见过他。这是一件令人不安的事,家族中流传着各种令人晕眩的说法:看来西格丽德要过早地成为寡妇。

最不把这件事当回事的人,同时也最把这件事当回事的人,是阿克塞尔,这个不知悔为何物的人。从与他相关的角度看,这是一件简单的事情,但这对他而言却仍是非常复杂的事情。婚礼两天后,他早晨骑上马去城南的乡村里兜了一圈。他想着西格丽德,因为这给他带来一种无法言说的欢悦,是如此强烈,如此令他充满活力,他开始想起丹麦的克尔丝汀。一种来自他心灵深处的声音在呼喊着,但这呼喊在他听来似乎来自很遥远的地方。他的心因西格丽德为他生命带来的财富而叫喊,但听起来他觉得像是克尔丝汀在叫喊。他因爱情变得如电闪般发热,以最快的速度骑行着。对克尔丝汀的回忆逼向他,他必须见到她。

阿克塞尔忘记了,他们最后一次见面到现在,差不多已经一年了,之间有好几百公里路的距离。他在国王大道上向西驰骋。在一小时不间断的疾驰之后,马开始放慢速度小跑起来，这时阿克塞尔就记起，要去丹麦还有很长的路要走。他无法立刻到那里。但现在，疯狂的冲动已经变成清醒的决定，阿克塞尔以正常的速度骑行，并对要做的事进行了斟酌。好吧，他打算前往丹麦探访克尔丝汀，他去年的情人。

晚上，阿克塞尔已经到了离斯德哥尔摩一百多公里的地方。他在一家小酒馆停了下来，独自坐在厅堂里。许多农民在那里谈论着古斯塔夫·埃里克松·瓦萨，但阿克塞尔并不去听。人们礼貌地向他询问斯德哥尔摩的消息，但阿克塞尔并没有多说什么。另外，当他们听出他是丹麦人时，他们便与他保持了距离。阿克塞尔不想说话，他在想着西格丽德。

接下来的早晨——有一百多公里路，其间很多是雪中的森林和城市。这段路程中，他的心念有了一些变化，事物的面目现在变成了轮廓——就在同一天早晨，阿克塞尔吻了西格丽德。他先起了床，想要出去，但她觉得太冷了。他吻她时，她冒着寒冷从被子里伸出白色的手臂，抱住他的脖子。她出奇地娇小而白皙。阿克塞尔走到外面的空气中，为平息心中激荡的幸福，他不得不跳上马，像呼啸的风一样骑行。

事情就是这样发生的。在不知多少天后，当他把那分开他们的路途都甩在马尾后时，他将见到克尔丝汀。他非常高兴，将双手交叉在一起，把关节压得咔嚓咔嚓响。克尔丝汀。哦，克尔丝汀！

他仿佛看见了悬崖上的庄园，倾斜着的苹果树在房顶上弯曲伸展。咸水湖泊一直拍打着下面的沙子，就像那个三月的日子，他坐在马背上回过头看这片湖时的情形。

阿克塞尔当晚在旅店睡得很好。但有一次他突然醒来，克尔丝汀的脸就在他上方，她的嘴唇离他的不到一寸。西格丽德！他低声说，然后又睡着了。

第二天他在刺眼的霜冻天骑行。这条路坎坷无比，在波浪中起伏，到处都是石头，很难走，但他的马保持着稳定的驰骋状态。空气猛烈地在他耳旁瑟瑟作响，他长久处于一种马蹄的嗒嗒声和空气的轰鸣声的混响之中。阿克塞尔唱着歌。他的声音为骑行中的喧嚣增添了一道鲜明的纹理。他驰骋着，像发出鞭击的暴风雨一样唱着，雪和石头在他身下奔流。白雪皑皑的田野在阳光下变换着，偶尔会出现一幢红色小木屋；冰霜覆盖的巨石从地下像被埋葬的巨人头骨一样突起。他瑟瑟地驰骋过松林，如射线般穿进岩石间的狭缝，然后又穿出。他唱着歌，就仿佛正附身在一台张开口吞咽的打谷机的上方，让歌声像一条细细的谷流落下，消失在噪声的挤压之中。

八天，不，十天……阿克塞尔突然再也无法忍受向西骑行，因为他应当向南走。为什么要沿这条路走？如果直接穿越必定会更近。于是他猛一下将马拉离原路，向外驰向没有路的林地。

他骑行了一整天。临近夜晚时，地势开始上升，林地变得更加崎岖。奇形怪状的老松树从巨石堆中斜伸出来，灌木丛填满了巨石间的地方，到处是积雪。阿克塞尔不得不下马，领着马向前走。事情并不很乐观，他只走了一小段路，天色就黑下来了，他进入一个狭窄而荒凉的山沟，不过这山沟挺平坦，可以在底部骑行，他沿着山沟底部一直骑行到深夜。然后山沟平坦的路程结束了，他不得不把马拉进茂密的森林，又一步一步地走着。地势仍在上升，森林越来越密集。

黑夜是完全寂静的。树在冰冻之中休眠,听不见任何声音。阿克塞尔不去想他糟糕的处境。两个昼夜过去了,在深夜刺骨的寒冷中,在一片绝望的森林中,将马拉在身后,这就成了他的命运。目前,他的生活就是这样。

午夜时,阿克塞尔在森林中找到了一间小屋,这小屋成了他过夜的地方。

然而,他在这间小屋里留下了。因为伐木工的女儿很可爱。

伐木工叫克瑟,他年轻的女儿叫玛格达莉娜。发现这小屋的第二天早晨,当阿克塞尔从阁楼下来时,克瑟已经去了森林,玛格达莉娜站在敞开的炉灶前煮东西。阿克塞尔看着她。他们很快走到了一起,互相嗅闻着,变得亲密起来。他伸出手揽着她,笑着。在睡了一夜之后他又有了力气。她笑着,准备用举起的长柄勺和他打闹。之后阿克塞尔认真地抱住她的腰,审视着她眼眸深处。玛格达莉娜避开他的目光,但他很确定地吻了她。他们一下子扑向对方,揽着对方的脖子紧紧拥抱。

克瑟回到家。他在小小的起居室里沉默地绕着圈子走了很久,然后向着空气点了几次头。两个年轻人把他的点头当作一种同意的暗示。事情就是这样,阿克塞尔成了这小屋里的女婿。

几天后,在他们砍伐树木时,克瑟突然放下斧头。她是你的了,他说。他抬头看着阿克塞尔,就仿佛他在过去的这几天终于想通了这件事。

她是你的了。克瑟倚靠在斧头上,沉思着。他有了她,这只是一种偶然,他继续宣告说。他曾有一个女人在家里,事先也不曾有过什么计划，事情就这么发生了。后来她跑了，留下他，和这个他们不小心偶然得到的孩子。他管她叫玛格达莉娜，因为这是一个名字。在这件事上，她能够……简言之，她无论如何是存在着的了，既然她就在那里，因而她长得就与其他人一样强壮和漂亮。

那么，带她走吧！克瑟说。她来得容易，也会容易地离开！

克瑟往手上吐了口唾沫，向树扬起斧头。他不再多说什么了。

冬天更严酷了，天气变得可怕地寒冷。风彻底停了，空气死寂。

太阳在中午耀眼地发白并且寒冷，就像遥远处一大块被抛光了的冰块一样，傍晚时分，它沉入森林背后黑暗的血湖之中。只有当一只无精打采的鸟飞到近得足以抖下树上的积雪时，或者当远处的野生动物让它们的悲哀和饥饿发声时，长夜的宁静才会被打破。

克瑟的小屋却能够将寒冷挡在门外。屋子里上上下下所有地方都填满苔藓，铺着羊皮，火从来不灭，一直燃烧着。炉边的角落里有来自森林里的木块，仍新鲜而湿润；树皮上的苔藓在温暖中活了过来；冰冻的地方融化时，干净的木头开始渗出树脂。木头仿佛在思念着火，一经火焰触摸，就能伸展开。起居室里烟雾弥漫，粘到脸上，这样嘴唇上就会有森林的味道。木头在火中出汗，散发出一种美妙的香气，木料中的力量蒸发出来，起居室里便有了香料的气味。

不过他们没有真正像样的圣诞大餐，小屋里只有面包和又老又硬的腌咸肉。再过不久,喂马的饲料也没有了。为什么要留着这马呢?克瑟说。说起这事的这天,他那留着胡子的脸上有了一些活力,他变得主动,而且考虑得很周详。于是,他们一致决定要杀了这匹马,克瑟负责去做。不过,他把这事推迟到第二天,对此他有很多秘而不宣的想法。

第二天一早,克瑟叫醒了两个年轻人,很庄重地把他们带到了外面。马已经死了,在门外躺着,身子仍是温热的。克瑟开始切割它。起初他有点犹豫,但渐渐变得兴致勃勃。

因为知道克瑟是异教徒,阿克塞尔感到有点不舒服。不过他毫不犹豫地也让自己牙上沾上血,他被一种对禁忌的快感攫住,从而变得更加嗜血。而玛格达莉娜也过来帮忙,三人使出全力对马进行肢解。

克瑟默不作声,向东方和南方洒了几碗鲜血。他在肢解马的技巧上显现出一种几乎有点笨拙的欢悦。他们走到这些被肢解开的碎块前。克瑟,他用刀尖指着这些美味的食物。哦,对,就是这样,他点着头说。

它八岁,他轻声说道,亲切地向阿克塞尔眨眼。因为阿克塞尔有必要知道这一事实。克瑟张开手,展示了那块他用来判断马的年龄的带血的小骨头。克瑟躺下,把鼻子靠向马肚子的切口。他忙乎得厉害,双臂一直到肘部全都插进了马肚子。他很满意。这一屠宰过程漂亮至极。这是一匹健壮而充满活力的马。这项工作是艰难的,这匹马有体温并且仍保留着体温,手臂在马体内几乎有种被烫的感觉。

中午时,玛格达莉娜招呼大家进去吃第一餐:马身上最好的部位,煮熟了,冒着热气。当克瑟看到这热气腾腾的肉时,他磨了磨牙,舞动着手指准备就绪!

但是，玛格达莉娜用端庄的目光看着阿克塞尔，将马的心脏放在他面前。她在明火上烤过，蒸汽从血管中冒出。阿克塞尔吃着，一开始，他好像什么都没感觉到，但在咬了几口尝到味道之后，他完全地投入了。

一整天都是清朗而安静的霜冻天气。他们在这天的大部分时间走进走出，割肉，吃肉。煮出的和煎出的美味食物的香气，就仿佛包含着对新近打开的、热气腾腾的体腔和对仍蠕动着的肠子的记忆。整个小屋弥漫着屠宰后的气味，烟气从低矮的门里流溢出来，滚到屋顶上。门上屋檐下的雪融化了，又冻成血褐色的冰柱。

傍晚时，玛格达莉娜重新开始烤血煎饼。这两个年轻人完全沉默下来，不过克瑟无法再控制自己，他开始狂嚼猛咽，唱着歌，狂喜地向太阳和月亮打手势。从早上起他几乎一直在吃东西，酱汁和油腻一直盖到眉毛上。这老人躺在桌上，用皮衫中的两臂拥抱着桌上摆着的丰盛食物。他咀嚼着，把油脂刮上嘴角，晃动着，唱着歌。玛格达莉娜来回走动着，不时也往她小小的牙齿间塞进一小块肉。

……宁静的长夜，克瑟躺在阁楼上的苔藓床上做着梦，他在睡梦中笑着，不知所云地自言自语。两个年轻人醒来，听见了他的声音。有一次在黑暗寂静的夜里，他们听见外面从森林里传来一声颤抖：一阵风吹过那些树，霜和硬化了的雪从枝杈上掉落下来，于是森林就发出细微的响动，像是在无力地哭泣。

阿克塞尔透过绿色的窗棂向外看去，看见那匹马躺在外面的雪地里，所有肋骨裸露在空气中，就像沉船的残骸。冻硬了的腿在绿色月光中的雪地上投下影子。

第二天，他们又继续吃，只要还能吃得下，克瑟则一直吃到闭上双眼。但在他终于累得闭上眼睛之前,一种纯粹的疯狂从他身上爆发出来,这使得阿克塞尔和玛格达莉娜多少有点害怕。他在享受食物的极端陶醉中凝视着他们,失去了常人的理智,他唱着一段在地狱里嘶叫着的死马的小曲,头发和胡须竖立着,并在油脂中硬刺出来。他肆无忌惮地向阿克塞尔和玛格达莉娜发出各种致命的威胁,而在同一瞬间他又表达出对他们的喜爱,因感动而喘气。他摇着头,沉浸在自己的思绪之中,喋喋不休地讲述着往事。阿克塞尔听到他自言自语地提到了几个老式的女人名字,他只能想象克瑟那些消失已久的女友,按照克瑟会为之动心的类型看,一个是丰腴的金发女郎,另一个苗条且有深色的头发,一个有着快乐的眼睛,另一个疯狂而高雅像狐狸的幼崽……克瑟用抹满了血的大手扇着,翻着白眼,一边唱歌一边抓着食物。

在他瘫倒睡着后,他们将他抬到床上。第三天他们仍狂吃着。然后克瑟变得清醒了,日子恢复了正常。

瑞典的春天到来了,尽管这之前的时间曾那么莫名其妙地漫长。一天,太阳高高地从天空柔软的蓝色中滴火般地照耀着;尽管天上没有一片云彩,大地却像是处在融化着的潮湿中,雪从树上坠下来,清洗着大地融化自身。光在积水中、水滴中到处折射。

第一个清凉而无雪的日子带着流动的阴影和荡漾的水波来临的时候,阿克塞尔走进了森林。一只孤零零的鸟在树梢上啁啾,缭绕着春日的水汽,白色的云朵在树梢间飘浮。春天绽放出来。森林里有一种像是来自一个被遗忘的夏天的气味,枯萎的草和树木湿润的树皮散发出吸引人的气味。他的马在哪里？他的马此刻在哪里？

克瑟的小屋现在是如此逼仄，它就像一艘旅行了几个月后的船的船舱，起居室里满是闭门幽居和日常积习留下的污秽。玛格达莉娜坐在那里。她变得如此成熟，她很美。她坐着的时候，也会有红晕飞上她的脸和脖子。

太阳变得越来越热。有一天，阿克塞尔往天空中看，一阵暖风扑面而来，一阵耀眼的强光刺透他的眼皮，这时，他预感到了时间的进程。他对自己许诺说，夏天马上就到了。他心里有种不安。他想到，夏天现在已悬挂在丹麦的上空。这想法震撼着他。以前，阿克塞尔曾在气候温和的丹麦骑马穿过灌木荒野，遇上了一个放羊的女孩。她向着太阳眯起眼睛，走着过来，她的脚趾间有草和花。那里的丘坡高地间有好几公里宽敞的平地。

就在这一天，阿克塞尔离开了克瑟的小屋。

角囊

现在继续说阿克塞尔,这个私生子,他在命运和环境不断的变化之下去了很远的地方。本来他要到丹麦去找克尔丝汀,然后再回到西格丽德身边,然而,这个决定不再继续是他命运之树的树干,它只是介于各种支配了自身之茂盛的其他强有力的枝杈间的一小块枯萎的裂片。阿克塞尔在一种对世上年轻女子的变换着的倾慕的驱动之下到处漂泊着。这里需要提一下的是:通过种种美丽的经历,他渐渐对这些最可爱的女孩们产生了厌倦。并非他躲避她们,绝非如此;相反,正如他是感恩的,他同样也是如此贪得无厌,在得到全部幸福之前,若是他能得到一半或者四分之一,他也要将之拿下。

阿克塞尔,这个毫无恶意的人,与所有人都相处得很好。就是说,他根据天性把一切都视作是同样地好;如果事情完全不利于他,他反倒可以茁壮成长,正因如此,他只能够得到,而没有时间去失去。他只知收获,而不曾有什么东西离开他。他到哪里,他的心也跟到哪里。

但是,阿克塞尔最终来到了丹麦,因为伟大的夏天在那里等着他。在他踏上斯德哥尔摩婚礼后的一次短途旅行之后的一年或者更久,他经历了许多偶然事件,沿着一条叵测多变的迂回道路,绕行着,又回到了丹麦。

这期间发生了很多事。瑞典脱离了丹麦。所有地方都是战争和叛乱。世界各个角落传来的都是烽火的消息。克里斯蒂安，这伟大的国王，正在失去各个王国。

请听我说这是怎么回事。米克尔·策尔森正在为国王执行任务而到日德兰旅行。他是从茨予来的，刚路过撒陵的斯波特若朴，因为他想要绕路回一趟家乡。现在离家很近了。他也不知道什么时候会再次进入这个区域，也许永远都不会再回来。米克尔从国王那里得到了休假的许诺，他打算在某个时间去圣地朝圣。

在撒陵一家距离瓦尔普淞不远的小酒馆里，米克尔听到了一些奇怪的消息。小酒馆老板详细而不连贯地叙述了克沃那镇上沿海两公里处的一场无与伦比的欢宴。前天就开始了，估计会持续一两天，尽管这只是一场订婚宴。这真是一个古怪的故事，想来是因为这订婚的年轻人实在太有钱了。他叫阿克塞尔，似乎出身高贵。另外，他也是一名军官，但他到底是从哪儿来的，没有人知道。也有人谈及这同一个阿克塞尔，说他有一处巨大的宝藏。不管怎么说，他到场时穿的衣服就像是一个公爵，当然新娘也不是一无所有的。她叫英格尔，克沃那富农斯特芬的女儿。是啊，现在他们已经订婚了。庄园里正在办宴席呢，很热闹，三四公里外都听得见。

小酒馆老板是这么讲述的，米克尔·策尔森留意地听着，他是一个知道感恩的听者。他自己也问了一些细节，并得知斯特芬的妻子名叫安娜米德。安娜米德……是的，关于她还有一个故事。英格尔不是斯特芬的女儿。不过安娜米德现在已经做斯特芬的妻子二十多年了，并且与他生了好几个孩子，所以这事几乎都被遗忘了。事实上没人真正清楚地知道这是怎么回事。有人说安娜米德在年轻的时候，曾被一名大学生诱拐并遭到强暴。

那个大学生是米克尔·策尔森。现在没人能从他身上看出他曾做过这些事。他看起来是个多余的人，没人会去注意他。一个陌生人，因为旅馆生意上的事情而站在这里闲聊，尽管这个陌生人自己对此毫不知情，但事实上这个陌生人却是在告诉米克尔，说他有一个女儿已经二十年了，他从不曾想到过会有这样的事情。在小酒馆老板为米克尔的啤酒提供了这相应的闲聊之后，他就让米克尔一个人在桌旁独自坐着。是的，米克尔独自坐着，一个 alienus（局外人），这是他为这个故事配上的副歌。

Alienus（局外人）。

关于阿克塞尔的说法是真的，他要娶克沃那的斯特芬的女儿英格尔。在见识过了世界上的许多事情之后，阿克塞尔骑马来到这个不起眼的小地方。那是几个月前的事情。他在日德兰南部的时候就已经听说英格尔的名声了，他见到了她。现在，他们正举办着无比盛大的订婚欢宴！克沃那的斯特芬是这个地区最富有的农人。除了在村庄公有土地上的份额外，他还拥有一片橡树林，另外，在捕鱼和制盐的行当里，他生意也做得很大。

米克尔·策尔森把马留在旅馆，沿着海滩向上走。正是向晚时分。到达克沃那比他预想的时间早得多。他听见了欢宴院子里的小提琴声，便停下来，靠在花园陇上，不再向前走了。晚上非常凉爽，有足够的时间庆祝，白夜的时节已经到了。青蛙们在池塘里使劲叫着，那边的海滩上偶尔会传来一只流浪燕鸥的唧唧声。米克尔所站的地方旁边有个菜园，菜园里有棵接骨木。他闻得出叶子的香气，这让他在一种陈旧的记忆里觉得自己是如此凄凉，以至于他变得害怕起自己来。他转过身，穿过晚间温和的空气走回小酒馆。

第二天上午，米克尔站在同一个地方，然后又离开。下午他又回来，这次距离那个院子更近了。最后，他发现自己就站在大门外面的路上，但无法进去。院子里满是华丽的马车，从里面的房子中传来欢宴和喜庆的声音。

一个孩子走出大门口，又跑进去，说外面站着一个大兵。当更多人出来看的时候，米克尔往回后退着离开了。但他还没有走远，就有人跑来追上他，高喊他的名字。

是阿克塞尔。他非常高兴能再见到米克尔，并且抑制不住自己的惊讶。他试图说服米克尔一起进去。然而米克尔，尽管已经到了这里，却仍不愿进去。这让阿克塞尔很沮丧。他无法理解。他们站在路中间尴尬地说着话。阿克塞尔穿着精美的衣服，没戴帽子，不知道该说些什么友善的话。米克尔弯下身子，不停地搓着下巴上的灰白胡茬，没有说很多话。

米克尔看得出阿克塞尔已经变了，他变得更平静了，似乎所有他早先的骚动不安现在全都集中到了双眼里，从中放射着生命的热情。

难道米克尔不愿意一起走进去吗？阿克塞尔第二十次祈求。他知道米克尔的古怪脾气，但不愿放弃希望。只为了看一眼英格尔？他必须去！家里人都非常想问候他。桌子上放着吃的和喝的……

当我谈到你时，英格尔的母亲显得有点虚弱，好像病了一样，阿克塞尔轻轻笑着，就仿佛这是件滑稽的事情。来吧，你一定会让她恢复健康的！

米克尔用自己的蓝眼睛向着天空斜视出去,他没有拒绝,不过并不想去。阿克塞尔拽着他,但是米克尔挣开他,并且在深沉的思虑中搓着下巴。

好吧。阿克塞尔失望地叹了口气,放弃了。接着他想要去小酒馆看望米克尔。他肯定不急于继续自己的旅行吧。米克尔不得不答应,第二天将待在小酒馆里。好吧,但一个人来!米克尔严厉地说道。然后他们分开了。

第二天,阿克塞尔来到小酒馆。米克尔已经走到外面准备出发,他事先已把马用渡船送走了。他不耐烦地急着要走。阿克塞尔温情地看着他的老战友。当他留意到米克尔急于要走时,他自己提议要离开,以避免让米克尔感到尴尬,但随后他仍提议陪着他一同越过海峡。

最初的一段,他们是在沉默中航行着。米克尔依然忐忑不安。但在海峡中央,太阳向下照射在绿色的海水中,海岸前后都明亮得让人感觉到一种夏季的温馨。阿克塞尔仰望着天空微笑,他再也无法克制自己。他开始谈论英格尔,谈论他们该怎么生活,他要买一个庄园。不过要等到宝藏被取出后……英格尔……

阿克塞尔说着话,他的声音变得无比温暖轻柔,他茫然地看着前方,内心深处被攫住;他不时因被自己所说的话感动而轻笑。他变得心神不安,摇着头,表情丰富地看着米克尔,忘记了其他所有事情……米克尔觉得这男孩身上那神圣的善良是一种不公平,他无情地算计着,得出了这个结论。

他们离开船走上希美兰这一侧。阿克塞尔几乎没注意到这一变化,他们一起朝前走,他继续讲述着。

米克尔不再去听他所说的了,走路时他身子很厉害地前倾。他们走进灌木丛荒地，立即就被那里的静止环拥。中午的温暖从石楠植物丛底部那些干药草中诱出一种调料的香味，一只蜜蜂在路上嗡嗡作响。蚱蜢的音乐听起来就像石楠丛中气急的喘息声。除了宽阔的大路外，没有别的迹象表明这块地方有人居住。在这条大路上，弯弯曲曲有二十多道车辙相互重叠交叉，并向着地平线越来越远地延伸出去。七八公里外的远处横躺着格饶博勒山。明晃晃的天空在陆地上方伸展成拱形的穹隆状。

这里，只有他们两个人在这片荒野里。米克尔实行了自己的报复。

米克尔是不可能原谅阿克塞尔的。他从未见过英格尔。他现在也不会去想安娜米德，想到她，对他来说只会是一种折磨。现在他所想的只是那时阿克塞尔在斯德哥尔摩侮辱了他。是的，并且……对，他无法控制地恨他。但他的心卡在喉咙里。米克尔感觉自己的弱点上升的程度与他下决心去行动的程度成正比。他几乎瘫痪了，就像一个无法说出自己的爱却又拼命想说出来的人。事实上，仔细考虑一下，这只是一件简单的事情。但是米克尔犹豫着，为享受自身的愉快，也为使自己痛苦。他在耻辱中被打倒，失去了感觉，他的心灵被灼伤。他觉得所有事物都在密谋针对他一个人。最后他陷于黑暗，却又无法让自己心安理得地去做出黑暗的行为。直到那一瞬间来到，就仿佛有另一个不是他自己的生灵，在做出行为。

事情就是这样发生的：米克尔突然蹒跚着，站定，他盯着阿克塞尔。阿克塞尔停止了讲述。米克尔随后拔出长长的双手剑，走向没有武器的阿克塞尔。米克尔以一种奇怪可笑的方式用刀片向前扫，就像愤怒得不顾一切的孩子一样。阿克塞尔挨了一击,这是很重的一击。但是他一句话都不说,看着这把剑,试图用双臂保护自己,并用手抓住刀片,然后他膝盖上又被砍了一下,这使得他身体每根骨头都响出了声,脖子在他脊椎末端跳起舞,他晕瘫在地。

米克尔慢慢把剑重新放进剑鞘。他捋了一下胡子,想了一会儿。然后他弯下腰,把手伸进阿克塞尔的衣领,在他温暖的胸膛上摸索着,直到他找到那角囊。他取下它,走出几步,然后打开了它。

角囊里面是空的,弄明白了这一点之后,米克尔把它扔进了石楠丛,然后沿着这条路以最快的速度向前拼命奔跑。

复归

几个小时后,阿克塞尔醒了过来。他那条腿支撑不起身体,他承受着极大的痛苦。他在路上向前拖行了十几步,然后坐在一道车辙中等待,宁静地呼吸并等待着。他的脑袋如此疼痛,以至于他几乎无法睁眼往外看。他的膝盖很痛,一直不敢去看它。最后,他迅速松开衣服检查了自己所受的伤。膝盖前方只有一个小小的蓝色淤血块,甚至都没有出血,不过关节肿了起来,疼痛难忍。

差不多晚上了。鸟儿们向着夕阳鸣唱。一阵微风从荒地里吹出。阿克塞尔身旁有一棵带有浆果的岩高兰灌木树,但那些浆果还是硬的,尚未成熟。

他听见从很远的地方传来车轮嘎嘎的响声,这车来自摆渡口。一辆牛拉的车,它走得很慢,无法形容的慢。最后它到了近处,阿克塞尔便向那赶车的人挥手。他没有请求他将自己带回渡口。他问,往东走最近的旅店在哪里。因为格饶博勒客栈是最近的,所以他让那人把自己送往那里。到达目的地的时候夜幕正降临,尽管他躺在一大堆相当柔软的石楠枝条上,但仍感觉很难受。

他被带进客栈的唯一一间客房里,被安置在床上。他在那里迷迷糊糊睡着了。

早上,阿克塞尔醒了,从窗格子中看见了白色的黎明。

等待他的不是那种从痛苦的梦中醒来之后的解脱。他首先感觉到的是猛烈的一击，腿部的剧痛。当意识到这不是在做梦时，他马上紧张起来。他看着自己的腿，因恐惧而感到针刺般的冷，膝盖肿得比正常情况下大一倍，发红，并且他感觉伤口一直在悸动着。然后他又躺了下来，泪流满面，像风中的麦草一样颤抖着。他交握起双手，哀叹自己的命运，泪水咸咸地流入嘴角。

早上，有个人进入阿克塞尔的房间。一个棕色皮肤的小个子，他说自己叫匝加利亚。他是在各地巡回服务的理发师兼外科医师，恰好现在在这个地区停留。阿克塞尔看到他，心情一下子好了很多。早上好，匝加利亚兴高采烈地喊道，声音像木头一样。好吧，现在让我们看下情况怎样吧！

接着他掀开被子，用双手抓住阿克塞尔受伤的膝盖。阿克塞尔高声发出了一声尖叫。

噢，匝加利亚嘟囔着说，他用爪子般的手摸着，但阿克塞尔平躺下来，沉默着。哦哦，匝加利亚向前弯下身子，思量起来……这样！是的，这就像他想到的那样。他直起身来，告诉阿克塞尔，他不得不割开伤处，但这不是什么危险的事情。现在，他做了一下准备，找来了一个装着水的盆子，打开他的包，拿出里面的东西。

阿克塞尔全神贯注地用目光追随着他的动作，对这人产生了一种不可磨灭的印象。他的皮肤看上去是灰褐色的，枯皱着，扁平的嘴唇像发了霉一样。他的牙龈和半烂的牙齿看上去就好像他喝过带腐蚀性的酸液。眼睛里闪烁着红光，两眼下面是火药般蓝色的阴影，头发像遭潮气侵蚀的干草，甚至他的小胡子似乎也沾上了泥，颜色就像发酵的干草一样。他说话很快，就像快舌的蜥蜴，匝加利亚，他黑兮兮的双手看起来像是曾在各种各样的垃圾中搅过一样。并且，他身上有一种气味，一种干燥的腐臭气味，就像蟾蜍和其他爬行动物散发的气味。

匝加利亚在把他的刀和小黄铜镊子摆放在柳条椅上时讲起了一个故事，一段不涉及任何东西的、完全没有意义的空洞而痴愚的废话，他笑起来，一阵高声的噪音突然从他喉咙里滚了出来。

就这样吧，他终于说了一句，变得非常认真。他慢慢地把双手伸向阿克塞尔的膝盖，摸索着想找到一个可以开始手术的地方。在用刀切割的时候，他完全不出声。

一开始，阿克塞尔就仿佛因为伤口的痛楚而陷入了麻痹，但他强撑着。随着他尽全力屏住呼吸，并把嗡嗡作响的后脑勺压在了枕头上，才慢慢进入昏迷状态。

阿克塞尔醒来时，发现理发师兼外科医师的脸正在自己的上方，听见他命令着：呼气！吸气！他觉得房间里很暗。门开着，有几张脸从门框处向里面看。

阿克塞尔靠到床边呕吐，然后乏力地倒回床上。疼痛就在那里，如此悲哀，如此恐怖，它们轻轻地悸动，但有一种可怕的力量。哦，不！哦，不！它们一直在继续着，阿克塞尔在床上挣扎，就像个倒在冰上的人一样。他冻得哆嗦着点头，牙齿紧咬着打战，胸腔拼命地呼吸进空气。他用舌头濡湿嘴唇，它们简直就像是被灼伤或割碎了一样。

嘘、嘘、嘘，匝加利亚安慰着。他站着，在一只陶罐里搅拌一种黑色的浆汁。马上就可以止痛了。看，这药膏很好，有七十七种元素，集整个大自然之力于其中。若是我们现在涂上它，喔……

匝加利亚把药膏涂在了伤口上。阿克塞尔在一种新的麻醉中再次失去知觉。他再次清醒过来时，腿已被拉直并包扎起来了。灼热的伤口稍稍平静下来，就仿佛痛楚的第一场饥饿已经得到满足。但这平静并不长久。匝加利亚已经走了。

这一天剩下的时间里，阿克塞尔不是躺在疼痛之中，任痛楚在他的头上轰鸣，就是躺在深度的疲惫之中。有人为他送来了食物，他在高烧中吃着，用打战的牙齿咬着。他赶紧吃完后又匆匆闭上眼睛再次开始搏斗。

几个小时后，当他睁开眼睛时，期待这会是夜晚。但天还没有黑，白夜的时节已经到了。他现在看见这个白夜，就像是在一种幻境之中领会了自己的苦难。他承受着非凡的煎熬。膝盖带着节奏地疼，就仿佛是某种生灵在周期性地进攻着。他独自一人，发自内心地痛哭着。整个白夜他都醒着，躺在床上，病情越发严重。

但在太阳升起时，有一种节奏贯通了他的心灵，一支力量之歌，他觉得自己就像是上帝，每一次血脉的搏动都会更新他头脑中的痛楚意识。这就好像他周围有一种雷鸣般的喧嚣，尽管他是在全然的静默之中躺着。哦，不，上帝！这样直接听见空气中的喧嚣之声，是多么大的安慰啊！他躺着，力量不断增大，完全充满了他，他感受到了自己可怕的死亡厄运。

阿克塞尔突然从床上的沉睡之中蹦起来，因为从他一条腿上的某个地方散射出一种组织坏死的蔓延，就仿佛是死亡本身把嘴贴在那里吮吸着。汗水如暴雨般从他身上冒出来。但他疲惫得发颤，又昏睡了过去。

他面前闪现出很多张脸。就在恐惧消退了的时候，一只野兔奔向他，它的两眼在变大！马蝇带着金属翅膀在被子上嗡嗡作响，这成了一种不断增强的声音。一支石磨床之歌！阿克塞尔接受了恐惧，并完全沉陷在顺从之中。他再次醒来，却感觉到了自己的疼痛。

匝加利亚来了，拆去了绷带。他不太满意地拧着嘴巴，伤口发炎很厉害。他割掉了一点坏死的肌肤，又贴上了一块更厉害的新药膏。然后坐在床边，漫无边际地又讲了几个故事。阿克塞尔感觉好了一点，疼痛不再那么激烈地围困着他，他休息着……

匝加利亚讲的是什么？一个快乐的小故事，是关于他曾有一次穿过德国中部的一座古怪小城的经历。那里的所有人都是残废的，如果你想活着穿过城，就必须用绷带绑起你的一条腿，并用拐杖撑着爬过去。这没什么好说的。

阿克塞尔看着匝加利亚的脸，就好像是在雾中，这不带一丝忧虑的大笑，让他觉得这理发师兼外科医师很像一只大甲虫。

阿克塞尔断断续续地听了另一个故事。那也是德国筑有工事的小城之一。匝加利亚穿过了那座城市，看见人们像陷入魔法中一样在街上逃窜。房门和院门将他们吸过去，他们被吹走了。为什么？因为一只嘴里有泡沫的疯狗正沿街道中央走着。

阿克塞尔陷入了瞌睡。

匝加利亚讲了一个传奇故事。是关于一个走捷径到耶路撒冷的僧侣的故事。首先，他经过两个波光粼粼的湖泊，然后是一座小山丘，接着又从一个洞穴外面走过。走过了漫长的不断上坡下坡的旅途，他来到两座白色的大山下，并在那里过了夜。再后来他走了几公里越过一个半球形的高地，先是往上，然后往下。在顶上瞥见了客西马尼园。这样他就到了耶路撒冷。

……阿克塞尔躺着，突然因为理发师兼外科医师所说的某些事情而变得非常清醒。他看见那张失色的脸上的快意。

这是一个荷兰少女令人作呕的故事。她到匝加利亚这儿以她丈夫的名义问他要一些老鼠药，她二十多岁，个头很高，身材丰腴，正是那种精神旺盛的早熟类型。然后——现在请注意——她身上有一种懒惰……这种类型的，在这样的差不多半年里，饱食了禁忌的爱情，这绝不会搞错。果然，两天后，匝加利亚被带去验尸。就是她，她怀着孩子。嚯，嚯，嚯。她吞下了四盎司老鼠药死了，这是她假托虚名从他那里获得的药量。她躺在一张桌子上。死后的她看上去，那样子，唉，就仿佛全能的上帝，当时在往她身体中吹入生命气息的时候，同样全能地吹上了足够的气，使她身上冒出了一个大肿包……匝加利亚爆出了一阵大笑，听起来就像一堆木柴突然倒塌时发出的声响。

阿克塞尔却极其惊恐地看着他。从这个故事中，他除了看见桌上的那具尸体之外，什么东西都没有听出来。他想起了英格尔，在原野上摘下一朵花的英格尔，手里拿着花就像拿着一盏灯的英格尔……在他身边。他的全部存在和本质都站起来，拒绝，这不可能，滚开，滚开！他闭上发热的眼睛，把脸转向墙壁。他屏住呼吸，哭了起来。

丹麦式的死亡

阿克塞尔,无忧无虑的人,在开阔的天空下,死于这个夜晚。在他生命的最后几个小时,他是完全清醒的。

受伤后的第三天,他病得像个死人。他厌倦于永恒的煎熬。经过两昼夜的肉体折磨,他已耗尽了生命。他感觉到最后的高烧,让人将自己抬了出去。他们抬着他手臂的那几分钟里,他像动物一样尖叫着。然后,他一整天就坐在屋外的一张椅子上。

他在阳光中睁开眼睛——鸭子在井边又刮又挖地翻掘着泥土——他看到米克尔·策尔森在那里站了一会儿。

你难道就不能重新康复了吗?不幸的老人问道。阿克塞尔无所谓地摇了摇头,闭上了眼睛。很长一段时间后,他抬起头看,米克尔仍站在那里。

天气很热,火烤般地温暖,宁静。阳光在地上的一只陶罐上反射着。

蜜蜂飞涌过来,小酒馆门口传来一位老实巴交的农民的声音。菜园上方雪白的空气里,有一群蜜蜂在萦舞。它们在太阳旁边像一朵圆形的、有生命的云,这云一会儿向外面炸开,一会儿又围着核心聚缩,有时候则在阳光的照射下完全消失。空中向下传来热烈的嘶嘶声。

阿克塞尔听到米克尔说,那角囊是空的。那里面没有任何东西，阿克塞尔！但阿克塞尔根本不在意。活着的时候，他从未想过要去怀疑，他当然有那文件；现在他将死去，则根本不在意那文件是否丢失。

你会原谅我吗？米克尔伤心欲绝地祈求着。他只是在加剧这垂死者的痛苦，阿克塞尔没有动弹。然后，阿克塞尔留意到，米克尔走了。

现在阿克塞尔不断地想着英格尔。他们忘记他了吗？他们没有来。他当然也不曾让人向他们送信，但他暗自仍觉得他们会找到他。如果是不久之前，他还不想见她，但现在……为什么他们没有找到他？米克尔还能找到他！那么他们为什么没有人找过来呢？他的心在胸膛里哭泣。他完全静止地坐着。痛苦没有得到任何缓解。他甚至无法通过吞咽口水来帮助自己减轻胸腔里烧灼着的痛楚。他的喉咙已经干涸。

近傍晚时，阿克塞尔醒来，感觉到所有痛苦都消失了！

是啊。他在心中如此感恩，以至于脸上发红。疼痛不再出现！他不断感觉到宗教意义上的一种拯救，简直无法承受内心的喜悦。他在无尽的疲乏中让自己保持不动，奇妙地、毫无痛苦地被溶化开。他的心时不时会默不作声地猛跳起来，就像一个疲惫的孩子因能够上床睡觉而高兴地呜咽着欢笑。

他的思绪变得那么清晰，一些被遗忘了的事情在眼前重现；他在同一个时间流中回忆以前和此刻，没有一丝痛苦。回忆之痛离开了他。死亡并不苦涩。既然你能在已死之前死去，那么，这死亡就不那么艰难了。

阿克塞尔回忆起童年的一些事件，那时他是如此骄傲，以至于严厉的待遇或责打对于他来说，比友善的味道更好。有一次，他曾在一块巨大的石头上面攀抱了一个多小时。它至少有一吨重，在盲目的怒火中，阿克塞尔想把它抱起来扔向另一个男孩。当他无法从地上将这石头扳出来时，便用手和脚将自己固定在它上面，就像一只愤怒的蚂蚁。人们不得不将他硬拉下来。这块石头肯定还在那里。仿佛这只是没多久之前的事情。

阿克塞尔想到他连续好几次打喷嚏的情形。他想起在夜色昏暗的雨中看到过的一只蟾蜍，像个探子似的俯身爬着，从一些荨麻间穿过。他记得曾经有一件袖子磨损的外套。他在纯粹地记起各种小事、记起那些被遗忘了的像火红的烙铁一样地灼痛他的小事的同时死去，但是回忆之残酷已经与对这残酷之休止的幸福感融为一体。阿克塞尔就这样活生生地死去。就像融化的雪。他让自己活入死亡之中……

英格尔！哦。唉，唉！她已经远远地消失了，尽管他在死亡中想起了她。亲爱的英格尔，别了！但是，死，并不难。

圣日的前夕，格饶博勒的农民们正在为欢庆做着准备。黄昏，夏天的温柔暮色开始降临，天空变成了黄色，草地上开始出现露水。肥沃的农田里，沉重的绿色谷物成堆般地在秸秆上挂着，数以千计的青穗在成熟过程中散发着情欲的气味。河边的草地上，奶牛向挤奶女孩哞哞地叫着。远在格饶博勒的灌木荒山上，有一个黑点正对着深远的天空，那是一个在向晚时分正朝着山上走的牧童。

天空下是夜的宁静和芬芳的凉爽，暮色本身看上去发绿，仿佛这空气是生命的海洋。所有声音都温和入耳。远处的每一声叫喊听起来都像是在传达其所在之处的幸福消息，半途中，在至善的天空下，获得了幸福的音色。夜晚当然不会变成黑夜，这是白夜时节。

现在，牲口都被照料好了，大家都平安地吃了晚餐，于是格饶博勒的人们都在小酒馆外的路上聚集起来。单个的小提琴的音乐听起来就像是人在唱歌。

一些人站了几分钟，看着坐在小酒馆外的陌生人，最后大家都认为他的病情应该已经恶化到了极点。

没一会儿，村里所有人，不论老少，都去了教堂，圣日的欢庆将在那里进行。小提琴手走在最前面。只有一位老妇人因为这位病人而留在小酒馆。她坐在门口转着手纺车，一小时一小时地转，但她自己则不发出丝毫声响。

时间飞逝。时不时从教堂传来一阵人声轻微的喧哗。随后一阵风又从那里带来了更响亮的声音，笑声，以及跳舞的人们的叫喊声。

阿克塞尔睁开眼睛，虽然处于半昏迷状态，他仍能看见这夜色很亮。

他们在教堂唱着歌。可以听见他们将塞子敲出啤酒桶的声音。他们在教堂里高声而激动非凡地唱着，现在似乎围成了一个圈全都在跳舞。欢庆活动变得如此热烈，以至于在远远的旷野里也能听得见。

阿克塞尔又一次睁开眼睛，看着这白夜。

天空就像是一些白色的玫瑰。

很远的地方，七八公里之外，欢悦的篝火在一个小山丘上燃烧着。

一只沉默的鸟迅速飞过并在凉爽的黄昏中飞得更远。井边的柳树静静地把所有柔软发白的叶子从上向下地倾倒进白夜里。一只娇小的灰白色飞蛾在夜空中舞动。星光把天空点缀成一片雾纱。阿克塞尔闭上了眼睛。

他在白夜之中以直立的姿势飞行，轻轻地落在幸运之船上。他们在星月之光下的海上航行。在顺风航行了很长一段时间后，他们来到了幸运之乡。一个有着奇妙夏季的低地。闭着眼睛，你会感觉到地上草皮的甜美气息。土地柔软发绿，就像大海中爽心的床，诞生之床，死亡之床。天空带着偏爱在它上面拱起，云朵在它上面一动不动。海浪伸进来，拍打着明媚的海滩。两片蓝色的海洋都在取悦着海岸，海岸上的沙子细密，贫瘠地长着草的海底点缀着圆形的带有花斑的鹅卵石。在内陆有一个永远不会被人忘记的峡湾，那里有太阳之柱。幸运之国的海岸和岛屿带着奇妙的美丽从海上升起。峡湾唱着歌，这海峡就像是通往丰盈之国的大门。这里的万物色彩鲜明。大地是绿色的，绿色的，天空与大海在蓝色的心境中相遇。这是伟大的夏日之国，死亡之国。

国王倒台

在米克尔·策尔森开始休假前往耶路撒冷之前,国王的艰难时期就开始了。米克尔正好跟随了他一段时间,国王在小贝尔特海峡上航行的那天晚上,他也在国王身边。

现在,克里斯蒂安国王正在获取他大手笔之作的报酬,他抛向天空的石头开始往下落到他自己的头上。国王的力量在报复。

历史简要地叙述了国王一生中最命运攸关的夜晚。那是1523年2月10日,怀疑与绝望之夜,它是1520年11月7日那个令国王丧失了力量的事件导致的直接结果。是的,就在国王使用这力量的时候,国王的力量就中止了。

克里斯蒂安国王在日峪收到了丹麦贵族宣告放弃对他的忠诚的声明。他的处境极其艰难。但国王的事业之所以如此无望,其实是因为他宏大的伟业正在他周围坍塌。他以邪恶的方式征服了瑞典,并以残暴的手段来维持对之的控制。现在瑞典正竭力要摆脱他的统治;他在丹麦的统治是铁腕无情的,所以现在丹麦人发起了无法和解的叛乱。打人者是会挨打的。

此刻,国王最终与对这个国家觊觎已久的叔父寻求了和解。他艰难地在日德兰半岛上往返、再往返地旅行,写信,谈判,都无济于事。他筋疲力尽,他的全部政治计划看来是无可救药地搁浅了。然后他开始怀疑。

2月10日晚上,他放弃了自己的事业。他乘上前往菲英岛的渡船。各个岛屿都没有背叛他,整个挪威仍然追随着他。但就目前情况看,他意识到:如果他不再谈判并离开日德兰半岛,那么,他就是放弃了自己的事业,丹麦的事业。小贝尔特海峡是卡戎摆渡时所过的水域。

那是一个极冷的夜晚,既不暗也不亮,没有下雨,但空气中满是水分。国王和跟随着他的十个人一起登上了弘纳堡城堡的渡船。马被弄上船时有一点骚动,但其他一切都在安静中处理妥当。国王的其他追随者留在日德兰半岛,将在第二天渡海,当船滑入黑暗的小贝尔特海峡的海面上时,他们举着火把站在岸边。

国王坐在渡船的最后面,所有人都能够在船头的火炬光下看见他的脸,他们凭直觉预感到了事态是怎样的,没有人说话。但是,当他们在海里航行了一段之后,国王自己打破了沉默,说了一些很平常的事情。他问起风向和潮汐。他的声音是如此沉稳,甚至在开放的渡船上,这声音听起来也不带任何语调。那些追随他的人感到很不自然而害怕,他们沉默着。

过了一会儿,国王想知道其中一匹马的情况,那马在这一天走路时有点跛。米克尔·策尔森尽可能详细地做出回答。他们又沉默了。海水在渡船下起伏,船头有一个人拿着火炬,就仿佛波浪在追逐着光。每个人都不时会将目光转向火炬,看它是否还在燃烧。他们全都沿着船舷坐着,背对着水。寂静困扰着他们,压迫着所有人。

我们不希望你们闭嘴不说话,国王突然低声说着,声音里带着某种出自他本性的威胁。这是不服从,他感觉受到了伤害并且愤怒地补充道。

于是，大多数人清了清喉咙，集中起思绪，开始互相询问盔甲的价格，询问他们多久去一次汉堡，或者随便想到什么能说的。然而，他们说起话来就像那些谈论窗户里的穿堂风而想着死亡的病人一样。不过，既然他们的舌头动起来了，国王就安宁下来。他们的声音让他兴奋，就像一个独自在森林中与不认识的男人走在一起的少女的情形：她说着，说着，她在森林中聆听自己可怜的声音。

摆渡船夫们稳稳地划着，他们坐在潮湿的羊皮上，身体随着桨晃动着，帽子在眼睛上面挡着光。他们是如此着迷于国王，恭顺的目光一直没离开过他的脸。站在渡船中间的那些马尽可能地保持平衡，但它们喷着鼻，因为距离海水太近而感到忧虑，斜视的眼睛露出眼白。火炬的光芒在粗陋的、涂了焦油的船上不定地闪烁着，现在船上的谈话变成了平时正常的谈话。

国王得到了安宁，陷入沉思。只要还看得见日德兰半岛的海岸，他就多少能够感到安心，他正在从那里离开！他放弃了自己的事业。他那被粉碎的统治计划中成千上万的简单细节和复杂关联再次穿过他的头脑。他综观了自己的处境，把时间连成一体，算出距离，他考虑了各种可能性和替代的可能性，当他带着一种痛苦的努力看到结果时，他不得不低下头，让这事业在原处停留。

但是，当陆地上的火炬烧完并从视野中消失时，当渡船漂在开阔的小贝尔特海峡上无法测出航速的地方时，国王变得不确定了。他瞥见了米泽尔法特的灯光，他想着他所离开的这块陆地。这是他的王国。在一片想象的视野中，他就仿佛是在一片幻景之中看见丹麦，它是大海中的一个现实，是一种在所有颜色中的各片伸展出的土地的总和，一个国家。

这一点是永远不变的：丹麦位于两片蓝色的海洋之间，夏天是绿色，秋天收割季节是黄褐色，而在冬季的天空之下则是白色。丹麦的海滩似乎以美妙的方式招呼着人，海岸线里面的田野私密地圈起自身，它们披挂起谷物，然后又抛甩掉谷物。在利姆海峡，西风温馨地吹拂，太阳在峡湾旁的那些小坡上方呈扇形，阳光从云层后面流下。在丹麦，日子的变换总是不同，却又总是同样的变换。那些小的峡湾和峡湾中的峡湾好几百次重复地刻画出丹麦，而厄勒海峡就像是终于通入这个国家之本土的大门。一条条小河在这里流向大海，就在临近大海的地方，森林茂盛地蔓延，你可以看到一只海鸥，你可以在荒野里瞥见一只奔跑的野兔。阳光和无忧，这里是丹麦。

但是现在，既然国王已经离开了自己的国家，因为他已经完全确定地明白这事实，他正在离开这个国家，所以，关于丹麦的思绪在他心中反而变得如此强烈，乃至他无法离开它。

掉头！国王突然命令说，并且在渡船上站了起来。所有跟着他的人都沉默着，就仿佛他们只拥有同一张嘴。摆渡船夫们一动不动地把身子靠在桨上，凝视着。克里斯蒂安国王以一种不耐烦但平和的语调再次给他们下了命令。他们服从命令，让这沉重的渡船在海水里掉头转向。很快，这渡船又以不变的方式回到了小贝尔特海峡里，米泽尔法特的灯光消失了。没有人敢问国王他是怎么想的，但是他们全都长长松了一口气，并因此而保持沉默——直到他们重新想起国王早先的命令，努力让自己一直处于说话的状态。

在转向之后，国王的情绪迅速高涨起来。因为现在他又返回到了他的国王目标和人生计划上。当这些东西在他眼前升起时，他就获得了力量。在返航日德兰的决定中就有着这样一种信心，确信各种困难是能够被克服的，现在他就只想着自己的各种计划。他展望着一个统一的北欧，想象着他将在各个王国的中央享受着的安宁和完全认可。他向自己确认了将采取的措施；他看着自己所创建的各种法律和改良方案，意识到它们是有用的。他想起自己阻断来自吕贝克的商业贸易而将之引向他所统治的各个国家的计划；他又一次想透了贵族特权中的不合理和危害的成分，并为各个商业城镇将得到蓬勃发展、农民阶层将有自由在大地上耕种出自己的财富的想法而感到高兴。在他的思绪中，他把自己王国中的各行各业各阶层视作是一些巨大辽阔的高地或台地，他看到这一个巨大的台地怎样升起，而那一个台地又怎样下沉，直到它们因他的统治之手不断地压着杠杆而变得平齐。然后……

这样，亨利国王坐在了英格兰的王座上。凭什么？英格兰从前曾属于丹麦。丹麦舰队在早先就曾经走过这条航线，一个统一的北欧必定能够再次把铁爪伸向西方。如此如此如此多的钱——在法律、统一、贸易和农业将黄金引诱集聚到北欧的时候——如此如此如此多的船只和士兵……而且，不管风暴和气候想要说什么，丹麦大炮的炮弹都将会撞向多佛的悬崖。

德国皇帝卡尔是王后的兄长，他认识他，却并不佩服他。法国的弗朗索瓦国王也算不上是什么特别优秀的人物。好吧，如果他们仍坐在王位上，那么国王克里斯蒂安当然会与他们争夺新世界里的那些国土，那个由哥伦布在欧洲的下面延伸出的新世界。船，船！北欧尚未获得但将去获得它在新世界里的份额，由此会流出金钱、新的权力和新的船，船！只要有世界可以征服，北欧人就会扩张得很远。

是的。然而，国王再次看见了日德兰半岛，他的信心消失了。海滩上没有光。因为渡船向陆地靠得很近，海岸和弘纳堡城堡就突然在灰色的夜中冒了出来。城堡里面的地面上散落着剩余的雪泥，乌鸦和寒鸦从那些干秃秃的树上尖叫着飞起来。城堡里面死气沉沉，到处都只是沉重和潮湿的黑夜。

海岸线上的景象像一记重拳击中了国王。他感觉到这有多么真实，这个国家处于反叛之中。情况已经非常严重。而且对他来说，由于这处境之绝望在先前就已经是足够明确的，所以通往这同样苦涩的认识的道路就非常直接、非常短。能够用来打击国王的，有足够多的想象和回忆，来自他掌权这些年的经历。十年如一日，每天的算计和紧张。他用剑两次征服了瑞典，这在很多方面都使他付出了极大的代价，并造成了无法弥补的损害，而现在看来他只是徒劳。他竭力为丹麦奉献出自己的所能，日日夜夜，他们为此而给予的感谢是把他当作一个不忠实的管理者而废黜了他。这些缺乏意志的民众，你能为他们做什么呢？在他幅员辽阔的王国里，每个采邑都有着一种顽固，每个人身上都有一种他不得不与之搏斗或不得不智取的短浅目光。一切都是为了一个无人能看见的目标。这是一场不平等的搏斗。站在顽固性那一边的有许多人，而站在他的高贵想法这一边的只有他自己一个人。这是与乌龟的搏斗。现在，他想要提升的这些低层和受压迫的人们，他们只看得见当下的急需。从斯卡恩到瓦埃勒峡湾，他们拿着斧头和连枷走出自己的小屋，只因为他想向他们征税以便能拯救这个王国。不，没什么可做的。在丹麦，到处都是脑子用不了而脖子特别硬的人。封闭的心灵和口袋，顽固，恶毒，愚蠢。

当国王命令他们解缆放船并重新向菲英岛航行时，船员们已经把渡船拴向岸边并准备搁出跳板。他的声音显得气馁，但因为他们没有马上动起来，他火冒三丈，暴跳起来。国王的随从们那里只有死一样的寂静。当他们第二次向菲英岛航行时，没有人再吭声。

国王到了米泽尔法特后，立刻就离开了渡船，走到最近的房子前。那是深夜，住在里面的人们被敲门声叫醒，显得非常困惑。国王命令他们为自己安排住宿，在人们为他准备床铺的同时，他让人拿来一盏灯，他要坐下来写信。他现在想做最后的尝试，写信给叛乱者中几个不同的人。因为当他再次看见日德兰半岛的海岸时，对丹麦和整个局势的厌倦袭向了他，但在他做出决定离开日德兰的那一刻，这厌倦就从他身上被卸除了。现在，他在米泽尔法特写完这些信件后变得平静，并且在内心深处怀着希望。

国王和那天晚上与他在一起的安布罗西乌斯·波丙德一起稍稍吃了些晚餐。然后他们在一起交谈了一个小时。谈话很激烈，国王变得激动，安布罗西乌斯也忘情地阐述着自己的想法。他反对一切谈判，并想说服国王在各个岛上集结军队，去大陆上消灭那些可恶的鼠辈。因为想到了丹麦的暴民，安布罗西乌斯颤抖了起来。

是的，是的，是的，国王同意他所说的。但他的目光游移着，并没在听他讲。在平民家窄小的起居室里，桌上的灯冒着烟。已经过了午夜。国王走到窗前，打开窗户，看外面的天气是怎样的。外面仍然很潮湿，夜空被云层遮盖着。

是的，国王说，从窗口转过身来，他踱了好几圈。然后他停下，抬起头，点了点头，就这样决定了。安布罗西乌斯·波丙德惊呆了。

我们到对面去，这是我们的决定，国王用深沉的嗓音说道。半小时后，他们起航了。

国王的意念是不可动摇的。他想象着自己在日德兰半岛走得很远，想象着骑马向维堡驰骋。因为他现在已决定去做出最沉重和最艰难的选择：去谈判。是的，他会为了终极目标而放弃自己的权力。如果他要等到哪怕只是暂时重新获得控制权的时候……他会在维堡召集各阶层的议会，并答应他们所要求的赦免。

当渡船努力越过海峡时，国王越发被这个想法占据。现在他明白了，他攻下瑞典时在斯德哥尔摩所做的事情是一个怎样的错误。这事情没有罪，没有什么不正确的地方，必须这样做……但是，因为后果是如此严重而如此带有毁灭性，所以这是错误的。他忘记了要考虑臣民们的想法，尽管他们是痴愚的，但这是现实。这之后，他无疑也应该考虑到小民的报复欲、愚蠢和无知，正如一个人在射箭时有必要瞄准高于目标之处以补偿箭的下坠距离。他会达成协议，做出让步！如果他重新获得权力，到那时，就有机会限制那些现在因他的让步而想要扩大权力的人；他思忖了一下，大致有一百名丹麦领导人，他会选出其中他会对之做出让步的那些。

但国王没有到达小贝尔特海峡对面。中途他变得虚弱。他觉得心头很不舒服，感到被疲惫和翻滚起伏的心潮击倒。当他们几乎快到达日德兰半岛的海岸时，他下达了返航命令,他想去米泽尔法特,至少在那里安心地好好睡一晚。

于是,他仍向菲英岛航行。是的,这就是他,总是在航离的他。因为他现在如此绝望,以至于颤抖起来,如此沮丧,而且震惊,所以他被惊惶,对于他自己所具有的这致死的优柔寡断的惊惶,击中了。他看着自己是怎样地在那里来回航行,他看见,对于他来说,要做出决定到这两边中的其中一边去,是多么不可能。进入他内心的是这怀疑,他发现了这怀疑,这怀疑变得更严重。现在,他的怀疑所涉及的不仅仅是这事业本身,不,他怀疑的是他自己。他那些王国的命运,军队的运动,战争和反击战争,一切都把自己限定起来,使自己成为国王的思绪中的过程,他意识到了这一点。以这样的方式,怀疑摧毁了他作为国王的尊贵,除了作为一个发烧般狂热而不知所措的人之外,他什么都不是。

不过,克里斯蒂安国王在看到米泽尔法特的灯光时还是转向了。因为,当他发现了自己在怀疑时,他变得如此迷惘而失败,如此完全彻底地失去了希望,以至于他进入了一种安宁,一种绝望。他对自己的怀疑变得确定,并且这是如此有决定性,以至于他以一种奇怪的、颠倒的方式,重新获得了希望。

然而,他的力量消失了。接近日德兰时,他一下子认识到:现在他再也不会成为丹麦的主人,因为丹麦已经让他成了一个怀疑者。他不得不离开这个国家,就像一个人离开一个看见了他失败的女人。他返航回到菲英岛,悲伤和疼痛使他病弱。

但是这渡船还没驶到海峡中间,国王便被吸引向了日德兰,丹麦,就像一个人被吸引向一个看见了自己弱点的女人。因为，这人必须去自己被打倒的地方寻求让自己重新站立起来的力量。一个人可以征服整个地球，但他首先必须在自己的失败之处重新得胜，在这之前，他是无法重新站立起来的。国王让船掉头向日德兰航行。但是他疲惫而恐惧，他悲惨到了极点。

这是克里斯蒂安国王的绝望之夜。

它击溃了他的意志。他来回航行着，直到黎明破晓。太阳升起的时候，他就在菲英岛这一边，他留在了那里，只因为他偶然地就在那里。

然而，不，这不是偶然的。那结束了国王痛苦的犹豫不决的，并不是日出。不，有人写道：怀疑的人永远总是以不行动告终，他以让"那作为他怀疑对象的事业"失败而告终。

宝藏

1523年，四名德国雇佣兵来到阿姆斯特丹的一家犹太商店，向店主展示了一份用希伯来文写的文件。这是一份要求支付三万荷兰盾的债权文件。债权文件是真实的，这店主保管着这些钱，但他坚持认为，根据这文件上的说法，这笔钱应该支付给某个阿克塞尔，或者阿布萨隆，也就是那个把钱存在他这里的人，孟德尔·施派尔的外孙。

然而，士兵们解释说，他们是从一个名叫露西的女孩手里得到这份文件的，而她则是从这份文件的拥有者那里得到的；现在他们已经找人翻译了这文件，他们坚持认为这笔款项应当交给持有这文件的人。

店主不愿交出钱，这四名士兵将之作为一个案件提交法院审理，而法院判定他们胜诉。他们得到了一大笔钱，这位店主把与孟德尔·施派尔当年存放的相同的三万块压花金块支付给了他们。

这些士兵把钱分了，都成了富人，然后出发去各自要去的世界角落旅行。

其中一个在他得到了自己那份宝藏后，马上买了一辆牛车来搬运金块。他悠闲地驾车离开，并且当晚在一个距离阿姆斯特丹七八公里远的小村庄里被人杀了。

另一个马上回到了自己在莱茵河畔的家乡，把所有钱都埋在了那里的某个地方,他非常悲惨地孤独死去,不曾花过其中一分钱。

第三个人八年后赌钱把自己输成了在都灵的乞丐。

第四个人的情形也很糟糕,在他九十七岁时,死于财富、狂欢和暴食。

阿克塞尔在格饶博勒的墓地里幸福地安息着。

英格尔

然而英格尔是如此悲伤。她绞着双手,为自己的未婚夫日夜哭泣。英格尔每天夜里哭的时候,从房间的窗户向峡湾对面的希美兰望着。这是白夜,天空日夜都亮着。

英格尔,她如此悲伤。在格饶博勒墓地的坟墓中,阿克塞尔听见了她的哭声,于是在潮湿的泥土中抬起疲倦的头,站起身。墓地如此开阔,风能够吹到所有角落。无头的三脚马在坟墓间闲荡,它很有耐心地朝着他嘶叫,但阿克塞尔背着自己的棺材走出了墓门。

他穿过荒野走向峡湾,艰难地,非常艰难地穿过丹麦的白夜。天空白而黄,大地在黄昏之中。峡湾闪闪烁烁,撒陵岸上的峭壁和缓地伸展着。

在荒野里,一个死人转着圈走,他站定下来,焦虑地望着阿克塞尔,直到阿克塞尔背着棺材消失在塌陷的路上,然后他又开始在自己的孤独中转圈子。

太阳隐进了北方的大地之下,北面的天空是黄色的。风带着露珠和浓郁的花香吹过,所有生长着的东西都睡着了,做着丰富多彩的梦。

阿克塞尔来到瓦尔普淞,那里的波涛一浪接一浪地忠实相随,他不作停留地走过,来到了克沃那。

他穿着自己的葬衣站在英格尔的房门前,敲门,他是如此疲倦。

起来啊,英格尔,让我进来吧。

英格尔听见了,但她继续躺了一会儿,然后倾听着。风很轻柔地从钥匙孔里吹进来。会不会是无家可归的风在外面祈求?有人把一只脚移到门外的石阶上,然后是小心翼翼的敲门声。

起来啊,英格尔,让我进来吧。

她满眼热泪地站起来,她禁不住哭了。但她害怕起来,她犹豫着。她想着这到底会不会真的是阿克塞尔。

你能说出耶稣的名字吗?她在门里哭着问,如果你说了,我就会打开门。

我能的,阿克塞尔的声音回答道,他的声音嘶哑,我能说的,我现在能够,就像以前一样,说出耶稣的名字。以耶稣之名,英格尔,让我进来吧。

她颤抖着打开门,看到他站在外面,穿着长长的泥浆衣服,在黑色的棺材下弯着身子。她看见了,确实是阿克塞尔。

但是,当他们坐在一起时,阿克塞尔没有什么能安慰她或者让她平静下来的话可说。英格尔放声痛哭,她的嘴巴张着。这种感动震撼着她的心。英格尔茫然地哭了很久,悲痛之中这无法抵挡的欢悦唤醒了她的力量,乃至她几乎被碾碎。

* * *

夜宁静,只有风在刮着。英格尔哭着,哭着,她是那么幸福,现在她在梳理阿克塞尔的头发。她继续哭着,但她的哭泣是穿过了笑声出来的。阿克塞尔的头发很冷,他的头像田野里的灰石头一样冷。

你头发上有泥土和沙子，英格尔幸福地含泪说道。你手背上有一些小石头。

阿克塞尔翻过他毫无生机的手，沉思着。是的，他嘴巴里也有泥土。

你那么冷！英格尔叫道，她的声音因那从头到脚震撼着她的寒意而沙哑。她心里有满足的感觉，哭着并且笑着，抽噎啜泣着。她如此温柔地梳理着他的头发，阿克塞尔把前额靠向爱人。

夜宁静，北面的黄色光芒依附在窗玻璃上。风在外面轻唱着催眠曲。

* * *

告诉我，黑泥土下面坟墓里的情形是怎样的？英格尔深情地问，充满了担忧和关心。他们在温馨的夜，在白色的房间里，愉快地坐在一起。你为什么要带着棺材呢？

我带着我的棺材，否则我就可能无家可归了，它是我的家，阿克塞尔诚实地回答。在坟墓里，我很好。你找到安慰，我很高兴，英格尔。在你唱歌并且快乐的时候，我就忘记了所有忧虑。是的，我的棺材里满是玫瑰，我在天堂的黑暗中睡在玫瑰上。安息在地里是很奇妙的。只要你在屋里唱歌并且很开心。

那么，让我跟你一起去吧！英格尔在一阵泪雨之中祈求着，带我一起到地下去！

当你为我哀悼和悲叹时，英格尔，当你哭泣时，我的棺材里流着凝结起的血！坟墓里是可怕的。亲爱的英格尔，你为什么思念我？死者们必须留在地下，你为什么为我痛哭？我已经死了，你为什么爱我？

阿克塞尔耐心地说着这话，就像一句谚语一样带着一种力量。他变得非常聪明,超越了世上的一切理解力,阿克塞尔,他的声音因一种永远都无法挽回的经历而变得沙哑。

你不吻我吗?她以几乎无法听见的声音低语道,差不多是在哆嗦着。他没有动。她想让他温暖起来,她把自己的心靠向他的心来使他温暖,她试着向他展示自己的温柔。但他不是活着的人。她小心翼翼地呼唤他的名字,因为她以为他已经睡着了。但他醒着。是的,他醒着躺在那里。

夜晚过去了。

现在公鸡正叫醒这一天,阿克塞尔说。英格尔不想让他离开。

现在天空发白了,所有尸体都要回到地下去了,阿克塞尔说,他显得不安。但是英格尔把头放在他已经死去了的心上。

现在窗格正在变红,太阳马上就会出来,阿克塞尔语调沉闷地结巴着说,现在我必须回到地下去。

但在阿克塞尔离开后,英格尔如此绝望,乃至忘记了他的吩咐。她绞着双手跟在他身后,并在黑暗的森林里追上了他。她跟着他,一步一哭,直到他们走出宽阔的海滩旁的树林。然后她看见阿克塞尔晕倒了。血和水从他嘴里流了出来。

带我一起走,她在悲伤和恐惧之中拼命祈求着,他带着她过了海峡,海峡里的波浪闪着光。就在他们穿过荒野时,东边天空已经开始燃烧了。

当他们站在墓地上时,太阳蹦出来了。在黎明炫目的阳光中,英格尔看见,阿克塞尔的眼睛融化了,他的脸颊从骨头上消失了。他站着的赤裸的双脚因为泥土而有点发抖。

现在你再也不会为我哭泣了！阿克塞尔对自己心爱的人说，眼皮下垂，声音里带着寒气。

别再为我哭泣了！他恳求、命令她。但她无法放他离开。

阿克塞尔安静地笑了起来。

他在那里，在他的悲伤欲绝之中，在他的威严之中，站了一会儿。

往天空上看，他笑着说，带着无限的温柔，是的，带着思念，他因为疲倦和对泥土的渴望而耗干了气力。你看，这夜是多么快乐！

英格尔望着天空中苍白的星星。死人进入了泥土。她不再看得见他。

冬 天

再次还乡

　　一位老人，头上戴着朝圣者的帽子，脖子上挂着一只用绳串起的蚌壳，来到了格饶博勒南侧的高坡上。他双臂环抱拐杖站了一会儿，望向谷地，峡湾两侧和低矮的山丘。他是米克尔·策尔森。

　　他又回家了。这个地区没有变化，但他感觉变得更低了些。九月的阳光凉爽地照射着。麻雀和椋鸟成群地在山谷另一边的城镇里绕着谷堆飞着。小河流入峡湾的地方是米克尔的出生地。他看见下面那些旧房子旁边建起了一幢大房子。还有一些以前不曾被耕作的土地，现在都成了农田，一直延伸到峭壁。米克尔想，尼尔斯肯定还活着吧。

　　是的，尼尔斯还活着，但已经是个上了年纪的人了。米克尔到家的时候，尼尔斯恰好独自一人在起居室里，他坐在桌子的一头，睡眼惺忪，白色的头发上沾着麦草和谷壳。他刚午睡起床。啤酒杯的杯口上围着成群的苍蝇，米克尔进来时，它们嗡嗡地在空中飞舞起来。

　　尼尔斯看见哥哥身穿朝圣者的衣服，他平静地在胸前划了个十字。他慢慢地感到意外，而后渐渐高兴起来。米克尔静静坐下。因为屋子里很安静，他们说话的声音很轻。

　　男孩们在那里睡觉，尼尔斯说。欢迎，哥哥！你累了吧？是的，肯定是。你口不渴吗？这些可恶的苍蝇！稍等一下。

尼尔斯从啤酒桶中汲出新鲜的啤酒，又坐下来聊。他一下子有了一种由衷的喜悦。问题和感叹不断交替着，从他的嘴里，以那种一直是属于他所特有的笨拙方式冒出来。他的目光则更灵活，比米克尔所记得的从前的尼尔斯要随意得多。当然，他作为一个立足于自身的男人在这个地方已经有许多年了。

对了，老人已经走掉了，我们的父亲，尼尔斯在想到这件事的时候安静地冒出了一句。在你上次回家看望他之后没几个星期，后来我们把他抬到了外面。现在该有十二年了吧。是的，他那时已经老了。

米克尔沉默着。那些苍蝇在洗净的桌面上嗡嗡地飞着或者落下来跑着。

我简直想不到你会再次走进我们家的门，尼尔斯笑着，避开米克尔的眼睛。但突然他很有感触地看着他的哥哥：我们两个也老了。

米克尔若有所思地抬起脸，点了点头。

尼尔斯谈起了其他事情，他渐渐变得更灵活。他站了起来。

可是，你来了，米克尔！他说。这该是一个值得纪念的日子。我去叫醒他们。

尼尔斯站到门外的石阶上，用很高兴的声音喊着他的三个儿子的名字：安德斯、策尔和严斯。米克尔坐在起居室里，环顾着四周，移动了一下自己疲惫的双腿。啊，好！尼尔斯儿子们的声音从谷仓里传出来，他们是突然惊醒的。其中一个在半睡状态中喊了一会儿，就好像他受到了可怕的惊吓，米克尔听见尼尔斯在外面的石阶上笑了笑。就在这时，厨房的门打开了，尼尔斯的妻子进来了。他的儿子们纷纷出现,每一个都惊讶地看着那坐在板凳上的朝圣者。他们三个都已是大小伙子了。

这是你们的大伯!尼尔斯愉快地说。米克尔仔细端详了这些年轻的脸,并且在每张脸上都认出了家族的特征。

食物摆上了桌子,在米克尔吃着的同时,一家人都围着他坐着。尼尔斯热切地看着他回到家的哥哥,并且为他的好胃口感到高兴。他的妻子和儿子规矩而得体地沉默着,但他们一直带着强烈而友善的好奇观察着米克尔。米克尔吃完了饭,回答着尼尔斯所问的一切。

那个大蚌壳,它有什么特别的意思吗?

它来自耶路撒冷,米克尔说。我们用它来吃路上人们给我们的东西,他们给什么我们就吃什么。

哦,我只是在想!尼尔斯沉默,又重新想了想。突然间,他羞怯而真挚地看着他的哥哥,他想问一件事,但又放弃了,因为屈从于某种他所不明白的东西。他犹豫了一会儿。

嗯,是的,你会在我们这里待一段时间吧?你可得好好为我们讲讲各种各样的事情,你见过世面。

尼尔斯呆滞地看着前方。突然间,他把背猛地靠到了墙上。

这里好像正在发生什么事情,就在我们这地方,他压低声音说道,你没听到任何消息吗?

米克尔从餐食中抬起目光,摇了摇头。但尼尔斯的表情告诉他,这是他们接着要谈论的事情。其他人都知道尼尔斯所指的是什么。他的妻子带着害怕的神色向下看,而大儿子策尔的脸变得紧张而警觉,就像一个蹲下准备要蹦出去的人。

下午,米克尔和尼尔斯出去,在周围走了走,看了看庄园的情况。现在尼尔斯不再在铁匠铺上花很多时间了,他买了地并且耕种。他现在弄了一个大农场,被称为艾尔凯尔农庄,是沿河最大的地产之一。走了一会儿,他们在田野里站定,尼尔斯变得特别不安,但同时又镇定下来。他从地上收割后剩下的麦茬上取下一根麦秸,带着一种坦然自若的镇定说着话,这让米克尔感到害怕:

我们正在进入战争,战争将爆发,他说着停顿了一下,鼻子喷了几次气。然后他继续用非常平淡的声音说:

是啊,你当然不知道这情况,因为你已经在国外待得太久了。是的,我们这个地区会有战争,我们这里的其他人都准备进入战争,现在你听我说……

然后,尼尔斯讲述了这是怎么一回事。这个国家有着太持久的动荡。贵族们把国王囚禁在森讷堡,国王克里斯蒂安,但现在全国农民都希望他重获自由。他们想由自己来主持公道,温德尔人早就已经做出了决定,而在撒陵,农民也开始聚集起来。

我们希美兰其余地方的人,不想落在后面,尼尔斯宣告说,他几乎控制不住自己的情绪。我们已经开始磨斧子了。

尼尔斯用手揉着发热的眼睛向前迈出步子,大声地咳嗽,清着嗓子。来吧,跟着我,你得看一下!

尼尔斯在前面向回家的方向走,他把米克尔带进了小铁匠铺。里面什么都没变,和老策尔活着的时候完全一样。

我们最近有很多事情要做,尼尔斯低声说。但策尔和安德斯都很擅长用铁锤。我们给人们装好了大量的镰刀,给它们加上了手把。我们也花了一些时间来为我们自己准备武器。看,这里!

尼尔斯从角落里拿出一把新铸成的大斧子。斧刃上仍然跳闪着淬火后彩虹的颜色。

我们做了很多这类东西，尼尔斯低声说道。他伸手进去拿另一件。

看，这个是我自己的，你还记得它吗？是的，我为它装了新的钢把。

米克尔认得出这把斧头，如果记得没错的话，这是他父亲的。

老人家不愿舍弃它，尼尔斯说，因为当年我们的祖父死在罕地区的奥皋原野，这斧子是从他手中拿下来的。那是在九十三年前。就是在那时，农民们去打仗，被打得稀里哗啦。这一点我们现在可不能忘记。

安德斯、策尔、严斯！尼尔斯带着非凡的权威叫喊道。三个高大的年轻人几乎立刻就在那里站好。于是，尼尔斯抬起他那不起眼的头，把手放在祖先传下来的斧子上。他的儿子们站在他周围，紧张地看着他的脸。他什么话都不说，但他们理解他。

米克尔垂下了目光。他不愿看着带有战争之心的弟弟。这与他并不相配。米克尔仍感到苦涩的羞愧，但他回想起他们的父亲，他是一个更高贵的人。

在接下来的日子，许多人到尼尔斯·艾尔凯尔这里来，带着一些要被改制成武器的工具。话题很多，有时候谈话很激烈，但一般都是安静而克制的，都是关于即将发生的事情。米克尔获得的印象是，尼尔斯所说的话在这个地方的人众里是有分量的。然而，还有一个人，他是住在格饶博勒的，名叫索伦·布洛克，则是公认的领导者。如果这样的事情发生在老策尔的时代的话，那么老策尔不可能会是别的什么角色，必定是首领。

局势很快就变得越来越不安宁。几乎每天都有一些骑手在路上飞一样地驰骋，你常常会遇见一些从不认识的农人。时间也跑得很快，九月就这样过去了。

我们其实可以很容易地为你找到一些别的衣服，尼尔斯有一天对米克尔说，他脱口说出了这件他想了很久的事情。米克尔笑了笑。

如果你想和我们一起干的话。尼尔斯站着，向他捧出一整套衣服。

但是米克尔摇了摇头。他考虑过这件事，他觉得自己已经老了。

不，尼尔斯，他严肃地说。不，我已经在我的那些年代里经历了足够多的战斗，尽管那是在为一些与我根本无关的事业而战。现在我已经累了。现在有的是成年人，在我开始作为士兵服役的时候，他们还是婴儿。不，如果我要为国王做些什么，那么会是在另一个环节上。但是你可以让我留在这里，看事情怎样发展。

尼尔斯点点头，失望，但仍觉得他说的有道理。

接下来是几个非常安静的日子。一切准备就绪，人们只是在等待。大多数人有着这样一种感觉，仿佛这战争必定会从外面开始。没有人真正知道它将怎样开始。尼尔斯每天都用水梳理他稀疏的铁灰色头发，就像是要去出席一些庄严的场合。除了一些必要的事情，庄园里的人们不做什么别的。三个儿子大部分时间都不在村子里，而是在格饶博勒和其他年轻人在一起。尼尔斯的妻子织着裤袜，她整天坐在长凳上，像一个几乎不呼吸的人，上上下下地忙着。

这几天，尼尔斯和米克尔谈了很多关于他们父亲的事。

尼尔斯在庄园里来来回回忆着一些小事情，并且深深地沉浸在对老策尔的回忆中。米克尔穿着白色的朝圣者斗篷跟在他身边，听他讲述过去的那些琐细小事。一旦开始讲起来，尼尔斯就是一个活灵活现的讲述者，以一种特有的轻微幽默进行渲染，每一个哪怕很短小的故事，都给予了米克尔丰富的幻想。米克尔则几乎不说什么。

最后一天，尼尔斯终于说出了他显然是尽可能久地推迟不说的事情，他推迟，是因为这直接关系到米克尔本人。两年多前，一对奇怪的人从撒陵来到这边，他们各处询问，要找米克尔。其中一个半老而多少有点酗酒倾向的提琴手名叫雅各布，另一个是他带的聋哑小女孩，一个显得病恹恹的小不点儿。雅各布解释说，因为没有什么人想要她，他把她领养了下来。她是一个名叫英格尔的女孩和一个估计挺有地位的男人的女儿。那男人名叫阿克塞尔，他被人杀了，估计被埋在格饶博勒的墓地里。现在雅各布想帮助这小女孩找到她的亲戚，这样他们就可以照顾她了。不过他们现在寻找米克尔的原因却是……

尼尔斯此时中断了自己的叙述，并看着他的哥哥，就仿佛是让他在心中有所准备。

是的，安娜米德死了，他小心而温和地说道。

米克尔一动不动。这对他是个打击。但这就仿佛是他已经等待了一百年，这个消息，没有让他感到痛苦。他已经知道了这事，或者他的意念本身已经在这一点上死去了。

是的，尼尔斯沉默了一段时间后继续说道，这件事发生在很久以前。她已经死去很多年了。但现在我觉得我应该告诉你那个提琴手来这里的目的。他解释说，这个叫英格尔的女孩，该是你和安娜米德的孩子。这样，你就是雅各布带来的那个小女孩的外祖父。他叫她依德。他们在这里待了几天，然后就离开了，我不知道他们去了哪里。

尼尔斯沉默了一会儿，让米克尔有时间去想一下这些事情。既然米克尔没有说什么，他就继续说道：

你看，事情肯定就是这样，克沃那的斯特芬可能从来就没有真正喜欢过他的继女英格尔，尽管他像一个父亲所该做的那样，像样地照顾好了她。但是她的情况却非常糟糕。她所得到的丈夫——人们几乎不知道那人是谁——他死了，是的，他死了……

尼尔斯停下，抽了好几次鼻子，然后才能够继续说下去：

她们几乎没有真正见过面，英格尔就在分娩时死了。这就是依德出生的情形。但是因为安娜米德现在也去世了，斯特芬就不想再继续养育她的不是他这一边的亲人了。于是，提琴手雅各布领养了依德。

尼尔斯沉默下来。

现在这事情要开始的话，我们按理可以预期看到斯特芬带着他所有儿子，尼尔斯稍后换了一个思路解释道。他和安娜米德生了六个儿子，另外还有几个女儿，全都长大了，和我的孩子们年龄差不多。

在尼尔斯讲述所有这些事情时，他们是站在外面的。黑暗降临。现在他们俩都长时间地沉默。米克尔把头藏在自己的帽子里。尼尔斯走进田地赶了一下几只羊。走回来后，他静静地站在米克尔身边，想说些什么，但又说不出来。

你想说什么，尼尔斯？米克尔高声问道。

我听说了一件事情，是说，尼尔斯非常困难地结巴着。如果这是真的——当然，这或许和我没什么关系。但我想说一下这件事，因为也许我们分开后就再也见不到了。格饶博勒的人说,杀他的人是你,那个阿克塞尔——你自己的女婿——为了拿走他的钱。不管怎么说,你那些日子的确在这个地区,但我没有看到你,因为你没有进我们的门。这是真的吗,米克尔?

是的,米克尔带着一种镇定和目中无人的态度回答。尼尔斯从前就很熟悉他的这种态度,而现在也同样马上屈服于他的这种态度。

那么你有你自己的原因,尼尔斯低声说,并松了一口气。我不想去弄明白这是怎么一回事,但你不该经过我的门而不进来。当然,有很多事情是我和像我这样的人无法理解的。咱们回家吧,看看晚餐做得怎样了。

他们站在昏暗的房子外,尼尔斯迅速地低声说:

如果你活得比我更久,米克尔,你肯定会照料一下这里的事情的,是不是?

是的,米克尔用一种很凄凉的声音回答。他们走了进去。

红色的雄鸡

就在这天晚上,格饶博勒的人们看见了对面撒陵的采邑在燃烧。

但是他们仍然不知道该怎样开始行动。午夜时分,他们看到许多火炬在峡湾上移动,一小时后,三艘载有来自撒陵的、带着武器的人们的大平底船靠在了瓦尔普淞。这些人大声喊叫着跳下了船,他们笑着唱着,其中许多人还没有完全从酒中清醒过来。而在希美兰的农民听见与自己同类的人们都像一些被释放出的家畜一样哼着鼻子大喊大叫的时候,血也开始冲进他们的脑袋里激荡起来。

人潮在海岸上的黑暗中涌动。撒陵人的首领,克沃那的斯特芬,向索伦·布洛克提出了建议。大家都还没有真正搞清楚这事情是怎么发生的,整个人群就已经动了起来。两群人融为一体,朝乡下进发了。

米克尔留在庄园的家里。除他之外,还有尼尔斯的妻子,但她哭着上床睡觉了。米克尔站在小丘上。对面撒陵有四处大火燃起,而后又减弱。但是其中有一个地方燃烧到了最高点。时而火光完全地扑盖住了峡湾。米克尔看见,坐落在格饶博勒的那些朝西的白色山墙被对岸的火焰映照得发亮并反射着红光。本来这夜是宁静的。然而在大自然中冒出了一种残酷的景观,水上和云中的红光如此令人不安。这天夜里，有许多本来隐藏在人性深处的血腥丑恶的黑暗面将暴露出自己，公开地呈现在人们面前。

所有来自人群中的声音都消失了，但是米克尔仍然感觉得到他们到了多远的地方。大约一个小时过去了，他知道，他们正在逼近莫霍尔姆。他仔细地倾听着采邑方向的动静，却察觉不到任何声音。十分钟后，他在采邑所在的本来黑暗的地方看见了一团血红色的光芒。大火很快燃起，一道高高的、弯曲的火焰跃入空中。不一会儿，他就看见明晃晃的火焰从那些窗口冒出来。采邑在火焰中被映照得清晰可见，烟雾在夜空中喷涌着，黄绿色的浓烟。不过仍听不见什么声音。

米克尔坐了下来。时间对于他变得很漫长。过了一会儿，他感到有点困，便走进起居室，躺在长凳上。他醒来的时候正是拂晓。尼尔斯的妻子仍在被子下哭泣。米克尔走上小丘，看见莫霍尔姆差不多被大火烧毁了。大量的烟雾从地面升起，似乎有一个铜红色的光环围绕着整个废墟。透过烟气可以看见四处黑色的、炸开的墙壁碎片。这是日出之前的宁静时分。烟雾弥漫在整个河床和山谷上，缓缓地向西飘着。当米克尔闻到火焰的气味时，他有一种对那烧灼着的热量的感觉——这热量曾在那里烧灼，他的心开始猛跳。

但是当他转过身时，在北面更远一些的地方看见了一场新的猛烈火灾。那肯定是斯汀纳斯列夫的采邑。火舌发白，几乎隐形地在黎明时分窜起——赤裸裸的烈火——烟雾像一只轮子在上面的空气中高高地翻滚出来。

现在太阳升起了。米克尔可以听见鱼在小河中猛扑向水面上的苍蝇。

半小时后，尼尔斯最小的儿子严斯回来了。米克尔看到他远远地在田野上奔跑，并且不断地奔跑。他的嘴唇非常干，以至于无法盖住牙齿。在他到了院子里的时候，他的胸腔像是在拉风箱。他直奔井口，在水槽里直接就喝了起来。他抬起头时，米克尔留意到他的眼神：他看见过血，并且已经失去了控制。

你父亲在哪里？米克尔厉声问道。

他没出事，严斯回答。我要把这个消息告诉我妈。

这孩子仍惶惶不安，说话有点语无伦次，米克尔无法从他那里得到任何确切的信息。严斯再次把脸埋在了水槽里。

现在，你照顾好你母亲，米克尔带着训斥的语调说，然后他沿着小河迅速走向莫霍尔姆。

他到达那里时，大多数农民已经离开了采邑。只有十来个人在很平静地走动，忙着打理从燃烧着的建筑物中救出的财产。米克尔认识其中一个当地人，他问他发生了什么事。那人若无其事地回答他。对啊，他们把采邑给烧了，正如他所看见的，这事情发生得很快，也没有持续很久。现在其他人都跑去斯汀纳斯列夫放火了。等他们回来的时候，大家难免要狂吃猛喝一通。这人指了指那正被拖出去的一大堆肉和酒桶。阴燃着的废墟附近，热得让人受不了。

难道采邑里面就没有人防守吗？米克尔问。

当然有人防守。地主早就风闻了动静，知道这事情会发生，所以他在采邑里聚集了不少人。但是对打的时间并不长，农民的人数要多得多，因为这采邑没有修工事加固，所以农民们就可以直接攻进去。欧德·易瓦尔森和他的一个儿子很快就被杀了，还有他们家很多仆人、帮工也死了。

地主的其余家人还算幸运，都逃走了。农民们这边死了十来个人，很多人被砍得一塌糊涂。克沃那的斯特芬就在他们跑进院子的时候马上被射杀了。

米克尔环顾着四周。其中有一个人正捡拾起屋顶上熔化后落下并在草丛中重新凝固的铅，它仍然很热，这人骂骂咧咧地吹着手指。其他人也忙着捡拾并看守着他们刚刚烧毁的庄园剩下的那些残余物。

你们把尸体放在了哪里？米克尔问。

他们都躺在菜园里，其中一个随口说道。等索伦·布洛克回来后，我们会让人把他们扔走的。

米克尔沿着冒着烟的热墙进入花园，他看到二十几个人的尸体被排放在苹果树下的草地上。他们是被有意分别放置的。农民放一个地方，另一个地方是欧德·易瓦尔森和他的人。除了克沃那的斯特芬之外，米克尔不认识那些死去的农民。斯特芬是一个非常粗壮的男人，他的背心上有银色纽扣，他躺在这一排的最外面。距离他只有几步之遥的地方是欧德·易瓦尔森，他的小儿子紧挨着他。他们两个的头都被打碎了。当米克尔看见他早年的敌人时，他的心在胸腔里收缩起来。他感觉到一切怎样随着时间消失，而时间本身则又化为乌有。他在斯特芬和欧德·易瓦尔森之间的草丛中坐下。是的，他们已经死了，带着血块凝结的伤口躺在那里。这位壮实的农夫躺在地上，他的下巴压进脖子，腹部在身体另一侧向里面坍陷进去；有人为他合上了眼睛。欧德·易瓦尔森的眼睛则睁得大大的，不过眼球缩小了。欧德·易瓦尔森是秃头，他的胡子是白色的。生活在他脸上留下的特征，现在在死亡中表达出一种苦涩的不满。在他的身边，在他死去了的手臂之下，躺着他的一个儿子,他的额头和头发被打烂成一堆;他留有小胡子,年轻时的欧德·易瓦尔森也留过这样的小胡子。

在这里,现在,我们三个人都在,安娜米德,米克尔想着。他张开嘴巴,但没有发出任何声音,就像一条在草丛中窒息而死的鱼的嘴巴。现在我们全都聚在一起了——你所爱的人,爱你的人,与你结婚的人。安娜米德,你的男人们在这里!

失 败

晚上很晚的时候,尼尔斯带着策尔和安德斯回家了。他们身上全是灰尘和污垢,不再年轻的尼尔斯到了门前几乎就瘫倒在地,而且无法再向前爬动。除了莫霍尔姆和斯汀纳斯列夫之外,他们还参与了去火烧另一个东边更远一点的采邑。但尼尔斯对这一切并不感到高兴。他扑倒在板凳上向米克尔叙述发生的事情。

我不喜欢这事,他心情沉重地说道。如果不是因为撒陵人,我们本来是可以跳过莫霍尔姆的。他们说是我们希美兰这边的人到撒陵那边开的头。好吧,我们的地主可能最后也不算什么好人,但不管怎么说,我还是觉得,当他们攻击他的时候,他是无可指责的。斯蒂芬也在那里了结了生命!哦,我们气势汹汹地跑到那里,而我几乎不知道是在对谁使用我的斧头,对谁没有使用。斯汀纳斯列夫的地主在他们杀死他时像猪一样地尖叫着。但现在我们已经开始了,做出的事情也不能再证明成没做过,所以现在我们只有继续把这事情做到底。明天我们要去北方与温德尔人会合。是的,但我认为战争是另一回事,你可以肯定我是这样想的。

第二天,他们出发,米克尔和他们一起去了。严斯待在家里,照料母亲和农场。他们肯定会没事的,尼尔斯认为,因为周围的地主们都已被杀死了——所以，他们所做下的事情，也许不会招致什么麻烦。

就这样，日德兰半岛的农民们起来了。这段时间完全是无序的。就这样，十四天下来，各地都有人群今天来这里，明天去那里，放火，狂饮，不久之后就没了方向，不知道下一步该怎么办。在农民们像植物一样被从他们的根基上拔出来，并被扔进一个无法无天的世界时，事情就麻烦了。只要他们相互认识，那么就还算有一种团结，但是当人们来自两个不同的地区时，他们相互间本就有着五分敌意，或可以说亦敌亦友。当两群人统一在一个首脑之下时，至少会有一群是不相信他的，然后，在一群之中又有多个领导人，他们在自己的群落里做决定时相互又无法达成一致。他们从一开始就缺少首脑。当来自整个北日德兰半岛的各路人群聚集在一起的时候，船主克莱门特做了他们的司令。当他们聚集在斯文斯楚普城外时，有六千人带着差不多同样数量的武器。他们在这里与贵族们交战。后者只有六百人，但骑马并且身穿盔甲。农民得胜。

十月的早晨，米克尔·策尔森站在一个土坡上，看贵族的情况有多么糟糕。这两股力量在日出时相互靠近对方。它们并没有在这整个环境中占据太多空间。就像两片大小很不一样的黑暗斑块，在苍穹之下辽阔的大地上相互趋近。大自然本身对此无动于衷。这是一个灰色的早晨，雨后地面寒冷。米克尔朝那些低矮的小丘望出去，想着，一代代人像云朵的阴影一样走远，消失，只有这片土地是永恒持存的。

然后这两个斑块相互冲撞向对方。但是贵族的一方人太少了。米克尔能够在远距离外看到那些农民是如何成群地围着每个单个的骑手，并像打谷一样将他从马鞍上打下来。天色的能见度很好，米克尔看见，当农民们猛打着这些贵族时，尘土是怎样从贵族们盔甲下的衣服上冒出来的。风时不时会把喧嚣带到米克尔所站的坡上，他可以听到农民斧头击中骑兵盔甲时发出的砰砰声。但是，在贵族们认识到自己的失败之前，他们也砍杀了很多农民。战役逐渐进入了血刃战的状态，稀疏的火枪射击已完全停止。一个贵族被掀下马并在地面上被殴打，周围一大堆农民围着他，就像许多苍蝇围着一块糖一样。许多贵族开始掉转马头想找躲避的地方。

米克尔所站的坡下有一个雇农在耕作。但他甚至在那边战斗激烈的情况下也没有让他的老马停下。他可以轻松地同时扶犁和观看。

最后，正如人们所预料的，贵族放弃了战斗。他们不得不放弃，在野地上全速驰骋，向南逃跑。这一次，他们过分信赖了自己的尊严，而忘记了斧头之前所有人都是平等的。许多贵族都在那场遭遇战中丧生了。

但这是丹麦农民最后一次完成的一场"自己尚有战斗之权利"的战役。因为这是他们的最后一次取胜。两个月后，他们失去了这一权利，并因失败而被判定为叛乱者。因为这次失败，丹麦人停止了其"作为一个北欧民族"的存在。

这是一个悲伤的日子，当农民们守卫奥尔堡并惨遭失败时，米克尔在看着。冬天到了，天气很糟糕。约翰·兰曹带领着人员得到扩充的贵族军队，而且他还带上了德国雇佣兵和火枪兵。

他们毫不手软地开始了。面对约翰·兰曹用来对付他们的现代火枪，农民们眨巴着眼睛。每颗呼啸而来的枪弹都是他们无法看到或抓住的敌人。这使他们气馁，他们只知道有一种战争，就是一场人与人对打的战斗。他们的父辈也不曾向他们传授过任何与战略计谋有关的东西。在他们终于进入他们如此真挚地想要的"近身肉搏"并且捏紧了拳头的时候，这时显然已经太晚了，因为这场战役早已输掉了。

这种处境是毫无希望的。农民们发现了这事态不对，他们就往外冲，就像一只在一群狗之间挣扎的獾，他们绝望地作垂死搏斗，每个人都使出三个人的力量。在他们能够让手中的武器进入肉搏的距离的时候，他们当然会用镰刀和大切刀将贵族们几乎都切碎。但很快他们的队伍就被分割开了，他们被包围了。残酷的事实摆在他们面前，他们被命运出卖了。

最后，两千名无法越过利姆海峡回到家的温德尔人被屠杀了。训练有素的雇佣兵围困起他们，贵族用马蹄践踏他们。他们在那里挤作一团。当胜利者要杀死他们时，他们朝四面八方又砍又捅，他们在刺骨的冬天里哭着，他们哭泣着倒在雪地里，头被劈开。

最后一小群人发疯似的抵抗着，带着暴怒的尖叫声，他们咬牙切齿地哭着，然而，剑就在他们头上。铁和铅射穿他们的小羊皮大衣，进入他们颤抖着的身体，而钉锤砸碎他们的手，透过毛皮帽敲烂他们的头，没有一丝仁慈，直到他们中的最后一个被消灭。

如果克里斯蒂安国王杀死斯德哥尔摩的所有而不只是几十个贵族的话，那么就不会有这么多人在那之后哀叹。斯德哥尔摩砍头事件被叙述了几个世纪，但从来没有人在史书中痛心哀悼过约翰·兰曹在奥尔堡残暴地碾碎的两千人。在那里,农民们被如此彻底地碾碎,乃至连关于这不公正事件的故事都没有被流传下来。那次战斗之后,日德兰上空笼罩着一种沉重的静寂。

很多人没有回到格饶博勒的家。尼尔斯·策尔森在奥尔堡阵亡,他的大儿子在斯文斯楚普的战役中也跟着去了。米克尔在奥尔堡城外找到了他弟弟的尸体,用泥土覆盖起他的脸。尼尔斯,一个值得尊敬的人,在战场上倒下,他的背部被一颗炮弹击碎。

他第二个儿子,安德斯,苍老而憔悴地带着消息回到家。这之后,他就作为莫霍尔姆新地主治下没有人身权利的人开始在采邑做工。

时　间

　　时间流逝。时间占了上风。日子蔓延开，年岁就像一种超越人类力量的传染性邪恶一样地传播着。民众决心要做的事情，他们已经开始了一半；他们在遥远之中隐约地看见是完成的事情，时间则将之作为一堆弄糟的事情扔到他们的面前。所以到现在，这一切已经是很久以前发生的事情了；老人们把它作为某种自己能够记得的东西来谈论。摸索着的初次尝试被时间丢到了一边，但在太阳球体已经把火焰和灰烬旋转进下一个世纪的时候，这结果就已经是各种最终的事实了。那些人沉入了地下，被遗忘，但他们在这行动中所做的努力却仍站立在路旁，像隐约不定的纪念碑，直至永恒。他们的历史看起来就像是大洪水之后的一片风景：砂砾堆和带着裸露的根部的黑树覆盖着荒凉贫瘠的大地，目光所及之处只有盐和泥。

　　古斯塔夫·特罗勒——他在欧克斯纳贝尔格的战役中伤于致命的一击而瘫倒在地。他在盔甲之中，四肢伸展开躺在那里，从头到脚都有铁衣包裹。他感觉到内心同时被痛苦和真挚的喜悦占据。他在这致命之伤中回想着自己的生活和作为。无疑他因为自己被砍倒而怒火中烧，但心中激荡的思绪是如此猛烈地袭向他，以至于在疲惫和悲惨中，他能够向降临于自己的最终安息致意并表示欢迎。由于一系列荒谬而毫无意义的事情得到了一个合理的终结，他的死亡倒是获得了意义。除了对未完之事，他觉得没有任何后悔。他躺在这里，回到了初始起步的地方，尽管他已成了一个老人。他为一项事业而选择了孤独，因而他在孤独中死于这项事业。他的生命框架已经完成，除了无常和匮乏之外，没有任何其他东西。关于他，可以这样说，为了一些他所不认识的目标，他把自己隔绝起来，并且让自己对一切有生命的东西怀有敌意。古斯塔夫·特罗勒感觉到自己的命运已成定局，他终于在屈服之中品尝到了甜蜜。他躺着，温暖而顺从。当他感受到致死的高烧来临时，他在一生中第一次心甘情愿地放弃了抵抗。

人们在他失去知觉时抬走了他，他没有再重新获得清醒的意识。他躺在一幢房子里，像囚犯一样被看守着。人们走来走去，听见主教在狂笑。他们看到他躺在那里如魔鬼般脸颊泛红，嘴唇周围有着怨恨。他神志不清，那双灼热的眼睛里有一种超乎寻常地进行探究和警示的目光。从他的死亡挣扎开始时起，人们就听见他在神智昏迷的状态中喋喋不休的喊叫或者哭泣，就像一个钻牛角尖的孩子。他躺了一整天，随着生命和对抗的力量在他身上消退，一次次啜泣间的时间间隔越来越久。这场死亡挣扎持续了两天。当他口吐白沫并且诅咒着他似乎看见的幻景时，他被突发的恐惧击中。当阵阵抽搐抓住他时，他的四肢收紧，像钢弓一样跳起，或者他在阵痛之中僵硬，整个身体打成结，硬得像石头。最后一夜他获得了对痛苦的缓解，在高声呻吟中喊叫起来。在整个身体出现一阵剧烈的痉挛之后，他在尖叫中死去。

在菲英岛的欧克斯纳贝尔格战役之后，岛上的防守被打破了。现在只有在西兰岛上，丹麦人还能够将他们的生命和财产托付给克里斯蒂安国王。在他们也被打垮时，约翰·兰曹就征服了整个国家。他不得不从自己手中强拧出国家的每一个单个部分交出去，就像人们一条腿一条腿地把一匹顽固的马拉走。十年前是这些丹麦人背离了国王，现在则同样还是这些丹麦人，他们想着，他们宁死也要让他做他们的国王。是的，丹麦人是变化无常的，正如他们同样也是顽固的。哥本哈根被围城一年。最后几个月里，他们尽人类所能地降低生活所需；一开始，他们吃拾荒拉克人和异教徒们不光彩的食物，马肉、猫肉和狗肉，然后他们像最低级的吃蠕虫的野蛮人一样以老鼠和甲虫为食。最后，他们像野兽一样吃起腐肉和其他垃圾。小孩子们死在母亲的乳房旁，就像在真正的饥荒期间所一直发生的那样，也有许多人，当他们站着或走着的时候，倒下就死了。在他们为国王保卫这座城市而遭受无法形容的痛苦之后，在他们承受了所有苦难并经历了所有痛楚之后，他们终于投降，并交出了这座城市，使得这伟大的徒劳能够得以完成。

安布罗西乌斯·波丙德，克里斯蒂安国王童年时代的朋友，他在对国王的事业的热情之中从来不知有保留，他服了毒。他的生命和精力瑟瑟作响地返回自身之中，就像是沿回旋镖的轨迹飞了一圈。

一年后，严斯·安德森·贝尔德纳克在吕贝克作为一名流亡者死去。他最后几年的生活过得很平静，因为他已经到了年龄，再加上他还是一个跛子。从不曾放过任何人的严斯·安德森，在他落入敌手时，他受到了极度的虐待。当他们通过对他进行缓慢而残酷的折磨来满足多年的报复欲的时候，他已是一个老人。

那些在他最受宠的时期像毒箭一样放出来射向上帝和普通人的讽刺性笑话,在他现在变得脆弱的时候,被射进了他自己的身体。他们把这个倒下的教士外衣剥尽,裸露出皮肤,将蜂蜜涂在他身上并将其放在阳光下作为苍蝇和蚊子的目标。看他,这个被年龄劫掠、被赤裸地置于一群昆虫中的精神巨人!这是一个伟大的主教和士兵,这是一个不知疲倦的牛商、玩家和法学家!这是一个炼金术士,一个坐在马鞍角上用《圣经》施法术的魔法师。他的时间已经结束,时间已经从他身上退出并离开。这种毁灭同时发生在一个不屈不挠的智者和一个盲目的游戏者身上。在低垂的烟气现在正熄灭的地方,曾有过往昔各种伟业的熊熊大火在这里燃烧!

严斯·安德森,大自然高贵的、天赋异禀的私生子,他的头脑是丹麦有史以来神学和法学的最幸福结合的神殿。按那个时代的条件,他有一颗杰出的审美心灵,他可以用两首非常短小的拉丁语诗来概括他的生活和思想。其中一首是一个简要的墓志铭,另一首被表述在一副短对联之中,那是他的烦恼清单。

但在严斯·安德森短小精悍的诗歌中确实有着真理!他的诗句就像是人类历史的骨架。其中有两句掷地有声,如下:

> 它们折磨嘴巴、牙齿、鼻子、性器官、手臂
> 还有手和脚。[①]

[①] 原文为拉丁语。

国王则作为囚徒待在森讷堡很多年了。奥尔堡战役之后，米克尔·策尔森与国王同享囚禁的命运，并且为此每年接受吕贝克币六马克的报酬。

既然米克尔现在已经得到了与国王一同做囚犯的这一固定工作，那他就得设法安静地生活。在米克尔一生中，他一直觉得自己的命运与国王的命运紧密相连。他们以某种方式相伴相随。米克尔越是向国王靠近，国王就越向下败落！

自从米克尔第一次看到国王，那时国王还是十六岁的王子，酒后在哥本哈根那些富商的店铺闲逛，到现在已经过去四十年了。那时国王有着葡萄酒红色的头发，那时他的手背仍然光滑，尚未被刻上岁月的印痕。现在，他的头发带着冬天的白色，在头顶竖起，像一只被遗弃的鸟巢，他瘦骨嶙峋的双手上则织满了皱褶的条纹和肿胀的血管。

雅各布和依德

　　于是，国王和米克尔·策尔森在森讷堡城堡的防御工事中处于最大的安全监护之下，而与此同时，有两个人——提琴手雅各布和小依德，则在这个国度里无家可归地流浪着。

　　雅各布是个年龄不明的人，在他和依德到处流浪的这么多年里，他没有变老。然而，在他们离开克沃那时依德还是个孩子，她在乡村大道上成长，在辽阔的天空下长成了一个少女。

　　就在安娜米德，她的祖母，被埋葬的同一天，他们离开了撒陵。安娜米德无言地躺在床上，死亡的神圣光辉围绕着她苍老而瘦削的头，这时，她最后的目光落在外孙女依德身上。她所有成年的孩子都站在她身边，但她的目光寻找着依德。在她下葬之后，雅各布抓起这双小小的、得不到保护的女孩的手，带着她离开了墓地。

　　那天，田凫回到了这个地方。当他们走过沼泽时，雅各布听见了它清亮的哀叫。天空在他们头顶上敞开着，他们是自由的，他们向东朝着悬在解冻的地面上方的苍白太阳的方向走去。在整个童年时期，小依德一直能够看见一个距离非常遥远的山丘，那是太阳在云柱之上栖息的地方。现在他们经过了这山丘，是的，他们走到了它的背面。现在，一个全然陌生的区域，特别是对依德来说，就像一道通往外面世界的大门一样地转了出来。

雅各布和依德来到了格饶博勒,雅各布徒劳地询问有关米克尔·策尔森的消息。尼尔斯说,如果他没有死,他就在圣地。得到了这个消息,他们演奏着小提琴继续往前走。雅各布和依德在莫霍尔姆待了两天,并为采邑里的人们演奏提供娱乐。他们没有见到贵族家人。小依德为雅各布的小提琴演奏敲三角铁。她看着他手的节奏敲,他们演奏得很好。她当然是听不见的。但是一天晚上,年老的地主带着他吝啬的脸出来,让他们打包离开,他不想再听他们的吱吱嘎嘎的声音了。于是雅各布重新把他的小提琴放回狐皮匣子,他们手拉手走出了采邑。依德走路的时候,三角铁在她的皮带上像小铃铛一样叮当响。

他们穿过荒野,在乡下一路向北。春天到了,但这春天就像一个哭泣的新娘,要经过反复劝说才肯出来。每天早晨土地都是冰冷的,太阳能够重新开始出现。白天让这日子微笑,但只是为了重新把它包裹进灰蒙蒙的色调之中。云朵在潮湿的风前升起。早上下雨,晚上潮湿。然而,那总是怀着希望的,却恰是这永恒地处于疲倦的无常变换。

雨把依德的头发冲刷到脸上,淡黄色的头发,太阳又晒干了它们,所以她的头上点缀着闪亮的乱发。雨天持续得最久,依德走在路上,用她潮湿的、淡得像亚麻一样的头发下面的发白的眼睛,朝着前方看。

依德雨中发,雅各布自言自语,以鼓励的眼神看着她。

现在,丹麦所有的鸟都回来了。每天早晨,太阳闪闪发亮地跑出来擦去田野上的霜冻,椋鸟充满激情地吹奏着。百灵高高地展翅悬浮在贫瘠的田野上空,啭鸣着。风吹过斜坡上枯萎的草地,并且在耕地里冰凉的蓝色水面上拂起涟漪。第一朵黄色的花朵从泥土里凝视出来，燕子默不作声地骑着东方的风暴。然后这一切终于寂静下来。一个个温暖的夜晚。万物生长。蟾蜍们开始在各种水沟小溪里隐蔽而欢快地尽情鼓噪。土地变绿，青蛙们唱着它们关于大地上的繁荣茂盛、无边无际的夜晚之歌。

路边的沟壑变绿了，依德喜欢走在这路上，因为有很多东西可以看。她从褪色柳的枝条上摘下白色的柳絮，将它们拿到嘴边，用它们来抚摸着自己的脸颊。她用灯芯草编织绳子，把灯芯草连根拔起的感觉真好。依德看见田地上新生的羔羊，仍然无法站立，靠在母羊向前凑下的头旁。

日子变得温暖，阳光灿烂。五月天，雅各布和依德在奥尔堡为跳舞的人们演奏，赚了很多钱。雅各布给他们两人买了新木鞋，然后他们精神饱满地继续旅行。人们喜欢听音乐，两个人从来不用为食宿担忧。就这样，他们来到了斯卡恩，依德在这里看到了大海。这里的沙子是她曾抚摸过的最白、最细密的沙子。他们一直走到格雷嫩的尽头，雅各布唱着他所写的关于他和依德的一首歌谣。他们的观众只是向他们飞近的那些海鸥。

雅各布笑着，在他唱歌的时候向它们伸出手。依德看着这些白色的鸟打开了它们的喙，但她听不见任何东西，甚至也听不见晴朗天空下大海平躺着发出的吱吱咕咕的声音。这就是雅各布唱的歌：

> 为两个人提供住宿吧，
> 这两个人好忙啊，忙得让人害怕，
> 我们来自一个名叫"距离这里太多公里"的地方，
> 并且正在前往一个名叫"远远离开"的地方。

提供住宿吧!

在我们俩出生的地方,
那些鹅,它们赤脚走路,
就在这同一个大得吓死人的城市,
夜里在外面有一排排房子,
提供住宿吧!

我们在"距离这里太多公里"的庄园,
你们可以相信,它很漂亮,
墙壁是用唯一的一道风砌出,
起居室的房顶由雨水盖成。
提供住宿吧!

如果你们不相信这是真的,
那么你们可以问我的女儿,
她从来就不曾有过父母,
既不会说话也听不见声音。
提供住宿吧! ①

现在雅各布和依德已经去过了他们在丹麦所能够到达的最北面,他们和一个船主成了好朋友,并且在夏日明媚的两个月份里随他一同航行。他们去了莱斯岛和安霍尔特岛,他们看到了兰讷斯峡湾的绿丘,他们停泊在利姆海峡,那里的农民们在海滩推网捕鱼,并且常常在太阳反光的空

---

① 原文为日德兰语。

中卸出。那是些白昼较长的日子。

但是，当夏天即将结束而陆地里的田野都变黄时，雅各布和依德随船主一起开始了驶向西兰岛的长途旅行。他们在赫尔辛约上岸，在那里玩了好几天，很有收获。雅各布经常喝醉，唱歌，在镇上散步。当他在酒醉后睡觉时，依德会隐藏在镇外的黑麦田里。她把成熟的麦草编织进头发，并用温暖的沙尘来沐浴双手。

有一天，镇上发生了不寻常的骚动。所有人都匆匆跑向海港，用手遮挡在眼睛上面，他们急切地指手画脚地说着，并向南指着海峡。强风中有三艘黑色的大船，中间一艘在桅杆顶部悬挂着红旗。不久，赫尔辛约所有能够爬或走的人都在海滩上聚集起来，在所有人中有一种深度悲伤的心境在蔓延，尽管只有极少人知道为什么。在八月天稀疏的阳光中，三艘战舰在海峡的浅水区无声地向前滑行。持续了两个小时后，它们抵达了赫尔辛约。

雅各布向人询问船中驶来的是什么人，后来得知这是克里斯蒂安国王本人。有些人说他来自哥本哈根，在他流亡荷兰和挪威多年后，他到哥本哈根与国家议会进行了谈判，但没人确切知道他现在打算去哪里。所有人都只是有一种预感，觉得他们正在失去他。

当这三艘沉重的卡拉维尔帆船在城外驶过时，船上升着的满帆被风吹得鼓起，这时，海滩上的人群中有一两个人开始朝他们叫喊起来。这些船只就好像向下降了一点，并把海水从钝钝的船头犁开。在那里没有人脱帽致意，没有任何射击声，没有任何信号。

但赫尔辛约所有市民都沿着海滩跟了一段路。海岸边和海岸内的更多农民，在看到这些船后也都跑了过来。老老少少，有好几百人，他们沿着海岸挥着手，叫喊着奔跑，直到他们到达最外面的岛尖。他们在这里停下来，尽己所能地靠近海边，挤成长长的人堆。

再见，克里斯蒂安国王！一个老人叫喊着。那些站在他身边、听见他脆弱的声音的人们顿时泪流满面并重复地叫喊着。

再见！这声音听上去是那么一致，就像暴风之中回旋的风声，从所有人那里同时发出。他们沉默了一会儿，焦虑地用目光追随着这几艘船。夹杂着抽泣和叹息的声音。他们争先恐后地伸展出双臂，向着船不停挥手。然后悲伤的叫喊声再次响起，但现在这些船已经很远了，这叫声听起来不再那么强烈了，而是显得更沮丧。

再见，克里斯蒂安国王！

人群最后面站着一位老妇人，她很难跟上其他人的节奏。此刻，她拄着拐杖站着，因为疲劳而点着头。她古铜色的、枯萎的脸就像是镶在她的头形轮廓线之中，她哭着，当那叫喊声涌动的时候，她用嘶哑的声音高喊着：

再见，克里斯蒂安国王！

她站着，虚弱的背部因为年岁而完全佝偻了，身子不过两英尺高。作为老人，她几乎不知道这里所有人的共同痛苦是怎么一回事，她只是在为这种痛苦而颤抖和哀号。这位小老太太是孟德尔·施派尔的女儿苏珊娜。

最后一次哀叹声响起：

再见，克里斯蒂安国王！

提琴手雅各布从狐皮匣子里拿出他的小提琴，拉了一段不成调的曲子，当他拉的时候，泪水流进他绝望地笑着的嘴角里。小依德站在他身边奏着三角铁，她看见所有人都张着嘴巴惊跳起来，就仿佛有什么事激发出了他们的痛苦。她在嘴里滚了滚舌头，就仿佛是想要搞清楚这一切。

无家可归

提琴手雅各布得知,依德死去的父亲阿克塞尔出生于赫尔辛约;他是犹太妇女苏珊娜·南坦松的私生子。雅各布和依德与她进行了交谈。她住在城中心的一幢大豪宅里。苏珊娜谈到了她的丈夫和她长大的孩子,但她也坦然承认了自己四十年前犯下的错误。她承认阿克塞尔是她的儿子。然而在他出生后,他很快就被陌生人领养了,从那之后,她就再没听到任何关于他的消息。当然,很可能依德是他的女儿。老太太看着依德,但她没有认出相应的特征。依德看起来更像她的外祖父米克尔·策尔森。因为雅各布和依德仍站在那里,不知所措,老太太就给了他们一些钱和吃的东西。因为这天是星期六,她恰恰时间也不多。

雅各布和依德离开了赫尔辛约并穿行了整个西兰岛。这花了他们两年时间。然后,战争爆发,乡间大道变得很不安全,雅各布就带着依德坐船到萨姆斯岛,并在这里流浪了一年多。依德长大了。岛上的人们对他们俩都渐渐地熟悉了,后来民间便有了很多关于这个不期待任何东西的提琴手的故事。战争结束后,雅各布和依德又重新流浪去了日德兰半岛。他们开始思念故土。然而,在到达家乡之前,他们得知以前认识的所有人都在战争中丧生了,因此他们根本没在克沃那停留,而是直接穿过村庄,也没有碰上什么让他们停下的人。他们在克沃那不再有家了，甚至就好像从来不曾在那里有过家。

一年后雅各布和依德再次来到斯卡恩。他们转过身，背对着那两片在格雷嫩之外相撞的大海。他们向下看那令人晕眩地向南方深入伸展的陆地。雅各布笑着，抓起他的哑巴同伴的手，沿着北边的海滩走了下来。

秋天的风暴在周围呼呼地刮着。他们走在海岸前滩上，并且经常不得不在一阵强劲的海浪压向整个海岸的前滩时赶紧跑上沙丘。空中凉爽而晴朗。海鸥默不作声地顶风向上冲刺。苦涩的白沫飞出海浪，高高地飞向陆地，然后挂在沙滩上，像被冻坏的鸟一样在风中瑟缩着。天很低，云朵总是从西北方跑出来。

晚上，雅各布和依德来到一家渔人的小屋，这是他们在荒凉的海滩上唯一能看得见的房子。雅各布站在门外，从最低音到最高音在小提琴弦上用力地拉弓。门马上就开了，一张被打动的脸出现了，那是一位老人的脸。三四个小孩子翻着筋斗出来了，一个滚在另一个上面。

多么奇妙的声音啊！雅各布演奏着，它听起来就像金子、钻石和色彩鲜艳的布料。小提琴就像一颗散发出红色、蓝色、黄色和白色火焰的星星。它用魔法变出鲜花的景象。在它里面有着一颗狂放不羁的心灵。

请进屋，老渔夫在雅各布演奏完之后庄严地邀请。他们在屋里坐下，得到了很好的招待。人们对于能在自己家里欣赏到音乐演奏的喜悦是无法形容的。在雅各布又拉了几个音之后，这位受赡养的老人突然敲打起桌子。

我的儿子今天在海上，他带着一种意味深长的眼神叫喊道。今天我想做决定。索丽娜！

但是他的儿媳是那么温柔。老人的火气消解了。他在桌子一头得意地站起来。他穿着白色的土布衣服，戴着白色的帽子，有着麦草黄的头发和胡须。现在他又成了他在尚未变老前的那个人。

索丽娜，拿酒瓶子来！

唔唔——咿！雅各布的手指在小提琴上疾驰。但是，当瓶子被放上桌时，他又转入了轻柔的、感觉像是在亲吻一样的旋律。

这是烈酒。那天晚上，小木屋并没有处在沙流的中央作为躲避秋季暴风和黑暗的悲惨的避难处。泥炭灯像太阳一样燃烧，在房顶之下悬浮着南方国家的温暖。很快，整个起居室像一辆熊熊燃烧的马车一样上升，这车上的车夫是雅各布，带着一种不顾一切的神情，在小提琴上拍打式地演奏着，而老渔夫在他的长木椅上摇晃，在新的青春之中容光焕发，依德和家里孩子们的天使面孔在这空中的海螺壳的上方飞舞。大海的浪涛在海滩上沸腾，风暴将飞沙推向猪膀胱绷成的窗户，但是当他们庄重地驾车穿越所有泛着气泡的七重天空时，是星星在掸去他们身上的灰尘。

第二天一早，雅各布醒来时心情不是很好。他叫醒了小依德。他们静悄悄地走出了这家人家。屋里的人们都仍躺着，表情茫然地在睡觉。他们沿着海岸继续向前走。

秋天将他们从夏季的手里接了过来，他们走进那些短暂得令人消沉的白天。这时他们感觉到了所有候鸟已经离开了这片土地，寒冷进入了空气中。

然后有一天，当他们从海岸边朝陆地走去并且一直总能够看见韦斯特维的教堂时，落下了这年的第一场雪。

在森讷堡城堡

但是春天和夏天又来了。

雅各布和依德就这样不断地旅行着。就仿佛这个国家的每个地方都渴望着他们的到来,尽管他们几乎忘记了要做的事情,他们仍越来越忙。七年来,他们在丹麦到处流浪。他们到来时,每个人都认识他们,并且善待他们。不过他们在利姆海峡周围尤其为人熟知,一年中大部分时间他们都在那里巡游。民间流传有很多关于提琴手雅各布的故事,他的歌谣也被人们不断地传唱了很多年。他是个可怕的家伙,雅各布,唱歌和演奏他都行。在他酗酒的时候,他就多才多艺,而他也没有少酗酒。有一个关于他的故事,是说一天夜里他如何在比约恩斯霍尔姆附近的小树林里为跳舞的人们演奏。他喝了酒。当人们第二天早上找到他时,他的弓找不到了。他并没有因此就束手无策。他拿起自己的手杖,在上面擦了擦松香,然后用它来拉琴。你不得不钦佩他。的确,他是个有本事的人!

但是有一年,提琴手雅各布和依德没有来利姆海峡。人们也没有在丹麦的其他地方再看见他们,从此他们再也没有出现过。

就是说,雅各布终于找到了依德的祖父米克尔·策尔森所住的地方。他们立刻出发前往阿尔斯岛。依德现在十九岁了，所以现在该为她找一个得体的去处了。

那是十月初的一天，他们坐船驶过阿尔斯湾。树林带着海岸线褪色的边缘旋转，红色的城堡向着海滩裸露着。当他们就要到达岸边时，一大群雪白的鸽子从塔上飞出来，猛冲向海峡，向着苍蓝的天空，时而可见，时而又没了踪影。雅各布看着它们，向依德点点头，这是一个好兆头。他们快乐地坐在渡船上，拥抱着花束。雅各布看着自己的木鞋，其中一条带子断了。是的，现在是时候了……

但他们并没有马上交上好运。第一天，他们被拒绝进入城堡，于是不得不在城里寻找旅馆。第二天，雅各布设法与城堡主管贝尔特拉姆·阿勒菲尔德交谈。他同意考虑一下。事实上，如果一个人要进去见国王，他就必须打通很多个关节。最后，在第三天，他们走过了吊桥，并获准在外院为城堡里的人们演奏。但是，当他们终于在中午能再次去城堡主管那里的时候，出现了一个新问题：他们此行的目标，米克尔·策尔森，即将外出旅行。

他们只是看见了他。主管允许他们进入城堡庭院，而就在他们进院子的时候，米克尔正要骑上马。这老人站在台阶下面，台阶向上两级，站着国王，与他说着话。雅各布和依德仍然站在城堡的拱门下，只要国王还在那里，他们就不想走出来。

米克尔要出发了，这要花不少时间，有很多准备工作要做。马在铺路石上踢着刮着。国王的声音在围墙高耸的院子里回响：不会有更多事了。米克尔·策尔森穿着精美的新衣服，绿色裤袜和棕色紧身上衣。他一次又一次地围着马走动，把手指伸进马鞍肚带下检查着马缰绳。这是一匹年轻而好动的马，而膝盖有伤的米克尔似乎并没有急切的勇劲。

现在你该准备好了吧，米克尔，国王喊着并且不满地笑着，你倒是给我上马呀！

米克尔礼貌地倾斜了一下他的头，并结束了检查。现在是时候了。一个站在马嚼子旁的马夫牵着马，他尽可能地向后伸出一只手来帮米克尔。与此同时，他偷眼向上斜视厨房一扇敞开的窗户，窗户里有一对笑开了花的年轻女孩的脸正向外看。米克尔把脚踩到马镫上，慢慢地上升，然后跨上了马鞍。

你可别从另一边掉下来！国王带着紧张的笑声喊道。不，米克尔成功地坐在了马鞍上。在上面坐稳后，他推正了帽子，带着受伤的尊严，将自己的白胡子脸转向国王。

那么，再见了，米克尔，国王有点伤感地说。保重，你一定要安全回来啊。

一定的，陛下，米克尔回答道。他气喘吁吁地拿起缰绳，让自己的白胡子在鼻子底下狠狠地竖起来。然后马夫放开了马，它小跑起来。米克尔在马鞍上无力地摇晃着。

不，他肯定搞不定的，国王喊着，敲打着栏杆，不，不不！但事情被搞定了。米克尔绷紧身子，控制住了马。城堡的岗哨为他打开大门，他直挺挺地策马穿过门洞，从雅各布和依德身边走过。大门在他穿过后又马上被关上，他们听到他穿过外院，隆隆作响地走在吊桥上。

院子里重新变得安静，国王转身走上了台阶，打算进去。他又停下，自语着什么。然后，他看见了雅各布和依德。

你们两个是什么人？他从台阶上走下来问道，用犀利的目光对准他们。他走到他们面前，带着极大的兴趣先看了看这个，然后又看着另一个。

雅各布没有回答，因为完全不知所措。依德站在那里，苍白的脸上一片茫然，凝视着国王。他用力地哼了一声鼻子，审视着他们。

你们是什么人？

我们是游方艺人，雅各布结结巴巴地说。他缓过气来，重新鼓起勇气。就是那种四处旅行的人——还有，这小女孩是刚才骑马出城堡的那个人的外孙女。

嗯。是这样。米克尔的亲戚，哦？也许你们是来拜访他的？很遗憾，他刚才正好要离开。你们为什么没和他说话？

哦，上帝，真不巧。雅各布极其谦恭地微笑着，目光下垂，用拐棍在沙子上弄出了一个圆的痕迹。

好吧，国王安慰地说道。在他看着他们的时候，他们沉默着。

好吧，他更响亮地叫了一声。其实也没发生什么真正遗憾的事情。米克尔还会回来的。你们可以……你们可以尽管留在这里，我们需要去和贝尔特拉姆说一下。从这里走。哦，这样，你们是来演奏的？

是的！雅各布在他们往前走的同时，高兴而不好意思地拍了拍他的小提琴匣。老国王走在前面，心情很好地清了一下喉咙。好！事情会很快解决的。好！好！

他们前去同城堡主管谈论这件事。当国王谈论他们的事情时，雅各布和依德得体地站在一定的距离之外。贝尔特拉姆·阿勒菲尔德和气而极其淡定地倾听着。他比国王高很多，但他没有弯下腰。国王抬头看着他，急切地说着话，然后走到他的另一侧。他的意愿得到了满足，很热情地感谢着，但贝尔特拉姆·阿勒菲尔德保持了自己作为臣下的冷静。国王穿着他破旧的鞋子走到外院，亲自安排雅各布和依德在那里的一幢房子里住下。晚上，他们可以在塔楼大厅里为国王演奏，国王大部分时间都待在这大厅里。他们得到了很好的款待，还有葡萄酒。雅各布尽自己所能演奏了丹麦民间舞曲。在城堡的墙下，这些音乐听起来很怪。国王很满意。他变得忧郁起来，手托着下巴坐着。蜡烛灯在桌上烧着，桌上有一本打开的、可以用夹子夹起的大本《圣经》。

葡萄酒让雅各布变得活跃起来。他脸上闪过一道病态的痉挛。他演奏了一首极度兴奋的蹦跳舞曲。依德拿着三角铁，瘦削的身子优雅地站在椅子边。

在两个曲目的间隙，雅各布问，米克尔什么时候会回来。他以这样一种不经意的方式问了一下，这样，如果不得体的话，国王可以忽略它。但国王直接就回答说，可能要等十天或十二天。

然后国王沉默了，雅各布觉得自己最好不要再说什么。他演奏他能记得的一切。有一次，当他把小提琴放在下巴下坐着，试图想出一首新的曲调时，他偷眼看了一下国王放松而有尊严的脸。就在这时，国王抬起头来，并且留意到雅各布是一个饱经沧桑被命运压垮了的人。

我们是不是再多来一些音乐？国王由衷地问道，他仍沉浸在自己的思绪中。

雅各布又开始演奏，用他的鞋跟踩着打拍子！这是木鞋华尔兹的节拍。

国王整个晚上都让他们待在他那里。他是那么孤独，这是九年来米克尔第一次离开城堡。在国王会见结束之前，城堡岗哨已经吹响了午夜的号声，这时，国王和雅各布都喝醉了。依德离开之前，国王把手放在她的肩膀上，以一位老鉴赏家大胆而克制的正经来打量她的身材。

城堡守卫为雅各布和依德打开走出城堡要经过的所有门。这守卫态度很恶劣。城堡大门的岗哨则心情不错。他用灯对着依德，看见她是那么优雅和白皙。然后他狡猾地举高了灯，这样，他们就站在了黑暗中，他把自己的大手放在依德的臀部。她赶紧跳到一边，发出一声大吼，这声音出自她的喉咙深处，深沉而粗野，就仿佛来自某种不为人知的动物，在城堡门廊的拱门下回荡着，整个城堡都听得见。

主耶稣啊！这士兵的腿一下子软了，赶紧退回到城堡的门口。整个大城堡上上下下的墙门和窗户都被打开了，惊恐的声音带着昏沉的睡意询问发生了什么事。在雅各布和依德安全进入自己的房间后很久，这骚动才渐渐平息。

国王也听到了这吼声。他站在窗前，看了看天气。他赶紧跑进塔楼里的房间，头发在他头上竖起。他悄悄地走到门口，伸出手摸索着，想要确定地知道门是否锁住了。是的，它被牢牢地锁定并插上了门闩。噢，他深深地吸了口气，颤抖着走到椅子前，精疲力竭地瘫坐在上面。然后他打开《圣经》，把蜡烛移近自己，开始读起来。他时而无声地抬起头，将视线从书上移开，以受惊吓的呆滞目光凝视着，扫过烛灯嘶嘶的火焰。

他渐渐地恢复了冷静。他鼓起勇气离开桌子，点燃了更多蜡烛，满心感恩地沉浸于对《路得记》的阅读。那些烛灯之间是他满头白发的大头颅，他坐在那里，急切地读完了这个故事。当读完时，一个在他深入《圣经》之中时总会为他带来信念之犹疑的想法又出现了，让他重新去思考今生今世的事情：他的朋友们都已经死了，走了，他们全都离开了他，而这是很久以前的事情了。

他坐了一会儿，把手指插进头发。然后他灭掉大部分烛灯，只留下三盏仍燃着。他很认真地在塔楼大厅的中央跪下，用《马太福音》中的主祷文祷告着，稍稍出声而长久地祷告着，直到他在上帝那里的账目被算清楚。然后他上床睡觉，听任蜡烛燃烧；他躺着，两手交握在毛毯上，两眼镇静而警醒。

现在，他已经在这个厅里住了十一年。最初的几个月里，监禁生活让他陷入高烧之中，他像头猛兽一样从一面墙到另一面墙地来回走着。在这里，他出汗、吃饭和喝酒，像一个疯子。晚上在醉狂的状态中睡着，然后早上又在毒蛇般嘶嘶响着的诅咒之中醒来。在这里，他在那些摇摇欲坠的椅子间上上下下地踢着，他向墙壁扔出锡纸杯，然后它们落到地上，都变成了扁平的形状。在这里，他曾经就这样地来回走着，从毛茸茸的鼻孔里曾听见过自己呼吸的声音。

国王躺在壁龛里，凝视着烛光，却无法获得任何睡意。他脸上的表情一直在变化。各种影子从他的额头上扫过。然后，他又重新安静下来。

他突然笑了起来，这是来自往昔的深沉祥和的笑声。他想起十一年前迪特列夫·布洛克多尔普偷偷送到他这里来的那个年轻女人，那时他躺在床上不愿意起床。他因那个女孩而幸福，这是无可否认的，她真的很漂亮。但这样的事情是有罪的，是对国王本分的严重违犯。不管她现在在哪里，愿上帝保佑她！

国王深深地叹了口气，用满是泪水的眼睛看着烛光。他希望自己很快就能入睡，感谢我们的主，他和善地将我们从一切困境中解放出来，让我们的不耐烦进入枯萎。

卡洛卢斯

米克尔·策尔森骑着马过了吊桥。但当他来到外面的新鲜空气中时,他感到一阵晕眩,差点儿从马上摔下来。四面八方的广阔景象使他眼花缭乱,就仿佛他将被扯成许多碎片。他骑了一小段路,到了摆渡口,唤出摆渡船,上船,被送到了对面。但这天他也没有到达更远的地方。可能是因为觉得自己病了,并且有点困惑,他不得不住进摆渡口的旅馆。一进旅馆房间他就直接上床睡了。第二天早上他的精神又恢复过来。在旅馆里他把一些大面值的钱兑换成零钱,并且开始看好这整个旅行。本来,就在这旅行被决定了的那一刻起,他就一直觉得害怕这趟旅行。上午,他和旅店老板一起喝了一点,但随后突然急着起身,让人准备他的马。

我要去吕贝克,他庄严地宣告说。我有很长一段旅程要骑行,这是国王派的差事。

他不再多说了,而以一种政治家决定历史进程的神秘笼罩起自己:

牵出我的骏马!

旅店老板无法知道更多事情,但他当然也并不在乎。米克尔有点醉了,他翻着眼睛爬上马,向地上扔出一枚大硬币给帮客人牵马的马倌。然后他就骑行起来,也真是见鬼了，这个久经磨难的老人看来倒是更擅长快速驰骋，他简直像是穷凶极恶地沿着乡间大路疾奔。

米克尔很认真地旅行着。路上的每个小酒馆他都要进去停一下。在每个地方，他都要让人知道他正在为国王办一件重要而紧迫的差事。人们为这样一个衰弱的老人感到奇怪，猜想着他可能是一个发了疯的红衣主教，或者一个退了役的上校，或者一个老年痴呆的集市表演者。他额头很高，看起来像个出身高贵的人，但他喝起烈酒来的样子像个外国的雇佣兵。看上去人们似乎对他很尊重，然而人们会跑到他背后笑。他所说的到底是什么差事？这必定是一件急迫的事情，需要有丰富的经验，他们才会派这样一个几乎想不明白事情的人骑着马疾驶出来。但人们不得不承认，他确实能够对这件事保密，因为根本没有人能从他所说的话中听出任何口风。

米克尔旅行了几天之后，大雨和风暴就开始了，树叶在黄色的森林中飒飒作响。他受不了这种天气，于是住进一家旅馆病倒了。人们以为他在这里就此完蛋了。但不，他第二天早上就已经能够站起来，并且蹒跚着爬上了马鞍，穿过南部日德兰。最后，他更像是死了，而不是活着地，抵达了吕贝克。

米克尔住进了"金色皮靴"。这一天剩下的时间里，他休息了一下，并好好地款待了一下自己。第二天他睡到中午，然后晃荡着去了市政楼的地下室。不过这也意味着他此次旅行中的私人享受结束了，现在，重要的是要完成这差事。他问旅馆老板紫罗兰大街①在哪里。

---

① 原文为德语。

紫罗兰大街！旅馆老板弯起眉毛看着他。哦！嗯,是的,他当然能够为他指明这个地方。米克尔出发了。这时已经是傍晚了。他几乎永远无法找到这个地方,最后他发现这是一条几乎已经处于黑暗中的狭窄小巷。窗户上坐着一些丰满的女孩,其中不止一个兴高采烈地朝米克尔喊叫,就仿佛重新见到了一个思念多年的亲密朋友。然而,米克尔并没有把她们当回事。最后,他找到了他要找的房子。它只有单间那么宽,没有窗户,只有两片高高拉起的百叶窗板。门框上挂着一只生着铜绿的铜盆。门是锁着的。米克尔抬起了门环,让它掉下来敲门。

几分钟过去了,但米克尔很有耐心。最后,他在外面听到了脚步声,钥匙被插进锁孔里。这时米克尔很奇怪地想起了许多年前有一次,他曾在哥本哈根的圣尼古拉教堂对着钥匙孔低声说话。门开了一条缝,米克尔看见一张戴着大黑眼镜的脸。

是匝加利亚大师吗？米克尔问。

是的,先生,一个非常轻柔的低语声回答道。

两人都稍稍沉默了一会儿。然后米克尔开始以低弱的声音解释了一番。但是匝加利亚在几乎还没有听到国王被提及时,就已经带着庄严的姿态完全地打开了门。

请进,请进！他用嘶哑的声音喊道。啊,好啊！我亲爱的朋友！

米克尔跨过门槛,匝加利亚重新锁上了门。他们站在黑暗中,匝加利亚打火点燃了一块木片,一路走向梯子。

跟我来。上面更亮一些。

他们向上走,来到一间大起居室。穿过一扇朝院子开着的窗户,有光照进来,但房间里面却是阴森森的。米克尔看见一条鳄鱼的骨架和几只悬挂在天花板下的鸟羽衣,地板上堆满了书籍和旧衣服。桌子上,一堆满是灰尘的纸片间放着一个地球仪。靠墙的书架上能看见许多不同尺寸的瓶子。起居室里有一种出自铁锈或者霉菌的难闻的陈腐药味。

噢不,看这事情!匝加利亚仍然很意外,他由衷地叫喊道。请坐下!哦,现在是克里斯蒂安国王让人来找我这卑微的学者!——但国王需要的肯定不是我外科手术的技艺吧?

当然不是,米克尔确认说,仿佛被吓住了。

匝加利亚来回摇晃着他黄色的头颅。他开始咆哮。

我们老了,米克尔·策尔森,他出人意料地突然说道,向前伸出头,目光直勾勾地向前看着。

米克尔吃了一惊,抬起头。他张大嘴巴:

你怎么知道的……

匝加利亚又摇晃起自己的头,享受着对米克尔成功的心理袭击。是的!他说。是的!但玩笑到这里该结束了,现在他变得严肃起来。哦!

他们沉默了几分钟。米克尔摇着头,向下看着地板。你应当同这个人结交成好朋友。他微微仰起头,坦诚地看着匝加利亚。

老了——哦!您看起来倒是不怎么老。我已经七十多了。您可没有这么老。

匝加利亚突然在地板上跳起来,发出一声猛烈的、嘎嘎作响的大笑,大步走来走去。突然,他笑得更可怕,用手指在米克尔的面前打出弹指声。

我倒是真的很年轻!

在跨出更大步伐的同时，他向米克尔引用了拉丁语句子，因欢快而大喊着：

它咆哮着，帅气地……

他大笑着叫喊：

在绿茵茵的草地上……

他大笑地迈着步子：

趾高气扬地走着。①

很长一段时间后，匝加利亚才结束对奥维德这惊人之句的欣赏。

米克尔尴尬地坐着，用一种无辜的姿态搓着他那双苍老的手。他想到了自己的差事，偷瞥了一眼桌子上的地球仪。

匝加利亚贪婪地捕捉到了他的目光，他中止了自己滔滔不绝的显摆。

国王是想了解天上的星辰所在的位置这方面的事情吗？他说得很快。

是的，米克尔以一位老人的谦恭和冷静承认道。因而，这人是一个知道一切事情的人。

说呀！匝加利亚叫喊道。

米克尔简要地解释了他所接受的差事。半年前，他和国王因为一个天文学上的问题有了争执。米克尔在耶路撒冷遇到了一位德国僧侣，那僧侣告诉他说，他确信太阳并没有围绕地球旋转，相反是地球围着太阳转。后来米克尔又在意大利听到这一说法。一天，他向国王讲述他的旅程，恰好提及了这件事。国王立刻令人可怕地暴跳起来。从那时起，他们几乎每天都要为这事情争吵。米克尔现在已经

---

① 原文为拉丁语。

看出僧侣的说法中的合理性。当他们骑着骆驼穿过小亚细亚并在夜晚追随着星辰的轨道时,他不得不承认僧侣是对的。另外,这是米克尔自己沿着另一条路所得出的亲身经历。他的生活确实教他明白了这同样的道理:从一开始他相信所有存在都是围绕着他一个人,但渐渐地他观察到这只是表面现象。但国王不能忍受米克尔居然相信这种说法,他很恼火。

米克尔沉默着,呼吸有点急,想到自己在这个问题上所遭受的不公正对待,感觉这想法在袭击着他。不止一次,当国王在白天的辩论中无法驳倒对手时,他就会在夜间悄悄起身,在黑暗中捶打睡在床上的米克尔。

后来,他们终于达成一致,决定将这个案子提交给以博学闻名的匝加利亚来评判。

匝加利亚眯起眼睛。米克尔叙述这事情的奇怪方式好像给他留下了深刻的印象。一种如此可怕的异端想法,这是要把天穹颠倒过来啊!匝加利亚倒是会在这想法中获得享受,不过,是在另一种意义上。他站起来,在起居室里忙碌起来,戴上眼镜,在不同的纸张中翻看着。然后他终于把目光再次转向米克尔,脸上产生了一种冷冰冰而果断的表情。他用拉丁语大声说道:

很好。那么,我们就开始研究。明天再过来。

米克尔艰难地站起身并感谢匝加利亚。他该离开了。但他仍然站在那里,让持久地探寻着的目光在房间里转了一圈,扫过所有那些奇怪的瓶子。

我送您出去吧。

米克尔看着那些瓶子,咂摸了一下嘴。似乎匝加利亚现在不再能够读出他的想法了。他叹了口气,笑了笑:

我是那么地渴，大师。有没有可能……

匜加利亚表示非常抱歉，他家里只有各种药。事实上，米克尔门外汉的品位让他觉得情感上受到了伤害，他开始用很平淡的声音来教他关于博学者们的节俭和朴素。不过他仍找出一只大啤酒杯和一只锡纸杯，倒满一半。米克尔品尝了一下，这是一种度数挺高的西班牙葡萄酒。他贪婪地喝着，很幸运他还记得贺拉斯的一句诗。匜加利亚非常欣喜地点着头，自己也喝了一口。但在喝下去的时候，他合上了窄窄的牙床：

叽叽叽！

他们喝干了酒杯。米克尔重新找回了他年轻时所学的拉丁语，避开各种虚拟语气，运用起来还是可以的。但各种引用的文句从匜加利亚嘴里奔涌出来。他讲述了在莱比锡学生时代的各种下流故事。他往米克尔的耳朵里灌了一些经过小小地恶意渲染的传闻。他大笑着，叫喊着，不一会儿就变得完全失去了控制。他们时不时地带着最大的古典式的庄严豪饮着。米克尔试图仿效匜加利亚，并尽自己所能地给出一个狂饮的老校友的形象。但他已经忘记了很多，并且这些方面就像他身上的各个关节一样，已经变得僵硬了。他坐在那里，就像一架破旧的老风琴，风箱上有了洞；当匜加利亚踩着他时，他也许会在一些恰当的地方发出声音，但也同样频繁地给出一些没有声音的气流。黑暗降临。天花板下的鸟羽衣开始长大并扑闪起来。

匜加利亚醉了，露出发急的样子。他站到椅子上，背诵了关于欧罗巴和朱庇特美丽的变形故事。但突然米克尔带着一个老人的神圣单纯震惊地看着他，几乎变得清醒了。他也能在这方面仿效匜加利亚吗？他现在所咒骂的是什么？

你可知道我是谁？匝加利亚大声叫喊着。

不知道，米克尔不知道。

我是那个距离太阳过于近的人。我已经靠近热点了。难道你看不出我已经被烧焦了吗？

米克尔不得不认同他所说的话。匝加利亚赤黄色的头上没有头发，他的手上没有毛，甚至他的眼皮上都没有。他的皮肤都已缩起并像是纯粹的疤那样被抛光。

那是在十二年前的马格德堡，匝加利亚突然压低声音笑起来，用沙哑的嗓音说，那次我跑得距离火太近了。但是我们还是把车的方向转了过来。

他笑起来的声音就像是鞭子。然后他打起精神，带着熊熊燃烧着的邪恶眼神，严肃地沉默着。米克尔坐着，完全处于困惑之中。

我们要不要上去看一下我的神使？匝加利亚问道。什么，你双唇紧闭不说话，我亲爱的米克尔，来吧！

他们爬上梯子，走进最高一层的一个小房间。里面很暗，米克尔几乎因那里面的气味而反胃恶心，那是一种沉重而悲哀的气味，就像从小孩子身上或变质的肉上发出的气味。

是的，我自己对星辰或哲学一无所知，匝加利亚用沙哑的声音喊道，我一直是一名外科医生，并不专注于研究器官间的关系或者灵魂。但既然我是作为一名普遍意义上的智者在行医，因而，我一直备有一个第二自我。所以说有任何形而上学的问题，人们都可以在我这里得到解答。我要介绍两位尊贵的同事相互认识一下对方。

然后匝加利亚打开了活动门。白天的光线照进来，米克尔看见，在这小房间里他们是三个人。靠墙的低矮长凳上躺着一个生物，用深陷的、病态的眼睛盯着他们看。但其头部有一种不自然的大小和形状，看上去似乎是平平地瘫在长凳上。它白得如同大块牛脂。

是的，看看他！匹加利亚喊道。他是温顺的。我无所不知的伙伴。他名叫卡洛卢斯。此刻，他说不了太多话。让他暖和起来需要两个小时，并且还需要有一大团问题存在。站起来，卡洛卢斯，向我们打个招呼吧！

卡洛卢斯将两条幽灵般细瘦的双臂从他所盖的毛皮毯里伸出来顶在长凳上，艰难地起身坐着。起初那大而软的头部似乎不会随着身体一同坐起，但他让它从长凳上一同立起来了。他坐起的时候，他的头部像一堆面团一样地向下挂过他的眼睛，一直垂到他的肩膀。

他今天非常虚弱，匹加利亚解释说，但他昨天也确实做出了很重大的思考。因此就这样了，他要躺在黑暗中。你重新躺下吧，卡洛卢斯，好好休息吧！

卡洛卢斯慢慢地仰身向后沉了下去，把头靠在长凳上躺下，这样他的眼睛就自由了。他小小的、无法形容的陈旧的脸上有一种僵化了的表情。只有嘴巴，像比目鱼一样向上翻起，带着阵阵痛苦的抽搐。

在像现在这样躺着的时候，他能够被用来做一些更简单的事情，计算或记忆工作——说一个数字让他升到二次幂。

3719，米克尔说。

卡洛卢斯闭上眼睛，但几乎立刻又睁开了。

13830961，他用一种微弱而干哑的声音回答，听起来像是一条蝾螈呱呱的叫声。

这很好！——好，我们给你带来了一项工作，卡洛卢斯，你可以马上就开始着手做起来。丹麦国王想确定地知道是太阳围绕地球旋转，还是地球围着……诸如此类，等等。请吧。

匝加利亚转过身来，仍大声对着米克尔说话。他把米克尔的注意力引向房间一角一座非常大的草绿色玻璃钟。

卡洛卢斯是在那里被培植出来的。哦，这花了我很多钱，这玻璃钟！我是在九年前得到卡洛卢斯的。是从一个四处流浪的拾荒拉克女人那里买来的。那时他才两岁，现在他就不再那么年幼了。幸运的是，这次对他的养育过程是成功的。十七年前，我在马格德堡开始养一个小孩，那是在一座比较小的钟里培植的，但在他只有卡洛卢斯一半成熟的时候，死于一场感染。但他并非出自最好的血统。他是一个很普通的僧人与一位出身确实自由而高贵的夫人激情的结晶。卡洛卢斯则相反，他生来是一个王子！他血管里流着皇家的血，这血是从他的渊源中新鲜地流出的——你知道他是谁吗？

匝加利亚完全处于狂热的兴奋之中，他带着对死亡的蔑视盯着米克尔。他抬起一条腿，放了一个屁。

如果我告诉你卡洛卢斯是谁，那么，你能够保证不向别人说出这秘密吧？他是丹麦国王的儿子！是的！他出生在森讷堡城堡！国王在监狱里得到了他！他的母亲是一个平民的女儿。出身高贵的克努德·彼得森·格尔斯蒂尔纳把这孩子从她那里拿走，给了那个我从其手中买下他的吉卜赛女人。我有书面证明。是的，卡洛卢斯是被嫁接到知识之树上的最高贵的枝芽，卡洛卢斯，国王的儿子，丹麦的王子！他的头脑已经显示出有着一种独一无二的扩展能力。我去除了头骨，你明白的，让大脑上的膜自发地形成一层皮肤,然后我提供丰富的营养,并保证在头部周围有着相当高的温度。因此,这钟是必要的。事实上卡洛卢斯也喜欢爬进他的钟,他在里面已经坐了很多年,尽管现在对于他来说它已经显得太小了。他是欧洲最好的头脑。他不仅周详,而且迅速!独一无二的思维器官。就是说,他的身体和四肢相当健壮而且没有畸形,他也享有极好的健康状况;他身上有很好的血液供头脑使用。他是一个罕有的触觉敏锐者。我只需给他看铁,他就马上开始流口水,他可以只通过触摸来区分金属;铅和所有非贵重的合金都立刻会使他指尖出汗,而金或银则对他有保健作用。可以说,他根本不是在某一个方面博学,他知道数字系统,我也教他拉丁语。但是我保持让他远离所有其他的一切,正是为了使他成为那被柏拉图称作规范的东西。他身上有着一切,他是货真价实的,他头上的薄膜里面有整个宇宙……现在,看他!

他们走向长凳,米克尔看见卡洛卢斯的头部变得更暗,所有柔软的增生物是玫瑰红的,已经隆起了一部分。现在他闭着眼睛躺着。匝加利亚把毛毯扯到一边,向米克尔展示了这可怜的瘦弱身体,它以胚胎的姿势叠合着地躺着。四肢正变得死一般冰冷。

现在他开始了,匝加利亚低声说。看,他是怎样在脸上承受痛苦折磨的。感受这里,感受他的血脉搏动!

米克尔不情愿地把手放在那柔软的头上,它已经变得非常热,不安地悸动着。

是啊,我们现在可以走了,匝加利亚说,他已经很深地沉入自己的工作中了。但是还要过一个小时,这头脑才会完全被充满并得以伸展。在他完全膨胀开并像一根茎一样地附着在他自己成熟的头上时，看起来真的会很漂亮。——我不知道，愿意等待吗，我的同事，两小时后听结果，或者，要不你明天再来？

他为什么躺着，脸上看上去这么悲惨？米克尔害怕而同情地问道。米克尔简直魂飞魄散了，因为葡萄酒，因为恐怖和怜悯。

这是很自然的事情，匝加利亚回答道。这只是思维能力成长所伴随的结果。

我以为一个人会因为聪睿变得快乐，米克尔结巴着说，他变得非常虚弱。

我们走吧？匝加利亚建议道。米克尔先生！智慧使得谜翻倍。卡洛卢斯这样对我说，这是他沉思中的精髓。他的头，冷却时的重量是八点二千克，每次他解决一个问题，重量就增加五克。卡洛卢斯还告诉我，一个人经过一段时间的抽象思维后，会回到出发点上。这也就是说，就在一个人接近一个问题的真正解决方案的同一瞬间，这问题就其本身就停止了存在。但是，关于这种过程本身……另外我要说，这过程的表现是痛苦，而这过程的广延则是无关紧要的——这个过程本身就是有着意义和价值的。我不知道我尊敬的同事是否明白这一点。我们下楼吧？我想，下面还有一大杯。

但米克尔不想留在这里，他想回去，他感到恶心和恍惚。匝加利亚跟着他走下梯子，他仍没有完全清醒。他带着冷酷的活泼一直喋喋不休，但米克尔听不进任何东西。他们在门口约定，米克尔会在第二天回来取消息。

火

在米克尔蹒跚着走到街上的时候，已经是晚上了。居民们过着一种玩火般危险的生活，他们正手持大杯子向窗外唱歌和挥手。士兵和水手们喧闹地穿过狭窄的小巷。米克尔赶紧蹒跚着走过。士兵们高声大笑地朝他打招呼，他穿过他们，几乎是毫无知觉地走回了"金色皮靴"。在这里，他要了葡萄酒，喝得像一个发高烧的人，喉咙哽咽着。他很快就把自己灌得神志不清。

旅馆老板让人把他抬到客房的床上。几分钟后，他们就听见他躺在那里无力地哭泣。他们进房看这老人的情况，他正仰面躺在床上，两个胳膊放两边，就像一个非常不幸的人那样盯着天花板看。除了听任他叹息涕零直到他自己停下之外，人们也无法为他做什么。几个小时后，当他们再去看他时，他发着高烧。晚上他在谵妄之中醒来，他们不得不守护着他。但他说漏了嘴，说出了自己所见到的事情，早上旅馆老板找警察报告了这一切。一个小时后，匝加利亚被戴上了手铐和脚镣，他养的怪人也被法庭看管起来。这样，吕贝克的市民知道邪恶就在他们身边，他们得用手在胸前画十字了。

米克尔病得很严重，在床上躺了两天。然后他开始恢复并又能起身了。但他非常虚弱，走路时拄着两根棍子。

在他将于下午离开吕贝克的同一天，匝加利亚和卡洛卢斯在早上被烧死了。米克尔在广场上看到了这一幕。吕贝克整座城里的人都去了，从一早开始就挤满了广场，但是米克尔在前面得到了一个好位置，因为他看上去很虚弱。火刑的木柴堆已经搭好，看上去让人觉得很放心，有八百多立方英尺上好的柴火，刽子手很有技巧地堆放它们，以便有可供通风的洞隙。就是说，匝加利亚应该是被活活烧死的，而不是被烟雾熏得窒息而死，纯粹的火焰将销蚀他。人们对这次行刑有着非凡的期待，因为匝加利亚在这方面，人们可以这样说，是有经验的。他以前曾上过火刑木柴堆，并在烈火中洗濯了他的脚。那是在马格德堡，因为与现在一样的恶行；人们是在诉讼案件中发现他的罪行的。但在那次，匝加利亚在最后一刻被赦免了，因为他曾经救过选帝侯的命。

十一点钟，游街的队伍出现了，卫兵们用长戟在人群中清出了一条通道。匝加利亚走在刽子手后面，两侧各有一个拾荒拉克男孩。他赤着脚，身上只有一件粗麻布的罩衣，这罩衣涂着砖红色的油漆，应该是代表着火焰。他的头上戴着一顶高高的尖头纸帽，上面画着蛇、蟾蜍和蝎子。匝加利亚佝偻着，双手紧捂着胸口。在十月份凛冽的空气中，他感到刺骨的寒冷，并且看来似乎感觉不到任何其他东西。

人众暴怒地对着他叫喊，卫兵们为了把围观人群圈在一定范围之外，用长矛围成了围栏，而暴怒的人众则在这围栏的上方和下方伸出他们紧握的拳头。匝加利亚既不向右看也不向左看。他身后一个刽子手的助手背着卡洛卢斯。他被放在一个麻袋里，没有人能看得见他。随后，市政议会成员、法官和神职人员也走在游行队伍之中。

在判决书被宣读出来的时候，匝加利亚无动于衷地站着，脸上没什么表情，甚至没有任何要去对抗的样子。他的整个身体不时地颤抖着，几乎就要瘫倒在地上，但这是因为寒冷，他的脸僵硬着，毫无生气。这也确实是极冷的一天。站得最近的人们留意到，这罪犯的手臂和腿是因为血水干掉后留下痕迹而呈粉红色的。他在审讯中遭受了酷刑，然后他们洗去了他身上的血。他的两根拇指都是蓝色的，被折断了，在他手上悬垂着。

　　法官读完了判决，刽子手把匝加利亚引向阶梯，他顺从地上去了。然后，拾荒拉克男孩把卡洛卢斯放在木堆上，把他从袋子里拉了出来。当人们看到这可怕的怪物时，人群中仿佛有一阵飓风扫过，人们尖叫着，威胁着，有些人诅咒着，另一些人唱起了赞美诗。卡洛卢斯被放在柴火堆中竖起的火刑柱旁边，匝加利亚腰部被一根链子圈锁着。

　　而后刽子手走了下来，点燃了火。整个集市广场上此刻是死一般的寂静。

　　在一开始有大量烟雾冒出来，忧虑在围观的人众之中散播开，他们怕受刑者会窒息而死。但是木头受热后马上就脆裂开，一旦火焰真正燃起并开始在通风的洞隙中呼呼地响，烟就消失了。木头噼里啪啦地燃烧并且不时炸出响亮的爆裂声，最初的那些亮晃晃的火焰在木块之间贪婪地跳起，扑向罪人。

　　这时匝加利亚从火刑柱所在的地方往前走，走到链子的长度所能到达的地方，他冷静地叫喊着：

　　米克尔·策尔森在这里吗？

　　米克尔在他自己所站的地方，感到一种可怕的恐惧。他收回自己的目光，成功地让自己像是完全无动于衷地站着。他弯下身子，让帽子顶部冲着火堆，以免匦加利亚看见他。幸好，没有任何人会怀疑他就是那个被叫出名字的人。他松了一口气。

火焰以极其可怕的速度强势燃烧，一下子熊熊而起，以至于人们可以在相当远的地方感受得到气压和热量。匦加利亚前后移动想要避开火焰。没有人回答他的问题，于是他站定下来，似乎准备要说些什么。

但就在这时，一道长长的火舌击中了他，一下子舔去了他的罩衣和纸帽。他裸身站在那里，下面的人群中爆出大笑，他佝偻起身子，爬向靠近火刑柱尚未燃烧的地方。但此时火焰在各处都飙升着，匦加利亚无法再继续坐在火刑柱旁。他站起来，变得极有活力，在火中跳来跳去，他在那些燃烧的木板上跳着舞。突然，他发出几声野兽般的狂号：

它咆哮着，帅气地在绿茵茵的草地上趾高气扬地走着。[①]

米克尔记得这句诗。它不可阻挡地逼向他，他在致命的痛苦之中大笑起来。

现在，匦加利亚倒下了，沉默无声，身子蜷缩成一团。他的一只手伸到了火堆的边缘外，米克尔看着他一根手指接着一根手指在火中膨胀开，爆裂，滴落，然后变成黑色。

看看看！围观人群中的几百张嘴带着冲击性的力量叫喊着。米克尔看过去，他留意到卡洛卢斯的头在火堆上抬了起来。他躺在火中，显然还活着，但他的头没有坍陷。脑体从眉毛中完全地伸展开，成为明显分开的两半，每一半进一步在丰实的螺旋之中被分隔开。

---

① 原文为拉丁语。

看！人们在惊惶之中尖叫着。这是一个恐怖的景象，血液在剧烈扩张的头部冲击着，血管越来越粗，仿佛像是有生命一样，顶着皮肤向外鼓出来。整个头部痉挛起来，仿佛准备要跳起来。它的内部必定有着一场搏斗。

快看呀！有人在狂乱的兴奋中尖叫，看那里！看，看！血脉已经爆裂，黑色的血液像蠕虫一样爬出来，跌落在火焰之中。头上有好几个地方裂开，一些小火焰在其上面各处烧起来，它开始变焦。但在它上面，火焰迅速褪淡，变成了毒液般的绿色，然后又马上燃起，并在红色的旋涡中舞动着。

大火现在达到了至高处，这是一场独一无二的火焰风暴。匝加利亚只剩下一小团黑色的炭块。然后整个火场坍塌了，变成了白热的炭火堆。它所发出的热量如此之大，以至于站得最近的那些人脸上起了水疱，人群中出现了骚动和惊惶。然而，随后这一切就都结束了。

后来许多人声称，他们看到魔鬼在火焰中跳舞，蓝如铁，然后在火场坍塌时随着烟雾冲了出去。

冬天的声音

国王命令塔上的信使,若看见米克尔回来,就吹响欢迎的号子。在米克尔启程旅行两个多星期后,信使在一个上午也真吹起了号子,但是他在中间停下了,就好像他对自己所做的事情并不那么确定。片刻犹豫之后,他重新开始,全力吹出号声。米克尔不是骑着马回来的,而是在车里,他的马走在后面,马鞍空着。天上在下雨。

城堡的一扇扇门为这辆车打开,并在它驶进后再次关闭,最后它到达了城堡的院子里。

克里斯蒂安国王站在台阶上,头上戴着一顶扁平便帽,身披着一件褪色的猩红色斗篷。在他身旁,分别是提琴手雅各布和小依德。他们姿态优雅而心满意足地站在屋檐的滴水之下。雅各布要拉一首欢迎曲,他准备好了琴弓,保护着它在外套的翻领下不受潮。

国王向米克尔挥手,笑容满面。嗷嗷,嗨!欢迎回家!

但是米克尔仍然在后面的车里躺着,没有回答国王的问候。

见鬼了!国王恼火地叫喊起来,向车子走去。你是不是出了什么问题,米克尔?

是的,看来是这样。他面带菜色地躺着,半闭着眼睛,看起来就好像死了一样。国王迅速将手背放在米克尔的脸上，感觉他仍有温度。

把他抬起来，国王嘴唇苍白地命令道。雅各布，去找城门的守卫！人都到哪里去了？去找贝伦特！来呀！抓住他。

他们把米克尔抬了出来，他恢复了一点生气，但非常虚弱。他们将他放到塔楼客厅里的床上，国王坐在旁边。一小时后，米克尔看上去稍稍好了一些，他重新有了一点血色。现在，他躺得也很舒服。

情况怎么样，米克尔？国王担忧地问。

还可以，米克尔甚至这样觉得。但是他突然又变得死一样地苍白而虚弱。他很怕国王会开始谈论他的差事。

你哪儿病了？国王问道。

我的左半身瘫痪了，米克尔口齿不清地说着。他的舌头有些不对劲。

嗯！国王非常不安地叹息道。他们沉默了一会儿。米克尔一下子变得焦躁起来，用右手摸索着，张开嘴，看着国王，然后又把目光从国王身上移开。想到自己的这次差事，他心里非常沉重，现在他想要了结此事。国王终于明白了他的意思，并把这件事搁到了一边；他们以后可以随时谈论它。但米克尔回家途中想出了一个关于这次旅行结果的故事，他会说出这个故事。他不能让国王知道真相。

国王看出米克尔是绝对想要说出发生的事情的，他试图帮助他：

所以，你到了那里，嗯？

是的，米克尔结结巴巴地喘息着说，为了不让国王看出他有多么不幸，他往旁边看着。是的。但我没有得到任何答案。不，我没有得到任何答案。我病了，不得不提前离开。米克尔噙着热泪把脸转向墙壁。

哦，这样，国王抚慰着说。可是这些都无所谓了，米克尔。你根本就不该被派出去旅行。你离开后，我们每天都在后悔。现在你要设法尽快康复。

国王对自己的老狱友说了许多安慰的话。米克尔在这张好床上平静地躺着，感恩而伤心。稍后，国王看见他正在睡去，他脸上饱经忧患的表情被抚平。他在半睡半醒之中闭着眼睛惊跳起来好几次，悲哀和痛楚爬上他的脸，然后又被慢慢地抚平，直到他最终带着空洞的表情完全睡着。国王蹑手蹑脚小心地离开他的床，坐下来开始读书。

第二天，米克尔的状态更好了，他基本康复了。但他再也不会完全健康。整个冬天和春天他都卧床不起，直到他在三月份死去。

这是一个宁静的冬天。国王与米克尔在一起，看着他衰竭，这段时间国王也老了很多。

然而时间对于米克尔而言变得很漫长。他仍无法真正死去。现在，既然他想离开生命，生命在最后反倒一直没离开他。它是在报复。当然，米克尔从来就不曾对生命公正过，因为他在一生中从来就不曾想要死。在国王在自己床上沉睡着的那些漫长的夜晚，米克尔躺着，他向自己承认了这一点，米克尔与自己那散发着冬夜寒意的各种想法独处着。风在塔外深沉而私密地叹息，就像一个经验丰富的人，听着米克尔凄凉的想法。一个不是每天都死去的人，永远不会活着。但米克尔从不曾想要死。

有一天，国王让小依德上来，他把她带到了米克尔面前。他想着，如果米克尔看到自己的外孙女，他一定会非常高兴。但是米克尔把脸转向墙壁。他根本就不知道自己有什么外孙女。他从未有过任何孩子，他没有结婚。他是单身的。他躺着，比还没有孩子就死去的人更孤独，他是双倍的孤独。尽管安娜米德是他所喜欢的人，但他的思念从来就不曾在她那里有过归宿。他的情形就是这样：他恰恰失去了他所得到的那个女人！

于是，国王就又重新让小依德离开。

现在，他们这两个人，在那里，两个暴怒者！克里斯蒂安国王，就像浑身在熊熊燃烧着的不耐烦之神本尊一样，带着宏伟的计划跳出来，成为丹麦历史之殇的创造者。而米克尔·策尔森，以其至高的骄傲和无所不包的渴望成为一个分支繁多的想象的族系的祖先。在那里，他们被囚禁在一起，一起成为海市蜃楼王朝的奠基者。

米克尔去世的那个夜晚，他年轻时深沉而强烈的感情又复苏了。在他心脏停止跳动的那一瞬间，他又得到了他本性的温暖和内心美好的春天。

但是，在达到目标之前，米克尔必定经历了永恒。他一次次地失望。甚至，仲冬之时，他看起来似乎会从病中摆脱出来，躺在床上的他很有精神，他鼻子上的红色又回来了。

就像在米克尔离开之前那样，国王重新开始有规律地敲打杯盖子，他们在塔楼客厅里又继续他们从前的生活习惯，但有一点不同：米克尔是躺着的。国王现在也不再让他得免于各种不合理的要求。和以前一样，国王要求他提供娱乐，米克尔坐在床上，重复讲述着自己在战场上的各种故事。他已经一遍又一遍地反复讲述过这些故事，虽然他能够讲很多故事。米克尔曾参与过他那一代的欧洲所有重大的著名战役，他几乎为欧洲所有的王公们服过役，可以说出他们的特征，说出他们外表看上去是怎样的。尤其令国王感兴趣的是战役的机制、炮兵以及米克尔曾留意过却从不曾进一步深入了解的所有事情；国王会向他提出无穷无尽的问题，而米克尔则在记忆里深挖着，以满足国王的要求。

米克尔以一种简要而向前延伸的方式来讲述自己的故事。讲以前讲过的故事时，他总是用完全相同的细节来重复叙述，尽管在第一次讲述的时候就已经是在虚构了。国王经常要求米克尔讲述他听过很多次并且再次听仍会令他觉得有趣的这个或那个故事。

当国王晚上醒来时，米克尔也会因老习惯立即醒来，他们会再躺上好几个小时，静静地相互说着话。他们各自在自己的壁龛里，皮毛毯被拉到下巴处，呼吸着炉火被灭掉后从壁炉进入塔楼房间的冷空气。月光透过结冰的绿色窗格在窗户深凹处发亮。国王把床头的沙漏倒转过来。时间漫长，米克尔必定会想起一些新的好故事，然后，在他讲述时，国王会附和着给出"哦"和"嗯"的声音、表示赞同或者摇头。

早上国王总是憋着火，有随时爆发的危险，所以当国王走出去穿衣服并且掀翻椅子的时候，米克尔保持着沉默，像小老鼠一样躺着不动。早上很早的时候，门会被打开，贝伦特进来点燃壁炉，在寒冷被驱除后，国王就起床。他随即裸着膝盖跪在石头地板上进行他的晨祷，确实，这晨祷很多次听起来更像是愤怒的诅咒。晨祷完成之后，他就去弄那沉重的石球，每天早上他举石球过头一百次，每个手臂五十次。米克尔听见他数数字的声音和鼻息声，随着他变得越来越疲惫，鼻息声听起来就越来越缓和了。在盥洗的时候，他热烈地低声自语。在他不加控制地把手伸到水里的时候，水偶尔会泼溅在地板上。他做出一副威胁着的样子用力呼气。如果米克尔斜眼偷看他，他会看见他站着用毛巾擦干身体，身子因冷水而发红，双眉和下巴僵着，目光狂乱地投向所有地方。

国王洗完后，通常会带着一种强迫性的自制来阅读《圣经》，直到门闩被从门上拿走，贝伦特带着早晨喝的饮料进来：加了丁香和生姜的热啤酒。米克尔得到他自己的那一份，他们不说话地喝着。如果啤酒太热，国王就会把杯子及其端给他的所有东西都扔到地板上。

然后国王走下塔楼，在院子里散步，走上一两个小时。他在塔外走动时，会有四个仆人跟着他，走在他后面。国王会以踩碎阴沟里的白色冰泡沫来取乐，或者他会自己带上一张弓，射那些在城堡圆形广场外霜冻着的树上停着的乌鸦。但是，如果有一封给国王的信件被送到之类的事情，他就总是会出去，走进果园，让仆人离开，一个人在树丛间独自散步。当各种记忆变得清晰时，他习惯到这里来寻找安宁。

当国王重新回到塔楼客厅时，他会是很温和的，并且欢愉地喊着米克尔。然后每日的餐食和礼拜就开始了。但既然现在米克尔卧床不起，玩九柱游戏的事情就不用提了。然而，国王在一整天里却有着足够多的事情要做，他甚至要为上千桩无足轻重的小事而忙碌，以至于他一整天都不得不抓紧做事，不断地要尽快去做。到了晚上，他才真正感到筋疲力尽，于是把自己交付给上帝，进入安息。

圣诞即将来临，城堡里很热闹地庆祝着。因为米克尔大部分时间都不得不独自躺着，国王以最细心的方式做出安排，让米克尔有像样的餐饮。有几天国王根本没在塔上，而是坐在塔下面外院里的卫兵大起居室里，与提琴手雅各布和雇佣兵们一起喝酒。雅各布为城堡带来了活力。

到了晚上临近闭门的时间，国王才东倒西歪地往回走。像一艘船，当他把航线定为通向大门时，他会顺风航行走过外院；在他蹒跚地冲过大门之后，他会一边哼吟一边打着嗝地驶过内院，抬头向寒冷的月亮致意，带着在白雪上紧跟着自己的影子晃晃悠悠地走进去。

圣诞节期间，提琴手雅各布一天都没清醒过。圣诞一直持续到复活节。

新年时候的天气，是把一切都冻得叮当响的霜冻天。海峡冻结了，海上凝结起的近十公里冰面在叹息着，吟唱着。冰的轰鸣中有一种疯狂的力量。这是冰冻从一道海岸到另一道海岸发出的闪电，这是关于各种可怕的被幽闭的力量的记忆。

米克尔在床上听到了这声音。一个夜里，他叫醒国王，他觉得自己快要死了。

有声音在我的左耳里，鸣响得这么剧烈，他用冰冷的语气说道。国王起身点燃了一支蜡烛。他摇晃着，头上的头发很乱，他还没有把白天的醉意睡掉。看见米克尔一脸恐惧的表情，他想着，他肯定不会马上死去。那只是冰的声音而已，米克尔！他安慰着说，然后他灭掉蜡烛又爬回床上。

在城堡左翼的一个房间里，有个人听见了这些深沉的令人毛骨悚然的爆响，城堡驻军的年轻卫兵，他正战栗着与他的聋哑爱人小依德结合。她什么也听不见，但当她的情人在神秘的恐惧中摸索进她的怀抱时，她陶醉地笑着接受了他。她看着他，他是如此高大强健，却突然变得胆怯，就仿佛被内心的恐怖击倒，颤抖着嘴唇，像得了病一样带着不知所措的眼神躺在那里。依德爱他，她亲吻他。他把她抱进怀里，平静和喜悦又回到了他的目光之中。他们躺在烛灯的光芒中，这烛灯在房间里燃烧着，就像金子。他亲吻着她无瑕的乳房上精细的白色绒毡。

哥洛特之磨

每天夜里,一种撕心裂肺的声音轰鸣着向米克尔的左耳逼近。

这就像是从一个离他头不远的地方的一座石磨里发出的声音。他常常躺在那里想着,现在他已经死了。好几百年过去了,他就一直在这黑暗的钢刀般尖锐的歌唱之中,伸展开四肢,瘫痪地躺着。

然而他时不时仍会醒来,能够移动一只手或者模糊地认出周围客厅里的一些东西。但每次这轰鸣着的声音重新在他的耳朵里开始响起时,它都变得比前一次更近,更可怕地尖叫着刺透他。

这是同一种声音,他年轻时感受到过的声音,但那时它微弱而遥远,在好几千里之外。但从那之后,每次他留意到这声音,它都会变得更强烈一些。现在,这喧嚣声是如此强有力,以至于他听不见任何别的东西,米克尔在这声音之中消失了。这是一座石磨的声音。

芬娅和萌娅在北极之夜推着哥洛特之磨打转。这是哥洛特大石磨在近旁的声音。

她们的石磨之歌会吸引住你,它可能来自你脑子里面,就像正在碾碎着各种东西的磨石声。你的头可能成为哥洛特之磨旋转着世界之尘的旋涡中心,成为芬娅和萌娅粉碎万物的石磨之歌的中心。

我们碾磨着，芬娅唱道，我们转着磨石，它像地球一样沉重。我们为你碾磨出日出、牲畜和肥沃的农田。我们为你碾磨出发光的云朵、滋润生机的雨、三叶草、黄色和白色的花朵。

我们为你碾磨出疾病和干旱、枯秃的田地和干涸的河床，萌娅同时唱道。我们为你碾磨出冰雹大如指关节，我们为你从西边旋出一块雷雨乌云、黑暗、闪电和闷烧着的废墟。

我们为你碾磨出春天和蓝色波浪，芬娅喘息着呻吟，我们让夏天及时就绪，我们为你碾磨出绿色森林、满是唱歌的鸟，我们为你碾磨出爱情、遗忘和白夜。

我们为你碾磨出望不穿的黑暗，萌娅嘶哑的歌声唱道，灰烬，枯萎，我们为你在夏天的心脏碾磨出冬天。我们为你歌唱秋天的风暴，我们在所有生长的东西上旋出霜和冰，我们把温暖从人类的心中碾压出去。

然而我们碾磨出新春和新作物，芬娅愤怒地唱，我们为你碾磨出夏至日，碾出大海上的宁静。我们为你碾磨出小马驹，瑟瑟打着抖的小狗崽和南风，我们为你碾磨出树木发芽和信心。

是的，我们推磨石，把它转得吱吱响，萌娅尖叫起来。我们碾磨出临盆分娩，我们碾磨出棺材，我们碾磨出雪和绝望。我之所唱是最后的歌。

现在她们弓起了背，这两个愤怒的巨人女孩，她们将两腿深植在黑暗之中，转动着飞旋的磨石。她们，芬娅和萌娅，一起唱着：

我们为你碾磨出太阳、月亮和在地球周围乱跑的星星。

白天和黑夜要在闪烁中交替，白色和黑色，天空应当像轮子一样转动。我们为你碾磨出夏天和冬天，如同发高烧；炎热会飞到你这里，然后又为寒冷让路。

但在最终我们为你碾磨出冬天的时间。我们数千年地劳作，但最终我们为你碾磨出冰河时代。

我们头上的北极光！我们为你碾磨出辽阔无边的冰，充满北方风暴和飞雪的年度。我们把你心中的希望碾薄，我们唱出账目，寒冷在这账目中数字不断增长。我们为你碾磨出永恒的黑夜，我们把太阳抛出去抛到遥远的路上。我们碾磨出咔咔作声的冰山，带着被碾碎的岩石，从北方下来流向所有富饶的平原，我们把城市压碎到冰川之下。我们粗粗地磨碎一切繁殖力。

我们使你的头成为石头，我们旋出荒芜，我们将用冰冻至寒的心灵来歌唱，直到这磨坊爆裂。

提琴手的道别

三月的一个早晨,当国王要去看望米克尔时,米克尔·策尔森躺在那里已经死去。国王在很早以前就已经预料到这样的结果了,但无论如何,在这事情发生的时候,他仍觉得无告无慰。

看着米克尔僵硬的脸,他是如此悲伤。正如这使得他痛苦,这也令他感到不安。他无法接受这事实,米克尔的脸彻底不再动弹。国王在塔里哭泣着上下走动,每次他过来看一下米克尔,就看见米克尔像石头般平静地躺在那里,不再是苍白,而完全是白色的。国王心里感到一阵奇怪的恐慌,他喘不过气来,他无法理解眼前发生的事情。

米克尔躺在那里,脸上的表情是如此失望。国王从来没见过什么人有这么失望的表情。现在,这些面部特征在死亡中被固定下来,失望如此明确地显现出来。高高的、光秃秃的额头就像一个笼罩在永无止境的沉默之上的圆顶。眼睛深深地陷在顽固地张开的眉毛下面,它们是被合上的,但看起来像是在以一种正要睡去而视野极大的目光看着。现在,米克尔变换不定的长鼻子完全是白色的,他是清醒的;鼻尖上的四个棱角在他活着的时候曾赋予他一种聪明的外观,现在看起来则像是一个印章或一个由软骨构成的小叉。米克尔白色的八字胡翘着从他的嘴角垂下。嘴巴苦涩地紧闭着。这张死去的嘴是一个由各种被遏制了的痛楚构成的世界。这是一张让人对悲伤保持沉默的嘴巴。它就像一种藏有破解悲伤之密钥的神秘符码。

米克尔躺在那里,对自己所知的事情保持沉默,但是无声的表情仿佛在指控着什么。我想事情就会是这样!这意思可以从他脸上读出来。这又有什么用!现在他的各种妄念和谬误都已消逝,他也只是顺从地躺着。脸颊凹陷进坚实的两颚之间。这是一个人坚忍而可悲的面具。这是一个死人无言的忏悔,一个这样的人的忏悔,他一辈子徒劳地反击,不屈地,但却徒劳地,在各种致命的误解之间捍卫着自己。米克尔躺在这里,嘴唇上带着死亡高贵的谦卑,还有沉默和被扑灭的桀骜不驯。

米克尔可怜的头颅,就像是一个铸件,在它被冷却和完成之前,已经在模子里演了七十年他所要演的角色。在七十年中,他的脸流动着,反照出生活的千百种表达,他的眼睛就像是有生命的金属,捕捉着光线,直到有一层隔膜跑到它上面,从而变得固定不动,并且冷下来,固化,正如它本该如此。现在米克尔被铸造完成。锻铸过程结束了。

他被放在城堡军械库的麦草上。在他被埋葬的前几天,城堡里的所有人都有着极大的庄重和肃穆。那些害怕黑暗的仆人们晚上不敢走到下面的庭院里去,因为怕自己会朝那关闭着的大门看,尸体就在那门后。黑暗中哪怕一点怪声都能将他们吓得魂飞魄散。

但是米克尔躺在安静的军械库房里,不会伤害任何人。房里的墙上覆满了武器和旗帜,阴森森的空盔甲靠在四面墙壁上,围着棺材排成排。

国王每天都进去看望米克尔,他苦涩地哭泣着。米克尔的姿势没有变化。他的额头上开始发霉。国王站着，对米克尔摇着头，哭着。国王现在老了，他在伤心的时候，人们可以看得出来。他嘴巴周围的肌肤已经松弛下垂，身子向前弯。大地也在召唤着他。

米克尔被埋葬在森讷堡的墓地。国王只能够跟随他到吊桥，因为他不可以离开城堡。人们在城堡里举行了一场盛大隆重的葬礼来纪念他。国王让人在院子里放了两桶德国啤酒，所有人都可以免费喝。到了晚上，所有人都喝醉了。小提琴手雅各布，因为米克尔的死而伤心欲绝，在彻底醉倒后被人抬到了床上。

日子一天天过去。春天来临。年轻的雇佣兵们在城堡围墙里面训练了一圈，号角被吹响了。嘀嘀嗒，嗒嘀嗒！

五月初，提琴手雅各布变得很奇怪。一开始，每个人都感到意外，他在坐着演奏的时候会用脚向四周的东西猛踢，与此同时他凝视着各个角落，因为厌恶而抽动着脸。人们问他是怎么回事，他抱怨说到处都是老鼠，很多老鼠。别人看不到有什么老鼠。

雅各布想以喝酒来恢复自己的状态，但持续了没多久，他就开始看到兔子。他追逐只有自己一个人能看到的兔子，城堡里的人们从他那里得到了很多乐趣。有一天，雅各布在城堡的门庭里遇到了一只巨大的兔子，大得像头牛，他非常惊恐。他呼唤守卫来帮忙，尖叫，击打，并与之搏斗。城堡里所有卫兵都围着他站着，笑得全身抽动。在三天的时间里，雅各布与隐形动物的疯狂斗争成了城堡里最大的娱乐消遣。他在城堡的院子里狩猎了好几个小时，他们由着他，因为他在那里也不会造成什么损害，他们看他在各个角落里堆满了死老鼠和兔子；他杀了那么多，不得不踮起脚尖，才能够让手伸到想象中的动物尸体上面。正当他在院子一头将一些老鼠摊平放在墙上时，兔子们就在另一头跳起来，雅各布马上就去追它们。有时候，他会无畏地冲到庭院中央，与一头野兽搏斗——从他的搏击动作和他所抱的范围大小来判断，这必定是只非常大而且非常危险的野兽。

天黑时，没有人留在城堡庭院的深处，米克尔·策尔森也许会在那里闹鬼。雅各布对这种事毫不介意，如果没有人把他带走，他常会整夜待在那里。

一天傍晚在太阳落山的时候，雅各布看到一只动物穿过城堡的大门进入庭院，它像一堆干草垛那么大，刚刚能挤进这门洞。相比之下，他的个头就显得很小了。守卫听见了雅各布好像处于极度的生命危险之中，直到他找到两名士兵同他一起，他才敢走进庭院。他们在庭院中间的铺地石板上找到了雅各布，他躺在那里尖叫着，嘴里泛着泡沫。他全身痉挛，他们把他放在了床上。

几天的高烧和歇斯底里之后，雅各布恢复过来，并重新开始演奏。在几个星期里，他是安静而有节制的，拖着木鞋走来走去，鼻子周围是浅绿色的，看上去很可怜。之后，在五月一个美丽的夜晚，他狂饮了一通。从那时起，他每天都在酗酒。

这是夏至日，圣汉斯日的前一天晚上。整个丹麦都在为巴尔德尔神的重归而燃起篝火。女巨人索克目中无泪，坐在田野里，独自一人。

圣汉斯日前夕，小提琴手雅各布用他全部的积蓄买了一桶德国卡可比勒啤酒，并邀请士兵们与他一起狂饮。晚上他状态挺好，进行了演奏，因而这是一个欢悦与快乐的夜晚。到了夜深的时候，雅各布唱起了一支他所创作的全新歌谣。歌词如下：

现在我对你们说晚安，
因为我有点累了。
现在你们可以威逼我，乞求我，
现在我要去床上躺下。

我以前曾睡在沟里
面对着风的敞开的大门，
而且我曾在一阵晕眩之中
看见上帝的第七层天堂。

但现在我将在自己黑色的小厅里，
在对一个困倦而孤独的人
如此友好的大地上，
心怀极乐地睡去。

再见，非常非常感谢
感谢好人也感谢恶人！
想来你们已厌倦了我的喧哗吵闹，
甚至我自己也都困了。

我走的时候不欠什么，
所有账目都已付清了。
我欠敌人们的恶揍，
他们肯定会从彼此间相互得到。

再见我的小提琴和弓!
现在我想去睡觉。
如果现在有人想要交换自己的悲伤,
那么他可以得到我的快乐。

再见,谢谢,请吧,你们!
我给予你们我能给予的东西。
如果你们不喜欢这音乐,
那么这很遗憾——因为现在它要走了。①

  第二天早上,他们发现雅各布高高地挂在玫瑰园里的大白杨树上。一只乌鸦停在他的头上,爪子埋进他的白发。

---

① 原文为日德兰语。

一些需要说明的名词或语句

《国王之败》中有许多历史典故,有不少真实的历史人物的名字,有四百多年前的各种北欧地名,同时作者也杜撰了不少地名,虚构了一些人物,而北欧文学背景本身则又决定了作品中不断有各种北欧神话、《圣经》典故、希腊罗马传说和古典文学的各种零星信息出现,兼之作者又是一位诗人,不仅用丹麦语写小说,而且还在小说中用德语和日德兰语写歌词。所有这些,作者都没有给出注释或者说明。《国王之败》迄今的丹麦语版本也都没有后人的注释或者说明(丹麦语言与文学协会两年前曾许诺出版注释本,但仍未出版),所以普通丹麦读者对各种需要注释或说明的地方也仅是凭自己的文化修养去理解。但是,对于中国读者,没有注释或说明的话,难免会在阅读中面临困惑。因此译者尽自己所能查阅了一些资料,在这里列出书中一些需要得到说明的名词或语句,给出一些简要的解释,以此方便读者需要时参阅。

地名类

普斯特维巷(Pustervig)

哥本哈根老城区中的街名。

塞利茨列夫(Serritslev)

从前的哥本哈根老城外的村名,大致位于今天哥本哈根的东桥(Østerbro)和北桥(Nørrebro)地区。

日德兰（Jylland）

　　日德兰半岛是欧洲北部的半岛，位于北海和波罗的海之间，构成丹麦国土的大部分。

箭巷（Pilestræde）

　　哥本哈根老城区中的街名。

圣克拉拉修道院（St. Clara Kloster）

　　哥本哈根的一座修女院。其历史从1497年延续至1536年。位于哥本哈根今天的硬币街（Møntergade）和老硬币路（Gammel Mønt）的拐角处。

哥布玛格尔街（Købmagergade）

　　哥本哈根老城区中的街名。

修斯肯巷（Hyskenstræde）

　　哥本哈根老城区中的巷名。

利姆海峡（Limfjord）

　　丹麦的海峡，位于日德兰半岛北面。

高桥广场（Højbroplads）

　　哥本哈根老城区中的一个广场，因为连着通往城堡岛（当今丹麦议会所在地）的"高桥"，所以被称作高桥广场。

撒陵（Salling）

　　日德兰中北部地区向海中伸展出的半岛。准确地说，撒陵是斯基沃（Skive）北部利姆海峡（Limfjord）中的一个半岛。在南部，撒陵与日德兰半岛的其他地区连在一起。

灵斯泰兹（Ringsted）

　　丹麦西兰岛（丹麦华人多称之为"大岛"）上的一个城市。

天堂山（Himmelbjerget）

　　位于日德兰的日峪（Ry）和锡尔克堡（Silkeborg）之间，高 147 米。

蓝水勾（Blaavandshuk）

　　丹麦最西端的一个岬角，位于日德兰半岛西南部。

石楠区域（Hedeegnene）

　　石楠荒原是一种灌木丛地貌，其特点是开阔、覆有矮生的木本植被。在气候寒冷而潮湿的高地上也会有这样的石楠荒原。在 19 世纪之前，丹麦各处都有石楠荒原，在西日德兰地区最为普遍，但也分布于东日德兰半岛和丹麦的各个岛上。

维梅尔夏福特（Vimmelskaftet）

　　哥本哈根老城区中的街名。

格莱瑙（Grenaa）

　　丹麦日德兰半岛上最东面的城市。

库伦（Kullen）

　　斯科讷（瑞典语：Skåne）西北部赫加奈斯（瑞典语：Höganäs）市的长岬和周边地区的名称，位于厄勒海峡（Øresund）和斯凯德尔维肯（瑞典语：Skälderviken）之间。

寇鲁姆（Kourum）

　　作者虚构出来的位于日德兰的希美兰地名。

格饶博勒（Graabølle）

　　作者虚构的地名。作者将之设定为一个位于西部希美兰（Vesthimmerland）的小镇。这个地名也被用在作者的散文《从格饶博勒到芝加哥》之中。

　　关于格饶博勒这座城市，延森在散文《格饶博勒》中写道："你将徒劳地在地图上寻找这个希美兰城市，它有着神话般的名字，但这个村庄是很真实的。"丹麦后来的一些作家认为格饶博勒应该是在西部希美兰的一个城市法尔湖（Farsø）。法尔湖城西于是就有了一条名为格饶博勒（Gråbølle）的路。在西部希美兰还有其他地名，结尾是带有"-bølle"的，比如说西博勒（Vesterbølle）和东博勒（Østerbølle）。

索里尔德（Thorrild）

　　作者虚构出来的日德兰的希美兰地名。

莫霍尔姆（Moholm）

　　作者虚构出来的希美兰采邑地名。

斯德丁（Stettin）

　　根据译者所查阅的资料，小说中斯德丁应当是波兰的一个城市（波兰语：Szczecin）。

布仁杜姆（Brøndum）

　　日德兰半岛上撒陵的一个村庄。

鸥岛（Maageholmen）

　　北欧的海鸥极多，可能是当地人把附近的某一个小岛称作鸥岛。

罗斯基勒（Roskilde）

丹麦西兰岛东部的一座城市。其历史可追溯到维京时代，是丹麦最古老的城市之一。

索勒（Sorø）

丹麦西兰岛上的一个地名。

科瑟（Korsør）

丹麦西兰岛上的一个地名。现在西兰岛和菲英岛间的大贝尔特桥的西兰岛一端就在科瑟。

菲英岛（Fyn）

丹麦本土仅次于西兰岛和北日德兰岛的第三大岛。

欧登塞（Odense）

丹麦第三大城市，丹麦第三大岛菲英岛的第一大城，也是丹麦最古老的城市之一。

在本书故事之后两个半世纪，汉斯·克里斯蒂安·安徒生就出生在欧登塞。

大贝尔特海峡（Storebælt）

也可意译为"大带子"海峡。丹麦西兰岛和菲英岛间的海峡名。

瓦埃勒（Vejle）

丹麦日德兰半岛上的一个城市。

兰讷斯（Randers）

丹麦日德兰半岛上的一个城市。

瓦尔普淞（Hvalpsund）

  位于日德兰半岛北部地区，是丹麦利姆海峡的一个窄而深的峡湾。这峡湾旁的同名小镇瓦尔普淞是希美兰一个有过海轮渡的小镇。

迪特马尔申（Ditmarshes）

  现在是德国石勒苏益格－荷尔斯泰因州西部的一个县。

梅尔多夫（德语：Meldorf）

  位于现今德国的石勒苏益格－荷尔斯泰因州。直到15世纪中叶，梅尔多夫一直是迪特马尔申的首都。

吕贝克（德语：Lübeck）

  位于德国北部波罗的海沿岸，现在是德国石勒苏益格－荷尔斯泰因州第二大城市，也是德国在波罗的海最大的港口。历史上曾是汉萨同盟的"首都"。

帕维亚（意大利语：Pavia）

  意大利伦巴第西南部的一个市镇，位于提契诺河下游靠近波河交汇处，距离米兰约35公里。

博尔格鲁姆（Børglum）

  丹麦北日德兰岛上的温德尔（Vendsyssel）地区西部的一个村庄。

伯格松德（Bogesund）

  瑞典南部地名。伯格松德之战是克里斯蒂安二世征服瑞典的重要一战。

缇维登（瑞典语：Tiveden）

　　瑞典的一片森林，历史记载说这个地方因其荒凉和险峻而成为亡命之徒藏身的绿林之地。

西兰岛（Sjælland）

　　丹麦本土第一大岛。丹麦首都哥本哈根就位于西兰岛东岸。

斯特伦哥奈斯（Strengnæs）

　　瑞典的南曼兰（瑞典语：Södermanland）的一个镇，该镇位于梅拉伦湖（瑞典语：Mälaren）湖畔。

城堡岛（Slotsholmen）

　　斯德哥尔摩的一个岛。

南郊岛（Søndermalm）

　　斯德哥尔摩的一个岛。

斯卡拉（Skara）

　　瑞典南部的一座城市，在瑞典第二大城市哥德堡的东北方，距离哥德堡130公里左右。

梅拉伦湖（Mælaren）

　　梅拉伦湖（瑞典语：Mälaren）位于瑞典东部，在斯德哥尔摩南几十公里处。瑞典维京文化发源地之一。梅拉伦源于维京语，意思是石头海滩。

北郊（Nørremalm）

　　斯德哥尔摩的一个地名。

茨予（Thy）

　　丹麦日德兰半岛北部的一个地区。

斯波特若朴（Spøttrup）

日德兰半岛中部的一个小村庄，位于撒陵半岛。该村庄位于现在的斯基沃市。

克沃那（Kvorne）

可能是作者虚构的一个地点，在撒陵半岛上。

希美兰（Himmerland）

位于北日德兰地区东部的一个半岛。在现代丹麦语中，希美兰人被称为"希美兰人（himmerlændinge）"，但在过去，他们被称为"天堂居民（himmelbo）"。

小贝尔特海峡（Lillebælt）

也可意译为"小带子"海峡，是丹麦日德兰半岛和菲英岛之间的一道海峡。

日峪（Ry）

日德兰中北部地区偏东的一个市镇。

弘纳堡（Høneborg）

日德兰半岛碧雨茹普（Børup）森林中的小城堡，位于小贝尔特海峡旁。据说，这座城堡建于中世纪晚期。

克里斯蒂安二世于1523年在瓦埃勒（Vejle）收到了日德兰贵族声明放弃对他的支持的信后，就去了弘纳堡。根据传说，国王在决定前往哥本哈根之前，曾在小贝尔特海峡日德兰这一边的弘纳堡城堡和菲英岛米泽尔法特的辛德斯豪尔（Hindsgavl）之间来回渡海。一共往返了20次。

米泽尔法特（Middelfart）

菲英岛的集市镇。旧名Melfar，意思是"中间穿越"，指的是日德兰和菲英岛之间的渡轮交通。

厄勒海峡（Øresund）

分隔丹麦的西兰岛和斯科讷（现属瑞典）的一条海峡，最窄处仅4公里。

丹麦位于两片蓝色的海洋之间

北海与波罗的海在日德兰半岛最北面的斯卡恩上方的卡特加特海峡（kattegat）交汇。丹麦西面是北海、东面是波罗的海，这就是说，丹麦位于两片蓝色的海洋——北海和波罗的海——之间。

多佛的悬崖

多佛镇位于英国肯特郡临海的悬崖之上，是一个古老的港口城镇，被认为是英格兰的象征。多佛白崖是面临着多佛海峡的一面绝壁，与法国的加莱隔海相望，远看是一片长达5公里的白色悬崖。

斯卡恩（Skagen）

在日德兰半岛上，是丹麦最北点的一个小镇。

瓦埃勒峡湾（Vejle Fjord）

在日德兰东侧，约22公里长，紧挨着今天的瓦埃勒市（Vejle）。

维堡（Viborg）

位于丹麦日德兰半岛中部的一个城市。

都灵（Turin）

都灵（意大利语：Torino）是位于意大利北部的城市。

艾尔凯尔农庄（Elkærgaarden）

米克尔·策尔森的弟弟尼尔斯·策尔森购置的农庄。

森讷堡（Sønderborg）

丹麦日德兰南部阿尔斯岛上的一个城市。位于现今丹麦境内临近丹德边境的位置。

罕地区（Han Herred）

位于北日德兰岛的茨予（Thy）和温德尔（Vendsyssel）之间地区的郡分区。

奥皋原野（Aagaard Mark）

现今丹麦有奥皋镇，距离腓特烈西亚（Fredericia）城不远。但是这里所说的则是另一个奥皋，是一个采邑，小说中写的是位于罕地区。

斯汀纳斯列夫（Stenerslev）

作者虚构出来的希美兰采邑地名。

温德尔（Vendel）

日德兰半岛北部的一个地区。

斯文斯楚普（Svenstrup）

希美兰的一个小镇。

欧克斯纳贝尔格之战（Øksnebjærg）

发生在 1535 年 6 月 11 日，当时约翰·兰曹击败了吕贝克的军队。这场战役，加上丹麦、瑞典和普鲁士海军在斯文堡海峡打败吕贝克舰队的胜利，决定了北欧的历史格局。

格雷嫩（Grenen）

位于日德兰半岛最北面的斯卡恩地区最北面的尖角海岸。

莱斯岛（Læsø）

丹麦卡特加特海峡上的一个岛屿。

安霍尔特岛（Anholt）

丹麦卡特加特海峡上的一个岛屿。

兰讷斯（Randers）

丹麦日德兰的一个城市。兰讷斯现今是丹麦的第六大城市。

赫尔辛约（Helsingør）

丹麦西兰岛东部的一个城市。

萨姆斯岛（Samsø）

丹麦的一个岛，位于北海卡特加特海峡，距离日德兰半岛15公里。

那两片在格雷嫩之外相撞的大海

北海与波罗的海在日德兰半岛最北面的斯卡恩上方的卡特加特海峡交汇。斯卡恩的最北点是格雷嫩，从格雷嫩往北看去，可以在海水中看见这两个不同海域的分界线。

韦斯特维（Vestervig）

丹麦日德兰半岛上茨予地区的一个城镇。

比约恩斯霍尔姆（Bjørnsholm）

据译者的判断，比约恩斯霍尔姆是利姆海峡东侧岸上的一个地方。

阿尔斯（Als）

　　丹麦的一座岛屿，位于日德兰半岛以东的小贝尔特海峡。

阿尔斯湾（Alssund）

　　长8公里，在阿尔斯岛和日德兰半岛之间。

马格德堡（Magdeburg）

　　位于易北河畔，现在是德国萨克森-安哈尔特州的首府。马格德堡是中世纪欧洲最重要的城市之一。

人名类

克里斯蒂安（Christiern）

　　指克里斯蒂安二世（1481—1559），丹麦、挪威、瑞典三国汉斯国王（汉斯国王的父亲是克里斯蒂安一世）的儿子，丹麦和挪威国王（1513—1523），瑞典国王（1520—1521）。他是最后一个以卡尔马联盟的形式统治丹麦、挪威和瑞典三国的国王。《国王之败》中的"国王"就是指克里斯蒂安二世。

　　注意：克里斯蒂安公爵，亦即克里斯蒂安三世，则是克里斯蒂安二世倒台之后的丹麦国王弗雷德里克一世（克里斯蒂安二世的叔叔）的儿子，并在弗雷德里克一世之后成为丹麦国王。

马丁·盖尔泽（Martin Gälze）

　　可能是小说中虚构的一个商人名字。

严斯·安德森·贝尔德纳克（Jens Andersen Beldenak）

　　鞋匠的儿子，丹麦的教士和政治家，菲英岛1501—1529年间的主教，也是当地最大的牛商。

容克斯伦兹（Junker Slentz）

托马斯·斯伦兹（Thomas Slentz），德国容克贵族，雇佣兵的一个首领，史称上校斯伦兹。

严斯·西维尔特森（Jens Sivertsen）

安娜米德的父亲。

安德斯·格劳（Anders Graa）

可能是虚构的人名。

易瓦尔·欧德森（Iver Ottesen）

欧德·易瓦尔森父亲的名字。

汉斯国王（Kong Hans）

汉斯（1455—1513），卡尔马联合国王克里斯蒂安一世之子，本书中的国王克里斯蒂安二世的父亲。

弗雷德里克公爵（Hertug Frederik）

弗雷德里克一世（1471—1533）是丹麦国王克里斯蒂安一世最小的儿子，奥尔登堡王朝的丹麦和挪威国王（1523—1533）。

梅尔多夫公爵佩尔（Hertug Per til Meldorf）

梅尔多夫是迪特马尔申的一个城市，佩尔是人名。

黑明施泰特伯爵保罗（Grev Poul af Hemmingsted）

现属德国的黑明施泰特（德语：Hemmingstedt）是石勒苏益格–荷尔斯泰因的一个城市。1500年，汉斯攻打迪特马尔申，在黑明施泰特一役遭受惨败。保罗是人名。

迪德里克·斯劳赫克（Didrik Slagheck）

迪德里克·斯劳赫克（1522年1月24日在哥本哈根去世），

瑞典抵抗丹麦的解放战争期间的丹麦大主教、军事指挥官，经常被指为斯德哥尔摩浴血事件的积极参与者。

雍恩·埃里克森（Jon Eriksen）

根据赫尔曼·弗雷德里克·爱瓦尔德（H.F. Ewald）的《克里斯蒂安二世——一部历史小说》看，雍恩·埃里克森是一位教士，是古斯塔夫·特罗勒的大教堂中教士会会员。

古斯塔夫·特罗勒（Gustav Trolle）

古斯塔夫·埃里克松·特罗勒（Gustav Eriksson Trolle，1488—1535），瑞典大主教和丹麦主教。

斯特伦哥奈斯的大主教马蒂亚斯（Ærkebisp Matthias af Strengnæs）

马蒂亚斯·格里格尔松（Mattias Gregersson），瑞典天主教神父，瑞典斯特伦哥奈斯（Strängnäs）教区的长官和主教（1501—1520），1520年去世。

圣塞巴斯蒂安身上的那些箭（Pilene i St. Sebastians Legeme）

圣塞巴斯蒂安（256?—288）是一位天主教殉道的圣人，又译作"圣巴斯弟盎"。据说他是在罗马皇帝戴克里先（Gaius Aurelius Valerius Diocletianus）迫害基督徒时期被杀害的。在艺术和文学作品的描绘中，他双臂被捆绑在树桩上，被乱箭射身。他被罗马天主教和东正教尊为圣人。

斯滕·斯图雷（Sten Sture）

文中的斯滕·斯图雷即小斯滕·斯图雷（瑞典语：Sten Sture den yngre，1493—1520），卡尔马联盟中的瑞典摄政王（1512—1520）。他是前瑞典摄政王斯万特·尼尔松的儿子。1512年，尼尔松去世，瑞典选出支持卡尔马联合的乌普萨拉大主教古斯塔夫·特罗勒（Gustav Trolle）为摄政，支持瑞典独立的小斯滕·斯图雷对这个结果感到不满意。后来特罗勒与身为丹麦国王的克里斯蒂安二世联合，企图夺取瑞典的摄政权，被斯图雷围困在他的城堡中。斯图雷褫夺了古斯塔夫·特罗勒的大主教职位，并主动向议会要求做决定拆除古斯塔夫·特罗勒的"阿尔玛尔斯泰克"大主教府邸。他把大主教关进监狱，这在后来导致了斯德哥尔摩大屠杀。1518年，克里斯蒂安二世出兵瑞典，但被斯图雷击退。1520年，克里斯蒂安二世率领法籍、德籍和苏格兰籍雇佣兵大军再次进入瑞典，两军在梅拉伦湖的结冰湖面上决战。斯图雷因被炮弹打伤而败退，并在撤退往斯德哥尔摩的途中伤重死去。在斯图雷死后，他的遗孀克里斯蒂娜·于伦谢娜（Kristina Nilsdotter Gyllenstierna）继续抗击克里斯蒂安的军队，但在乌普萨拉被强势的丹麦军队打败。克里斯蒂娜被迫于同年9月7日投降，丹麦军队进入斯德哥尔摩。11月5日，克里斯蒂安二世在斯德哥尔摩加冕成为瑞典国王。三天后，克里斯蒂安二世下令处死80多名追随斯图雷的瑞典贵族，史称"斯德哥尔摩浴血事件"，斯图雷与其幼子的遗体亦在惨案中被起出并焚毁。

文森特（Vincent）

瑞典文全名是Vincent Henningsson，瑞典斯卡拉主教（1505—1520），在斯德哥尔摩浴血事件中被处决。

艾瑞克·亚伯拉罕森·莱昂胡富德（Erik Abrahamsen Leionhufvud）

瑞典骑士，瑞典国家议员和国家元帅。他于1520年11月8日在斯德哥尔摩浴血事件中被杀。

约尔根·霍姆特（Jørgen Homuth）

约尔根·霍姆特（德语：Jörgen Hochmut），德国上尉，军队执法官。斯德哥尔摩浴血事件中的行刑队队长。

古斯塔夫·埃里克松·瓦萨（Gustav Eriksen Vasa）

古斯塔夫·瓦萨（1496—1560），瑞典国王（1523—1560年在位）成为国王前，他曾在1521年反抗瑞典兼丹麦国王克里斯蒂安二世统治的起义中被选为摄政。

克瑟（Kese）

虚构的文学人物。

玛格达莉娜（Magdalene）

虚构的文学人物。

匝加利亚（Zacharias）

虚构的文学人物。

亨利国王（Kong Henrik）

亨利八世（英语：Henry VIII，1491—1547），是英格兰亨利七世次子，都铎王朝第二任国王，1509年4月22日继位。

德国皇帝卡尔（Kejser Carli Tyskland）

神圣罗马帝国皇帝查理五世，即位前通称"奥地利的查理"（1500—1558）。卡尔的妹妹伊丽莎白是克里斯蒂安二世的王后。

法国的弗朗索瓦国王（Kong Frants i Frankrig）

弗朗索瓦一世（法语：François I，1494—1547），法国历史上最著名也最受爱戴的国王之一（1515—1547年在位）。

安布罗西乌斯·波丙德（Ambrosius Bogbinder）

1529—1536年间的哥本哈根市市长。他在哥本哈根长大，是克里斯蒂安二世的狂热支持者。

索伦·布洛克（Søren Brok）

　　虚构的文学人物。

尼尔斯·艾尔凯尔（Niels Elkær）

　　米克尔的弟弟尼尔斯·策尔森，他购置了艾尔凯尔农庄。

依德（Ide）

　　本书中的主要人物之一。

船主克莱门特（Skipper Klement）

　　译者推测是克莱门特·安德森（Klemen Andersen, 1484? —1536），丹麦商人，船长，私掠船主和日德兰农民起义的领导者，这场农民起义是那场被称为"伯爵之争（Grevens Fejde）"的欧洲战争的一部分。

约翰·兰曹（Johan Rantzau）

　　约翰·兰曹（1492—1565），德国和丹麦伯爵，著名的新教政治家，也是荷尔斯坦因公爵弗雷德里克（亦即克里斯蒂安二世之叔）的管家，帮助他的主人夺得了丹麦王位。1523年4月，他率领弗雷德里克的军队进入丹麦，废黜了丹麦国王克里斯蒂安二世。他辅佐弗雷德里克登上王位，成为弗雷德里克一世。1523年下半年，他率军攻战了哥本哈根，第二年4月，又镇压了斯科讷的农民起义。1534年12月18日，他进军奥尔堡，从而平定了日德兰的农民起义。

苏珊娜·南坦松（Susana Nathansohn）

　　亦即孟德尔·施派尔的女儿苏珊娜。

贝尔特拉姆·阿勒菲尔德（Bertram Ahlefeld）

贝尔特拉姆·阿勒菲尔德（1508—1571）是石勒苏益格－荷尔斯泰因的贵族领地雷姆库伦（Lehmkuhlen）的领主，也曾是丹麦和挪威国王弗雷德里克二世的密友和作战委员会成员，并救过弗雷德里克二世的性命。从1560年到他去世，一直是弗林斯堡（Flensburg）的市政长官。

迪特列夫·布洛克多尔普（Ditlev Brokdorp）

迪特列夫·布洛克多尔普是克里斯蒂安三世最出色的军队司令之一。在欧克斯纳贝尔格之战和哥本哈根围城中，他都是高级指挥官。根据译者所查到的资料来看，他也是森讷堡的领主，被囚的克里斯蒂安二世就是被交付给他的。从1532年起，他负责看守国王。

卡洛卢斯（Carolus）

虚构的文学人物。

贝伦特（Berent）

根据2019年出版的《克里斯蒂安二世传记》（Christian 2. En Biografi）看，贝伦特的德语名字应该是Bernt Kok，是克里斯蒂安二世被囚禁在森讷堡时期的厨房主管。

克努德·彼得森·格尔斯蒂尔纳（Knud Pedersen Gyldenstiærne）

克努德·彼得森·格尔斯蒂尔纳（1480？—1552），是丹麦国会议员。1549年，在克里斯蒂安二世被囚在卡伦堡期间，克努德·彼得森·格尔斯蒂尔纳是老国王的看守。

历史性事物说明

萨克森卫队（den sachsiske Garde）

中世纪时有好几千雇佣兵为有权势的人们作战。他们以对平民极其野蛮的行为而闻名，但也因其作战技巧和忠诚而闻名。在这些雇佣兵的武装中有一个特别凶狠的队伍，被称作"黑卫队"，曾多次在丹麦服役。自1488年成立后，这个队伍也被称为"伟大卫队"或"萨克森卫队"，为不同的贵族服役，专门打击北德和荷兰地区的农民起义。

汉堡-洛特（Hamborg-Lotte）

译者推测"汉堡－洛特被发现被割断了喉咙死在家里的案子"所指的是，欧德·易瓦尔森在离开苏珊娜之后回住处的路上，在狭窄小巷里的一个窗户前，透过窗框旁一个小三角形孔看进去时所看见的这场谋杀。

桨帆船（Galejen）

桨帆船（英、德语：Galley，丹麦语：Galej，音译为贾列船），是在公元前1000年后出现的、以人力划船来作为主要动力的船种。这种船能够只通过划桨来向前驶，通常也用桅杆和帆作为次要的动力。这种桨帆船通常被用在战争与贸易中。在早期的地中海海战中，桨帆船起着重要的作用。

神话典故说明

维吉尔的诗句，关于永恒的黑夜和黑夜的守门者

（et Par Vers af Vergil hen for sig—om den evige Nat og om den, der vaager.）

维吉尔在长诗《埃涅阿斯纪》第六卷的第 417—466 句中讲到埃涅阿斯坐卡隆的船过了冥河之后,那里的守门者是怪物刻耳柏洛斯。这怪物吃了迷药睡着了。埃涅阿斯在山洞里看见那些被判入永恒黑夜的灵魂们。

冥国守门者,刻耳柏洛斯,是妖祖堤丰与蛇身女怪厄客德娜生出的怪物:它有三个头,尾巴是蛇,脖子上也盘绕着毒蛇。(《埃涅阿斯纪》第六卷的第 417—425 句是关于怪物刻耳柏洛斯吃了带有迷药的面团睡着了,埃涅阿斯跑到山洞口;第 462 句则是说及了"永恒黑夜")

这一天自身的麻烦(havde den Dag nok i sin Plage)

这是典型的《圣经》典故,可参看中文和合本《马太福音》(6:24—34)中的文字,耶稣对弟子说的那些话,其中最后一句是"一天的难处一天当就够了"。

弗雷娅女神(Freja)

北欧神话中的女神,是爱神、战神与魔法之神。

大怪蛇羽维(Jøven)

羽维,在一些地方说是一种巨大的蛇一样的怪物,所以译者加了"大怪蛇"。北欧古老的民间信仰中有大怪蛇羽维的说法,作者对之有描述说:"总的来说,人们认为它是一种人所看不见的可怕的生物,因此,如果我们确定出'羽维是什么',那么我们就已经剥夺了它的一部分性质了。"

他像十字架上的盗贼——不是那个要与拿撒勒人在一起的人,而是另一个(Han lignede Røveren paa Korset — ikke ham, der skulde være med Nazaræeren, men den anden.)

"拿撒勒人"是指耶稣。见《路加福音》第二十三章,耶稣要与另两个犯人一同被处死，(23: 39—43)："那同钉的两个犯人，有一个讥诮他说，你不是基督吗？可以救自己和我们吧。那一个就应声责备他说，你既是一样受刑的，还不怕神吗？我们是应该的。因我们所受的，与我们所做的相称。但这个人没有做过一件不好的事。就说，耶稣啊，你得国降临的时候，求你记念我。耶稣对他说，我实在告诉你，今日你要同我在乐园里了。"

Consumatum est.（拉丁语：事已成）

源自《圣经》中的"成了"。耶稣在十字架上所说的最后的话。见《约翰福音》(19：30)。

伽倪墨得斯（Ganymede）

伽倪墨得斯是希腊神话中的一个美少年，宙斯的司酒美少年。他本是特洛伊国王特罗斯的儿子。特罗斯有三个儿子，伽倪墨得斯是其中最年少貌美的一个，因此备受宙斯喜爱，并被宙斯带到天上，代替青春女神赫柏为诸神斟酒。

一支石磨床之歌（En Sang af en Stenkværn）

指向后面的"哥洛特之磨"这一章节。

客西马尼园（Getsemane Have）

客西马尼园是耶路撒冷的一个果园，根据《新约圣经》和基督教传统中的说法，耶稣在被钉上十字架的前夜同他的门徒在最后的晚餐之后到客西马尼园中祷告。根据《路加福音》第22章第43—44节的记载，耶稣在客西马尼园极其忧伤，"汗珠如大血点滴落在地上"。客西马尼园也是耶稣被他的门徒加略人犹大出卖的地方。此外，东正教传统上认为，客西马尼园是使徒安葬耶稣的母亲玛利亚的地方。

中文《马可福音》(14: 32) 称为"一个地方";《约翰福音》(18: 1) 称之为"一个园子"。

卡戎 (Karon)

希腊神话中冥王哈得斯的船夫,负责将死者渡过冥河。

那次我跑得距离火太近了。但是我们还是把车的方向转了过来
(der kom jeg Ilden for nær. Men vi fik Befordringen vendt.)

这是奥维德的《变形记》中的典故。"距离火太近"指向《变形记》第八章第 183—259 句:伊卡洛斯和他的父亲代达罗斯被锁在克里特岛的迷宫里。为了逃离,父亲用蜡和鸟羽制造出翅膀。父子俩用这翅膀飞了出去。伊卡洛斯因为在飞的时候距离太阳过近,蜡制的双翼熔化了,跌落在水中丧生。"车的方向"指向《变形记》第二章第 1—328 句:法厄同是太阳神的儿子,向太阳神请求让自己驾驭父亲的太阳车一天,从日出到日落。太阳神劝他放弃这想法,但法厄同不听。结果他在行驶时失去了对拉车马的控制。太阳车乱闯甚至下坠,烧焦了大地上的草木。结果宙斯不得不用闪电把法厄同劈死。

哥洛特之磨 (Grotte)

北欧神话说,两个有着巨大力量的巨人女孩,是两姐妹。她们是弗罗德国王的奴隶,被迫在哥洛特之磨上研磨金子和美好时光。然而,两姐妹并没有感觉到什么好时光,因为弗罗德国王不允许她们有比"能够唱上一句歌词"更多的休息时间。两姐妹设法报仇,使得海王迈辛派出了一支击败弗罗德国王的军队。海王要采盐,他把两姐妹和哥洛特之磨带上了他的船,强迫她们磨盐。最后因为有了太多的盐,船承受不了而沉了。哥洛特之磨在海底继续磨盐,因此,海水就变得很咸。

芬娅和萌娅（Fenja og Menja）

推着哥洛特之磨的巨人两姐妹名叫芬娅和萌娅。

涡（Hvirvler）

在一般意义上旋涡是指流体顺着某个方向环绕直线或曲线轴的区域。这样的运动模式即为涡流。但是在古代"涡"也常常是世界起源的模式。比如说，有许多希腊哲学家设想在宇宙中有着一种不断的旋涡运动。阿那克萨哥拉（约前500—前428）宣称宇宙是由质的粒子在运动（"涡"）构成，这运动是由一种宇宙的意识（努斯）启动的。德谟克里特（约前460—前400）和留基伯（Leukippos，公元前5世纪）如此假设，一切都是那空洞中运动的原子。诗人阿里斯托芬在喜剧《云》中嘲笑这一理论，他让剧中的苏格拉底强调，至高的神不是宙斯，而是"空气之涡"（第一幕第六场第380句）。

巴尔德尔神 Balder

在北欧神话中，巴尔德尔是光辉美丽的化身，春天与喜悦之神。巴尔德尔的父亲是主神奥丁（Odin），母亲是神后弗丽嘉（Frigg）。巴尔德尔死后，世界陷入黑暗，众神和人类都非常悲伤。但弗丽嘉不愿放弃希望，死亡之国的女王海拉（Hel）开出条件：只要一切有生命和没有生命的东西都为巴尔德尔哭泣，她就会让巴尔德尔复活。于是，差不多万物都哭泣了，其眼泪就是清晨的露水。唯有女巨人索克（Thøk/ 煤）例外。她不肯为巴尔德尔哭泣，因而巴尔德尔只能继续留在死亡之国。

女巨人索克

见前面对"巴尔德尔神"的说明。巴尔德尔死后，唯独不肯为巴尔德尔哭泣的一个女巨人。

习俗、历史现象说明

白夜
　　北极有白夜。就是说到了夏天只有很短时间的黑夜,甚至在一些地方没有黑夜。

五月柱(Majstængerne)
　　装饰着鲜花、树叶花圈等的柱杆,特别是在春夏欢庆的时候,到处会有这样的五月柱竖起。

采邑(Herregaard)
　　属于贵族的大农场。

拾荒拉克人(Rakker)
　　丹麦文 Rakker 在过去被用来指那些"清除粪便、给自然死亡的动物剥皮、把腐尸从城市里带出扔入坑洞"的人。他们也常常会是刽子手的助手,就像刽子手本身一样被人看作是不洁净的污秽者,因此他们被社会排斥,过着一种隔绝的、家族内近亲通婚的生活。"拉克(rakker)"这个词在旧时被当作骂人的话。

拾荒拉克人的坑(Rakkerkulen)
　　拾荒拉克人用来往里面扔垃圾、动物尸体、腐肉以及类似秽物的大地坑。

掏粪人(Natmanden)
　　部分指"拾荒拉克人"。这个词的丹麦语复数 natmænd 也被用来指当时丹麦的流浪族群,类似于吉卜赛人。

小酒馆（kro）

　　丹麦的小饭馆或酒馆，在当年这类酒馆也为客人（主要是旅行者）提供住宿，因此通常位于乡村或小镇。

斟酒间（Skænkestuen）

　　在上一条说明中所描述的小酒馆中，会有一个专为客人提供酒饮的一个小房间。

黑色学校（den sorte Skole）

　　教会所属的学校，拉丁语学校，学生通常穿黑衣服，要像僧侣一样外出乞讨。

贤者之石（de vises Sten）

　　传说中炼金术里所提到的一种神奇的物质，其形态可能为石头（固体）、粉末或液体。一些人认为，它能被用来使得一般的非贵重金属变成黄金，或能赋予人永恒生命，或能医治百病。在炼金术士看来，合金金属是一种贵重金属的疾病状态，因此贤者之石也是可以令人类和无机物质变得健康的通用药物的名称。这石头被认为是世界的中心，包含四种元素：水、土、火和空气。

理发师兼外科医师（Badskær）

　　在丹麦语中，Badskær 这个词从中世纪到 19 世纪是指专业的理发师，但这类理发师同时也做着医生（尤其是外科医生）所做的工作。

玩九柱游戏（at spille Kegler）

　　一种类似于保龄球的游戏，有九根木柱子在球道一头站立着，游戏者向球道中抛出球，要让尽可能多的木柱倒下。

卡可比勒啤酒（Kakkebille）

　　石勒苏益格（现在德国石勒苏益格－荷尔斯泰因州）小镇埃肯弗德出产的一种酒精度较高的德国啤酒名。

图书在版编目（CIP）数据

国王之败/（丹）约翰纳斯·威尔海姆·延森著；京不特译. —北京：中国国际广播出版社，2019.12（2024.1重印）

（北欧文学译丛）

ISBN 978-7-5078-4593-8

Ⅰ.①国… Ⅱ.①约…②京… Ⅲ.①长篇小说－丹麦－现代 Ⅳ.①I534.45

中国版本图书馆CIP数据核字（2019）第261576号

Simplified Chinese Translation Copyright©2019 by China International Radio Press Co., Ltd.

All rights reserved

DANISH ARTS FOUNDATION

国王之败

出 品 人	宇 清
总 策 划	田利平
策 划	张娟平 凭 林
著 者	[丹麦] 约翰纳斯·威尔海姆·延森
译 者	京不特
责任编辑	张娟平
装帧设计	Guangfu Design	张 晖
校 对	张 娜

出版发行	中国国际广播出版社有限公司 [010-89508207（传真）]
社 址	北京市丰台区榴乡路88号石榴中心2号楼1701 邮编：100079
印 刷	天津鑫恒彩印刷有限公司

开 本	880×1230 1/32
字 数	222千字
印 张	10.25
版 次	2019年12月 北京第一版
印 次	2024年1月 第四次印刷
定 价	58.00元

版权所有 盗版必究